EL LOBO ESTEPARIO

Hermann Hesse

Buque de letras

El Lobo Estepario
Hermann Hesse

© Marcela Cortázar | | traducción
© Genoveva Saavedra | | diseño de colección y portada
Fotos: © iStock.com | | Radionastya (huella de lobo)
| | Fourleaflover (huella de zapato)

D.R. © Selector S.A. de C.V. 2020
Doctor Erazo 120, Col. Doctores,
C.P. 06720, Ciudad de México

ISBN: 978-607-453-706-2

Primera edición: abril de 2020

Buque de **Letras**® es una marca registrada de

60
SELECTOR
1960-2020

Impreso en México
Printed in Mexico

Índice

Introducción

Este libro contiene las anotaciones que nos quedan de aquel hombre, al que, con una expresión que él mismo usaba muchas veces, llamábamos el Lobo Estepario. No hay por qué examinar si su manuscrito requiere un prólogo introductor; a mí me es en todo caso una necesidad agregar a las hojas del Lobo Estepario algunas, en las que he de procurar estampar mi recuerdo de tal individuo. No es gran cosa lo que sé de él, y especialmente me han quedado desconocidos su pasado y su origen. Pero de su personalidad conservo una impresión fuerte, y como tengo que confesar, a pesar de todo, un recuerdo simpático.

El Lobo Estepario era un hombre de unos cincuenta años, que hace algunos fue a casa de mi tía buscando una habitación amueblada. Alquiló el cuarto del doblado y la pequeña alcoba contigua, volvió a los pocos días con dos baúles y un cajón grande de libros, y habitó en nuestra casa nueve o diez meses. Vivía muy tranquilamente y para sí, y a no ser por la situación vecina de nuestros dormitorios, que trajo consigo algún encuentro casual en la escalera o en el pasillo, no hubiésemos acaso llegado a conocernos, pues sociable no era este hombre; al contrario, era muy huraño, en una medida no observada por mí en nadie hasta entonces; era realmente, como él se llamaba a veces, un Lobo Estepario, un ser extraño, salvaje y sombrío, muy sombrío, de otro mundo a mi mundo. Yo no supe, en verdad, hasta que leí estas sus anotaciones, en qué profundo aislamiento iba él llevando su vida a causa "de su predisposición y de su sino", y cuán conscientemente reconocía él mismo este aislamiento como su propia predestinación. Sin embargo, ya en cierto modo lo había conocido yo antes por algún ligero encuentro y algunas conversaciones, y el retrato que se deducía de sus anotaciones era en el fondo coincidente con aquel otro, sin duda algo más pálido y defectuoso, que yo me había forjado por nuestro conocimiento personal.

Por casualidad estaba yo presente en el momento en que el Lobo Estepario entró por vez primera en nuestra casa y alquiló la habitación a mi tía. Llegó a mediodía, los platos estaban aún sobre la mesa, y yo disponía de media hora antes de tener que volver a mi oficina. No he olvidado la impresión extraña y muy contradictoria que me produjo en el primer encuentro: entró por la puerta cristalera, después de haber llamado a la campanilla, y la tía le preguntó en el corredor, medio a oscuras, lo que deseaba. Pero él, el Lobo Estepario, había levantado su cabeza afilada y rapada, y, olfateando con su nariz nerviosa en derredor, exclamó, antes de contestar ni de decir su nombre: "¡Oh!, aquí huele bien". Y al decir esto, sonreía, y mi tía sonreía también, pero a mí se me antojaron más bien cómicas estas palabras de saludo y tuve algo contra él.

—Bien —dijo—; vengo por la habitación que alquila usted.

Sólo cuando los tres subimos la escalera hasta el descanso, pude observar más exactamente al hombre. No era muy alto, pero tenía los andares y la posición de cabeza de los hombres corpulentos, llevaba un abrigo de invierno, moderno y cómodo y, por lo demás, vestía decentemente, pero con descuido, estaba afeitado y llevaba muy corto el cabello, que acá y allá empezaba a adquirir tonalidades grises. Sus andares no me gustaron nada en un principio; tenía algo de penoso e indeciso, que no armonizaba con su perfil agudo y fuerte, ni con el tono y temperamento de su conversación. Sólo más adelante observé y supe que estaba enfermo y que le molestaba andar. Con una sonrisa especial, que entonces también me resultó desagradable, pasó revista a la escalera, a las paredes y ventanas, y a las altas alacenas en el hueco de la escalera; todo ello parecía gustarle y, sin embargo, al mismo tiempo le parecía en cierto modo ridículo. En general, todo el individuo daba la impresión como si llegara a nosotros de un mundo extraño, por ejemplo de países ultramarinos, y encontrara aquí todo muy bonito, sí, pero un tanto cómico. Era, como no puedo menos que decir, cortés, incluso agradable, estuvo enseguida conforme y sin objeción alguna con la casa, la habitación y el precio por el alquiler y el desayuno y, sin embargo, en torno de toda su persona había como una atmósfera extraña y, al parecer, no buena y hostil. Alquiló la habitación, alquiló también la alcoba contigua, se enteró de todo lo concerniente a calefacción, agua, servicio y orden doméstico, escuchó todo atenta y amablemente, estuvo conforme con todo, ofreció en el acto un anticipo por el precio del alquiler y, sin embargo, parecía que todo ello no le satisfacía por completo, se hallaba a sí propio ridículo en todo aquel trato y como si no lo tomara en serio, como si le fuera extraño y nuevo alquilar un cuarto y hablar en cristiano con las personas, cuando él estaba ocupado en el fondo en cosas por completo diferentes. Algo así fue mi impresión, y ella hubiera sido desde luego muy mala, a no estar entrecruzada y corregida por toda clase de pequeños rasgos. Ante todo era la cara del individuo lo que primero me agradó. Me gustaba, a pesar de aquella impresión de extrañeza. Era una cara quizá algo particular y hasta triste, pero despierta, muy inteligente y espiritual y con las huellas de profundas cavilaciones. Y a esto se agregaba, para disponerme más a la reconciliación, que su clase de cortesía y amabilidad, aun cuando parecía que le costaba un poco de trabajo, estaba exenta de orgullo, al contrario, había en ello algo casi emotivo, algo como suplicante, cuya explicación encontré más tarde, pero que desde el primer momento me previno un tanto en su favor.

Antes de acabar la inspección de las dos habitaciones y de cerrar el trato, había transcurrido ya el tiempo que yo tenía libre y hube de marcharme a mi despacho. Me despedí y lo dejé con mi tía. Cuando volví por la noche, ella me contó que el forastero se había quedado con las habitaciones y que uno de aquellos días habría de mudarse, que le había pedido no dar cuenta de su llegada a la policía, porque a él, hombre enfermizo, le eran insoportables estas formalidades y el andar de acá para allá en las oficinas de la policía, con las molestias correspondientes. Aún recuerdo exactamente cómo esto me sorprendió y cómo previne a mi tía de que no debía pasar por esta condición. Precisamente a lo poco simpático y extraño que tenía el individuo, me pareció que se acomodaba demasiado bien este temor a la policía, para no ser sospechoso. Expuse a mi tía que no debía acceder de ningún modo y sin más ni más a esta rara pretensión de un hombre totalmente desconocido, cuyo cumplimiento podía tener para ella acaso consecuencias muy desagradables. Pero entonces supe que mi tía le había prometido ya el cumplimiento de su deseo y que ella en suma se había dejado fascinar y encantar por el forastero; ella no había tomado nunca inquilinos, con los que no hubiera podido establecer una relación amable y cordial, familiar, o mejor dicho, como de madre, de lo cual también habían sabido sacar abundante partido algunos arrendadores anteriores. Y en las primeras semanas todo continuó así, teniendo yo que objetar más de cuatro cosas al nuevo inquilino, mientras que mi tía lo defendía en todo momento con ahínco.

Como este asunto de la falta de aviso a la policía no me gustaba, quise por lo menos enterarme de lo que mi tía supiera del forastero, de su procedencia y de sus planes. Y ella ya sabía no pocas cosas, aunque él, después de irme yo a mediodía, sólo había permanecido en la casa muy poco tiempo. Le había dicho que pensaba pasar algunos meses en nuestra ciudad, para estudiar en las bibliotecas y admirar las antigüedades de la población. En realidad, no le gustó a mi tía que alquilase el cuarto por tan poco tiempo, pero evidentemente él la había ganado para sí, a pesar de su aspecto un tanto extraño. En resumen, el departamento estaba alquilado, y mis objeciones llegaban demasiado tarde.

—¿Por qué dijo que olía aquí tan bien? —pregunté.

A esto, me contestó mi tía, que algunas veces tiene muy buenas ideas:

—Me lo figuro perfectamente. En nuestra casa huele a limpieza y orden, a una vida agradable y honrada, y eso le ha gustado. Parece como si ya hubiese perdido la costumbre y lo echara de menos.

"Bien", pensé, "a mí no me importa".

—Pero —dije—, si no está acostumbrado a una vida ordenada y decente, ¿cómo vamos a arreglarnos? ¿Qué vas a hacer tú si es sucio y lo mancha todo, o si vuelve a casa borracho todas las noches?

—Ya lo veremos —dijo ella riendo, y yo lo dejé por la paz.

Y en efecto, mis temores eran infundados. El inquilino, si bien no llevaba en modo alguno una vida ordenada y razonable, no nos incomodó ni nos perjudicó, aún hoy nos acordamos de él con gusto. Pero en el fondo, en el alma, aquel hombre nos ha molestado y nos ha inquietado mucho a los dos, a mi tía y a mí, y dicho claramente, aún no me deja en paz. De noche sueño a veces con él, y en el fondo me siento alterado e inquieto por su causa, por la mera existencia de un ser así, aun cuando llegué a tomarle verdadero afecto.

*** *** ***

Un carrero trajo dos días después las cosas del forastero, cuyo nombre era Harry Haller. Un baúl muy hermoso de piel me hizo una buena impresión, y otro gran baúl aplastado, de camarote, hacía pensar en largos viajes anteriores, por lo menos tenía pegadas etiquetas amarillentas de hoteles y sociedades de transporte de diversos países, hasta transoceánicos.

Después llegó él mismo, y empezó la época en que yo conocí poco a poco a este hombre singular. En un principio no hice nada por mi parte para ello. Aun cuando Haller me interesó desde el primer momento en que lo vi, no di durante las primeras semanas paso alguno para encontrarlo o trabar conversación con él. En cambio, y esto tengo que confesarlo, es verdad que desde un principio observé un poco al individuo; a veces durante su ausencia entré en su cuarto y, por natural curiosidad, me dediqué al espionaje.

Ya he consignado algunos detalles del aspecto exterior del Lobo Estepario. A primera vista daba, desde luego, la impresión de un hombre superior, nada vulgar y de extraordinario talento; su rostro, lleno de espiritualidad, y el juego extremadamente delicado e inquieto de sus rasgos reflejaban una vida anímica interesante, excesivamente agitada, enormemente delicada y sensible. Cuando se hablaba con él, y él —lo que no siempre sucedía— traspasaba los límites de lo convencional dejándose llevar por su singular naturaleza, decía palabras personales y propias, entonces uno de nosotros no tenía más remedio que subordinársele, él había pensado más que otros hombres, poseía en asuntos del espíritu aquella serena objetividad, aquella

segura reflexividad y sabiduría que sólo tienen las personas verdaderamente espirituales, a las que falta toda ambición y nunca desean
brillar, ni convencer a los demás, ni siquiera tener razón.

De la última época de su estancia aquí, recuerdo una expresión
en ese sentido, que ni siquiera llegó a pronunciar, pues consistió simplemente en una mirada. Había por entonces anunciado una conferencia en el salón de fiestas un célebre filósofo de la Historia y crítico
cultural, un hombre de fama europea, y yo había logrado convencer
al Lobo Estepario, que en un principio no tenía gana ninguna, de
que fuera a la conferencia. Fuimos juntos y estuvimos sentados el
uno al lado del otro. Cuando el orador subió a la tribuna y empezó
su discurso, defraudó, por la manera presumida y frívola de su aspecto, a más de cuatro oyentes, que se lo habían figurado como una
especie de profeta. Cuando empezó a hablar, diciendo al auditorio
algunas lisonjas y agradeciéndole que hubiese acudido en tan gran
número, entonces me echó el Lobo Estepario una mirada instantá-
nea, una mirada de crítica de aquellas palabras y de toda la persona
del orador, ¡oh, una mirada inolvidable y terrible, sobre cuya significación podría escribirse un libro entero! La mirada no sólo criticaba
a aquel orador y pulverizaba al hombre célebre con su irresistible
ironía; eso era en ella lo de menos. La mirada era mucho más triste
que irónica, era insondable y amargamente triste; su contenido era
una desesperanza callada, en cierto modo irremediable y definitiva,
y en cierto modo también convertida ya en forma y en hábito. Con
su desolado resplandor iluminaba no sólo la persona del envanecido
conferenciante y ridiculizaba y ponía en evidencia la situación del
momento, la expectativa y la disposición del público y el título un
tanto pretencioso del discurso anunciado —no, la mirada del Lobo
Estepario atravesaba penetrante todo el mundo de nuestro tiempo,
toda la fiebre de actividad y el afán de arribismo, la vanidad entera
y todo el juego superficial de un espiritualismo fementido y sin fondo—. ¡Ay!, y por desgracia la mirada profundizaba aún más; llegaba
no sólo a los defectos y a las desesperanzas de nuestro tiempo, de
nuestra espiritualidad y de nuestra cultura: llegaba hasta el corazón
de toda la humanidad, expresaba elocuentemente en un solo segundo
la duda entera de un pensador, de un sabio quizá, en la dignidad y en

el sentido general de la vida humana. Aquella mirada decía: "¡Mira, estos monos somos nosotros! ¡Mira, así es el hombre!" Y toda celebridad; toda discreción, todas las conquistas del espíritu, todos los avances hacia lo grande, lo sublime y lo eterno dentro de lo humano, se vinieron a tierra y eran un juego de monos… Con esto me he anticipado demasiado y, contra mi propósito y mi deseo realmente, he dicho en el fondo ya lo esencial sobre Haller, cuando en un principio fue mi idea sólo ir descubriendo poco a poco su imagen, a medida que refería mi paulatino conocimiento con él.

Ya que me he adelantado de este modo, es preciso seguir hablando de la enigmática "extravagancia" de Haller y dar cuenta en detalle de cómo yo presentí y llegué poco a poco a conocer los fundamentos y la significación de esta extravagancia, de este extraordinario y terrible aislamiento. Así es mejor, pues quisiera dejar a mi propia persona todo lo más posible en segundo término. No quiero publicar mis confesiones, ni contar novelas o entregarme a la psicología, sino sencillamente contribuir como testigo presencial con algún detalle al retrato del hombre singular que dejó estos manuscritos del Lobo Estepario.

Al verlo ya por primera vez, cuando entró por la puerta vidriera de la casa de mi tía con la cabeza levantada como los pájaros y alabando el buen olor de la casa, me llamó en cierto modo la atención lo típico de este hombre, y mi primera e ingenua reacción contra ello fue de aversión. Me daba cuenta (y mi tía que, en contraposición a mí, no es en absoluto una intelectual, notaba exactamente lo mismo), me daba cuenta de que aquel hombre estaba enfermo, de algún modo enfermo del espíritu, del ánimo o del carácter, y me defendía contra él con el instinto del hombre sano. Esta repulsa fue sustituida en el transcurso del tiempo por simpatía, que tenía por base una gran compasión hacia este grave y perpetuo paciente, de cuyo aislamiento y de cuya muerte interna yo era testigo presencial. En este periodo fui teniendo conciencia cada vez más clara de que la enfermedad de este hombre no dependía de defectos de su naturaleza, sino, por el contrario, únicamente de la gran abundancia de sus dotes y facultades disarmónicas. Pude comprobar que Haller era un genio del sufrimiento, que él, en el sentido de muchos aforismos de Nietzsche, se había forjado dentro de sí una capacidad de sufrimiento ilimitada, genial, terrible. Al mismo tiempo comprendí que la base de su pesimismo no era desprecio del mundo, sino desprecio de sí mismo, pues si bien hablaba sin miramientos y con un sentido demoledor de instituciones y de personas, nunca se excluía a sí, siempre era él mismo el primero contra quien dirigía sus flechas, era él mismo el primero a quien odiaba y negaba...

Aquí tengo que intercalar una observación psicológica. A pesar de que sé muy poco acerca de la vida del Lobo Estepario, tengo, sin embargo, gran fundamento para creer que fue educado por padres y maestros amantes, pero severos y muy religiosos, en aquel sentido que hace del "quebranto de la voluntad" la base de la educación. Ahora bien, esta destrucción de la personalidad y quebranto de la voluntad no dieron resultado en este discípulo; para ello era él demasiado fuerte y duro, demasiado altivo y espiritual. En lugar de destruir su personalidad, sólo se consiguió enseñarlo a odiarse a sí mismo. Contra sí, contra este objeto inocente y noble, dirigió ya toda su vida el genio entero de su fantasía, la fuerza toda de su capacidad de pensamiento. Pues en esto, y a pesar de todo, tenía un sentido eminentemente cristiano y de mártir, ya que toda causticidad, toda crítica, toda malicia y odio de que era capaz los desataba ante todo y, en primer término, contra su propia persona. Por lo que se refería a los demás, a cuantos lo rodeaban, no dejaba de hacer constantemente los intentos más heroicos y serios para quererlos, para hacerles justicia, para no causarles daño, pues el "ama a tu prójimo" lo tenía tan hondamente inculcado como el odio a sí mismo. Y de este modo fue toda su vida una prueba de que sin amor de la propia persona es también imposible el amor al prójimo, de que el odio de uno mismo es exactamente igual, y en fin de cuentas produce el mismo horrible aislamiento y la misma desesperación, que el egoísmo más rabioso.

Pero ya es hora de que deje a un lado mis ideas y hable de realidades. Lo primero, pues, que logré saber del señor Haller, en parte por mi propio espionaje, en parte debido a observaciones de mi tía, se refería a su manera de vivir. Que era un hombre de ideas y de libros y que no ejercía ninguna profesión práctica, se echaba pronto de ver. Estaba en la cama mucho tiempo; a veces se levantaba poco antes de mediodía, y tal y como estaba, con su traje de dormir, salvaba los pocos pasos desde la alcoba al gabinete. Este gabinete, un sotabanco grande y amable, con dos ventanas, tenía ya a los pocos días un aspecto completamente diferente a la época en que había estado habitado por otros inquilinos. Se iba llenando de multitud de cosas, y con el tiempo se llenaba cada vez más. En las paredes aparecían cuadros colgados, o dibujos clavados, a veces imágenes recortadas de revistas, que cambiaban con frecuencia. Un paisaje meridional, fotografías de una pequeña ciudad campesina de Alemania, evidentemente el pueblo natal de Haller, pendían allí, y entre ellas brillantes acuarelas de colores, de las cuales no supimos hasta más tarde que él mismo las había pintado. Luego el retrato de una señora joven y guapa, o el de una jovencita. Durante una temporada estuvo colgado en la pared un buda siamés, fue sustituido por una reproducción de *La Noche*, de Miguel Ángel; luego, por un retrato del Mahatma Gandhi. Los libros no sólo llenaban el gran armario librería, sino que estaban por todas partes, sobre las mesas, en el elegante escritorio antiguo, en el diván, sobre las sillas, en el suelo, libros con señales de papel entre sus hojas, que continuamente iban cambiando. Los libros aumentaban de día en día, pues no sólo se traía grandes cantidades de las bibliotecas, sino que recibía con mucha frecuencia paquetes por correo. El hombre que habitaba este cuarto podía ser un erudito. Con ello venía bien el humo de tabaco que todo lo envolvía, y las puntas de cigarros y los ceniceros que se veían por doquier. Una gran parte de los libros no era, sin embargo, de contenido científico. La inmensa mayoría eran obras de los poetas de todos los tiempos y países. Una temporada estuvieron sobre el diván, donde él pasaba a menudo acostado días enteros, los seis gruesos tomos de una obra titulada *Viaje de Sofía, de Memel a Sajonia,* de fines del siglo XVIII. Una edición completa de Goethe y otra de Jean Paul eran al parecer muy usadas, lo mismo Novalis, y también Lessing, Jacobi y Lichtenberg. Algunos tomos de Dostoievski estaban llenos de papeles cuajados de notas. En la mesa grande, entre los numerosos libros y escritos, había con frecuencia un ramo de flores; allí solía hallarse también una caja de pinturas, la cual, sin embargo, estaba siempre llena de polvo; al lado, los ceniceros y, para no dejar de decirlo tampoco, toda clase de botellas y de bebidas. Había una botella recubierta de una funda de paja, llena generalmente de vino tinto italiano, que él se procuraba en una tienda de la vecindad; a veces se veía también una botella de Borgoña, así como otra de Málaga, y una gruesa botella de kirsch vi vaciarse casi por completo en muy poco tiempo, desaparecer luego en un rincón de la habitación y cubrirse de polvo, sin que el resto del contenido siguiera mermando. No he de justificarme del espionaje a que me dedicaba, y he de confesar también abiertamente que en los primeros tiempos todos estos signos de una vida, aunque llena de inquietudes espirituales, pero muy desordenada y sin freno, me produjeron aversión y desconfianza. No soy sólo un hombre burgués y de vida regular; soy además abstemio y no fumador, y aquellas botellas en el cuarto de Haller me gustaban aún menos que todo el pintoresco desorden restante.

Lo mismo que con el sueño y el trabajo, vivía el forastero también de una manera muy desigual y caprichosa por lo que se refiere a las comidas y bebidas. Muchos días ni siquiera salía a la calle y, fuera del desayuno, no tomaba absolutamente nada; con frecuencia encontraba mi tía como único resto de su comida una corteza de plátano en el suelo. Pero otros días comía en restaurantes, unas veces en buenos y elegantes, otras en pequeñas tabernas de los suburbios. Su salud no debía ser buena; aparte de la dificultad en las piernas, con las que a veces le costaba gran trabajo subir la escalera, parecía sufrir algunos otros achaques, y una vez dijo de pasada que ya desde hacía años ni digería ni dormía bien. Yo lo achacaba principalmente a su bebida. Más adelante, cuando alguna vez lo acompañé a alguno de sus cafetines, fui testigo a menudo de cómo ingería los vinos de prisa y caprichosamente; pero verdaderamente borracho no llegué a verlo jamás, ni nadie tampoco lo ha visto.

Nunca olvidaré nuestro primer encuentro personal. No nos conocíamos más que como suelen conocerse vecinos de cuarto en una casa de alquiler. Una tarde volvía yo a casa de mi trabajo y encontré, para mi asombro, al señor Haller sentado en el descansillo de la escalera, entre el primero y el segundo pisos.

Se había sentado en el último escalón y se hizo un poco a un lado para dejarme pasar. Le pregunté si se había puesto malo, y me ofrecí a acompañarlo hasta arriba del todo...

Haller me miró, y hube de observar que lo había despertado de una especie de estado letárgico. Lentamente empezó a sonreír, esa su sonrisa bella y lastimosa, con la que me ha atormentado tantas veces; luego me invitó a sentarme a su lado. Le di las gracias y dije que no tenía costumbre de sentarme en la escalera, ante la vivienda de los demás.

—Es verdad —dijo, y sonrió más—; tiene usted razón. Pero espere todavía un momento; no quiero dejar de enseñarle por qué he tenido que quedarme sentado aquí un poco.

Y diciendo esto señalaba al espacio delante del cuarto del primer piso, donde vivía una viuda. En el pequeño espacio con el suelo de *parquet*, entre la escalera, la ventana y la puerta de cristales, había adosado a la pared un gran armario de caoba, con viejas aplicaciones de metal, y delante del armario, en el suelo, sobre dos pequeños soportes, había dos plantas en grandes macetas, una azalea y una araucaria. Las plantas eran bonitas y estaban siempre muy limpias y magníficamente cuidadas; esto ya me había llamado a mí la atención agradablemente.

—Ve usted —continuó Haller—, este vestíbulo diminuto con la araucaria huele de modo tan encantador; a menudo no puedo pasar por aquí sin pararme un rato. También en casa de su tía huele muy bien y reina el orden y la mayor pulcritud; pero este rincón de esta araucaria es de tan radiante pureza, está tan barrido y encerado y lavado, tan inviolablemente limpio, que ciega su resplandor. Aquí tengo siempre que respirar abriendo mucho la nariz. ¿No lo huele usted también? Como el olor de la cera del piso y una leve reminiscencia de trementina, juntamente con la caoba, las hojas lavadas de las plantas y todo lo demás producen un aroma, un superlativo de limpieza burguesa, de esmero y exactitud, de cumplimiento del deber y de devoción a los detalles. No sé quién vive ahí; pero detrás de esos cristales debe haber un paraíso de pulcritud y de limpia civilidad, de orden y de escrupuloso y conmovedor apego a los pequeños hábitos y deberes.

Como yo callara, siguió él:

—Ruego a usted que no piense que hablo irónicamente. Caballero, nada más lejos de mi propósito que querer de algún modo reírme de esta civilidad y de este orden. Bien es verdad que yo vivo en otro mundo diferente, no en este, y tal vez no sería capaz de aguantar ni un día siquiera en una vivienda con tales araucarias. Pero aunque yo sea un viejo y pobre Lobo Estepario, no dejo de ser al mismo tiempo hijo de una madre, y también mi madre era una señora burguesa y cultivaba flores, y cuidaba de las habitaciones y de la escalera, de muebles y cortinas, y procuraba dar a su casa y a su vida tanta pulcritud, limpieza y honestidad como era posible. A esto me recuerda el vaho a trementina y la araucaria, y por eso me quedo sentado aquí alguna que otra vez, mirando este pequeño y callado jardín del orden alegrándome de que aún haya estas cosas en el mundo.

Quiso levantarse, pero le costó trabajo y no me rechazó cuando traté de ayudarle un poco. Permanecí en silencio; pero había sucumbido, lo mismo que antes le había pasado a mi tía, a algún encanto que a veces pedía ejercer este hombre extraño. Despacio subimos juntos la escalera y, delante de su puerta, ya con la llave en la mano, me miró de nuevo expresivo y muy amable a la cara y dijo:

—¿Viene usted de su despacho? Vaya, de eso no entiendo una palabra; yo vivo como apartado, un poco al margen, ¿sabe usted? Pero creo que a usted le interesan también los libros y cosas parecidas; su tía me ha dicho alguna vez que usted ha terminado bien sus estudios del Gimnasio y que ha sido un buen conocedor del griego. Esta mañana, leyendo a Novalis, he encontrado una frase. ¿Me permite usted que se la enseñe? Le gustará mucho.

Me hizo entrar con él en su habitación, donde olía fuertemente a tabaco; sacó un libro de un montón de ellos, hojeó, buscó…

—Esta también está bien, muy bien —dijo—; escuche usted la frase: "Hay que estar orgulloso del dolor; todo dolor es un recuerdo de nuestra condición elevada". ¡Magnífico! ¡Ochenta años antes que Nietzsche! Pero no es esta la sentencia a la que yo me refería; espere usted, aquí la tengo. Vea: "La mayor parte de los hombres no quiere nadar antes de saber". ¿No es esto espiritual? ¡No quieren nadar, naturalmente! Han nacido para la tierra, no para el agua. Y, naturalmente, no quieren pensar: como que han sido creados para la vida. ¡No para pensar! Claro, y el que piensa, el que hace del pensar lo principal, ese podrá acaso llegar muy lejos en esto; pero ese precisamente ha confundido la tierra con el agua, y un día u otro se ahogará.

Ya estaba yo fascinado y lleno de interés, y me quedé con él un momento, y a partir de aquel día no era raro que en la escalera o en la calle, cuando nos encontrábamos, hablásemos un poco. Al principio, en aquellas ocasiones, lo mismo que ante la araucaria, no dejaba yo de tener un poco la sensación de que se burlaba de mí. Pero no era así. A mí, lo mismo que a la araucaria, nos tenía verdadero respeto, estaba tan conscientemente convencido de su aislamiento, de su natación en el agua, de su desarraigo, que sin pizca de sarcasmo podía llegar a veces a entusiasmarse ante cualquier acto corriente de la vida burguesa cotidiana; por ejemplo, la puntualidad con que yo iba a mi oficina, o la expresión proferida por un criado o por un conductor de tranvía. En un principio me parecía esto bastante ridículo y exagerado, una especie de extravagancia señoril o bohemia, un sentimentalismo artificioso. Pero cada vez más hube de ver que desde su espacio vacío, desde su modo de ser extraño y su lobuznez estepario, le admiraba nuestro pequeño mundo burgués y lo amaba, como a lo firme y seguro, como a lo lejano e inasequible, como al hogar y a la paz, hacia los cuales no había camino alguno para él. Ante nuestra asistenta, una buena y pobre mujer, se quitaba siempre el sombrero con no fingido respeto, y cuando mi tía hablaba alguna vez con él, o le llamaba la atención acerca de la necesidad de alguna reparación en su ropa o de algún botón que se le caía a su abrigo, entonces escuchaba con una atenta y extraña consideración como si se afanara indecible y desesperadamente por penetrar, por una rendija cualquiera, en este pequeño mundo pacífico y aclimatarse a él, aunque no fuera más que por una hora.

Ya en la primera conversación, ante la araucaria, se llamó a sí propio Lobo Estepario, y también esto me sorprendió y me molestó bastante. ¿A qué venían esas expresiones? Pero acabé por dejar valer la palabra no sólo por costumbre, sino que pronto yo, entre mí, en mis pensamientos, no nombraba a aquel hombre de otra manera más que Lobo Estepario, y aun hoy no sabría un apelativo más a propósito para este fenómeno. Un Lobo Estepario perdido entre nosotros, dentro de las ciudades, en medio de los rebaños más convincentes no podría presentarlo otra metáfora, ni a su misántropo aislamiento, a su rudeza e inquietud, a su nostalgia por un hogar del que carecía.

Una vez pude observarlo toda una velada en un concierto sinfónico, en donde, para mi sorpresa, lo vi sentado cerca de mí sin que el se diera cuenta. Primeramente, tocaron algo de Händel, una música noble y bella; pero el Lobo Estepario estaba en su butaca abismado en sí mismo, sin conexión ni con la música ni con cuanto lo rodeaba. Ausente, solitario y extraño, estaba sentado con una expresión fría, pero llena de preocupaciones y mirando en el vacío. Luego vino otra pieza, una pequeña sinfonía de Friedemann Bach y entonces vi con asombro cómo a los pocos compases mi forastero empezaba a sonreír y a entregarse, se reconcentró dentro de sí y durante diez minutos apareció tan dichosamente abstraído y entregado a ensueños tan venturosos que yo atendía más a él que a la música. Cuando la pieza hubo terminado, despertó, se sentó más derecho, hizo ademán de levantarse y parecía que quería irse; pero permaneció sentado y escuchó aún la última parte; eran unas variaciones de Negar, una música que por muchos es considerada como algo lánguida y fatigante. Y también el Lobo Estepario, que al principio todavía había escuchado atentamente y con buena voluntad, volvió a extraviarse, metió las manos en los bolsillos y se reconcentró de nuevo dentro de sí; pero ahora no feliz y en ensueños, sino triste y al final irritado; su cara estaba otra vez lejos, con un tinte gris y apagada; daba la impresión de viejo y enfermo y descontento.

Después del concierto volví a verlo en la calle y fui siguiéndolo; embutido en su gabán, caminaba como cansado y sin ganas en dirección a nuestro barrio; pero se quedó parado ante un pequeño restaurante pasado de moda, miró indeciso al reloj y acabó por entrar. Yo seguí un impulso del momento y entré tras él. Allí estaba sentado, en una mesa modestita del café; la encargada y la camarera lo saludaron como a parroquiano conocido, yo saludé también y fui a sentarme a su lado. Una hora estuvimos allí, y mientras yo tomé dos vasos de agua mineral, se hizo servir él medio litro, y luego un cuarto más, de vino tinto. Yo dije que había estado en el concierto; pero él no quiso abordar el tema. Leyó la etiqueta de mi botella y me preguntó si no quería beber vino, a lo que me invitaba. Cuando oyó que yo no bebía vino nunca, puso una vez más su cara irremediable y dijo:

—Sí, tiene usted razón. Yo también he vivido en continencia durante muchos años y he ayunado mucho tiempo; pero actualmente estoy otra vez bajo el signo de Acuario, un signo oscuro y húmedo.

Y cuando yo, en broma, recogí esta alusión e indiqué cuán poco probable me resultaba que precisamente él creyera en la astrología, volvió a adoptar el tono demasiado cortés, que a menudo me molestaba, y dijo:

—Muy exacto; tampoco en esta ciencia puedo creer, por desgracia.

Me despedí y salí, y él no volvió a casa hasta muy tarde por la noche; pero su paso era el de costumbre y, como siempre, no se fue a la cama enseguida (yo oía esto perfectamente desde mi cuarto vecino), sino que aún se entretuvo en su gabinete como una hora entera con la luz encendida.

Tampoco he podido olvidar otra tarde. Estaba yo solo en casa; mi tía había salido y llamaron a la puerta, y cuando abrí me hallé ante una señora joven y muy guapa, y al preguntarme ella por el señor Haller, la reconocí: era la de la fotografía de su cuarto. Le mostré la puerta y me retiré; ella permaneció arriba un rato, pero pronto los oí bajar la escalera los dos juntos y salir animados y muy contentos conversando de buen humor. Me extrañó mucho que el anacoreta tuviese una querida, y tan joven, guapa y elegante, y todas mis suposiciones sobre él y su vida se me volvieron otra vez confusas. Pero antes de una hora tornó él a casa, solo, con su paso pesado y triste, subió penosamente la escalera y estuvo largas horas en su gabinete, paseando despacio de un lado a otro, exactamente lo mismo que un lobo en su jaula; toda la noche, casi hasta por la mañana, hubo luz en su cuarto.

Sobre estas relaciones no sé nada, y sólo he de agregar: otra vez lo vi junto con aquella señora en una calle de la ciudad. Iban del brazo, y él parecía feliz; volvió a admirarme cuánta gracia y hasta ingenuidad podía tener en ocasiones su rostro solitario y preocupado, y comprendí a aquella mujer y comprendí la simpatía de mi tía por este hombre. Pero también aquel día regresó por la noche triste y digno de lástima; me lo encontré en la puerta de la calle; llevaba consigo debajo del abrigo, como más de cuatro veces, la botella de vino italiano, y con ella estuvo sentado media noche arriba en su madriguera. Me daba mucha lástima. Pero ¿qué vida tan impotente, desolada y perdida era la suya?

Bien, ya se ha hablado bastante. No se necesitan más informes ni narraciones para indicar que el Lobo Estepario llevaba la vida de un suicida. Y, sin embargo, no creo que se quitara la vida en aquella ocasión en que inopinadamente y sin despedirse, pero después de abonar todo lo que tenía pendiente, abandonó un buen día nuestra ciudad y desapareció. No hemos vuelto a oír nada más de él, y aún conservamos algunas cartas que llegaron a su dirección. No se dejó otra cosa más que un manuscrito, compuesto durante su estancia en esta, y que con pocos renglones me dedicó a mí, con la observación de que podía hacer de él lo que se me antojara.

No me ha sido posible comprobar, en cuanto a su contenido de realidad, los sucesos que refiere el manuscrito de Haller. No dudo de que en su mayor parte son ficciones; pero no en el sentido de invenciones arbitrarias, sino a modo de un ensayo de expresión para representar procesos anímicos hondamente vividos con el ropaje de sucesos visibles. Los incidentes, en gran parte fantásticos, en el trabajo de Haller proceden probablemente de la última época de su permanencia entre nosotros, y no dudo de que les sirve de base un trozo de vida real externa. En aquel tiempo mostraba, en efecto, nuestro huésped una conducta y un aspecto cambiados; estaba muchas horas fuera de casa, hasta noches enteras, y sus libros permanecían sin que les hiciera caso. Las pocas veces en que por entonces lo encontré, parecía sorprendentemente animado y rejuvenecido; algunas, verdaderamente alegre. Claro que inmediatamente después seguía una nueva y grave depresión, se quedaba los días enteros en la cama sin sentir necesidad de comer, y por aquella época cae también una pelotera extraordinariamente violenta, puede decirse que brutal, con su querida recién surgida de nuevo, escándalo que puso en revolución a toda la casa y por el cual Haller, al día siguiente, fue a pedir perdón a mi tía.

No, estoy persuadido de que no se ha quitado la vida. Vive todavía; por cualquier parte va subiendo y bajando, sobre sus piernas cansadas, las escaleras de casa extraña; en cualquier parte está mirando fijamente suelos relucientes de *parquet* y araucarias pulcramente cuidadas; pasa los días en las bibliotecas y las noches en los colmados, o está tendido sobre un sofá alquilado; desde sus ventanas oye vivir al mundo y a los hombres y se sabe excluido, pero no se mata, pues un resto de fe le dice que tiene que apurar hasta el fin dentro de su corazón este sufrimiento, este tremendo sufrimiento, que es de lo que, a la postre, habrá de morir. Yo pienso con frecuencia en él; no me ha hecho la vida más fácil, no tuvo el don de apoyar y fomentar en mí lo fuerte y alegre, ¡oh, al contrario! Pero yo no soy él y yo no llevo su clase de vida, sino la mía: una vida minúscula y burguesa, pero asegurada y llena de deberes. Y de este modo podemos pensar en él con calma y amistad yo y mi tía, la cual sabría contar de él más que yo; pero eso queda guardado en su corazón bondadoso.

✳ ✳ ✳

Por lo que atañe a las anotaciones de Haller, estas fantasías maravillosas, en parte enfermizas, en parte bellas y llenas de ideas, he de decir que seguramente hubiera tirado con indignación estas hojas, si hubiesen caído en mis manos y su autor no me hubiera sido conocido. Pero por mi trato con Haller me ha sido posible comprenderlas en parte y hasta aprobarlas. Tendría escrúpulos de comunicarlas a los demás, si viera en ellas únicamente las fantasías patológicas de un pobre melancólico aislado. Pero en ellas veo algo más: un documento de la época, pues la enfermedad psíquica de Haller es —hoy lo sé— no la quimera de un sólo individuo, sino la enfermedad del siglo mismo, la neurosis de aquella generación a la que Haller pertenece, enfermedad de la cual no son atacadas sólo las personas débiles e inferiores, sino precisamente las fuertes, las espirituales, las de más talento.

Estas anotaciones —y da lo mismo que tengan, por base mucho o poco de sucesos reales— son un intento de vencer la gran enfermedad de la época no con medios indirectos ni paliativos, sino procurando hacer a la misma enfermedad el objeto de la exposición. Significan literalmente un paseo por el infierno, un paseo, ora lleno de angustia, ora animoso, a través del caos de un mundo psíquico en tinieblas, emprendido con la voluntad de atravesar el infierno, mirar frente a frente al caos, soportar el mal hasta el fin.

Unas palabras de Haller me han dado la clave para comprenderlo así. Una vez, después de una conversación acerca de las llamadas crueldades en la Edad Media, me dijo:

—Esas crueldades no lo son en realidad. Un hombre de la Edad Media execraría todo el estilo de nuestra vida actual no ya como cruel, sino como atroz y bárbaro. Cada época, cada cultura, cada costumbre y tradición tienen su estilo, tienen sus ternuras y durezas peculiares, sus crueldades y bellezas; consideran ciertos sufrimientos como naturales; aceptan ciertos males con paciencia. La vida humana se convierte en verdadero dolor, en verdadero infierno sólo allí donde dos épocas, dos culturas o religiones se entrecruzan. Un hombre de la antigüedad que hubiese tenido que vivir en la Edad Media se habría asfixiado tristemente, lo mismo que un salvaje tendría que asfixiarse en medio de nuestra civilización. Hay momentos en los que toda una generación se encuentra extraviada entre dos épocas, entre dos estilos de la vida, de tal suerte, que tiene que perder toda naturalidad, toda norma, toda seguridad e inocencia. Es claro que no todos perciben esto con la misma intensidad. Una naturaleza como Nietzsche hubo de sufrir la miseria actual con más de una generación por anticipado; lo que él, solitario e incomprendido, hubo de gustar hasta la saciedad, lo están soportando hoy millares de seres.

Muchas veces he tenido que recordar estas palabras al leer las anotaciones. Haller pertenece a aquellos que se han enzarzado entre dos épocas, que se han salido de toda seguridad e inocencia, a aquellos cuyo sino es vivir todos los enigmas de la vida humana sublimados como infierno y tormento en su propia persona.

En esto está, a mi juicio, el sentido que pueden tener para nosotros sus anotaciones, y por eso me decidí a publicarlas. Por lo demás, yo no he de salir a su defensa, ni condenarlas; que cada lector lo haga según su conciencia.

Sólo para locos

El día había transcurrido del modo como suelen transcurrir estos días; lo había malbaratado, lo había consumido suavemente con mi manera primitiva y extraña de vivir; había trabajado un buen rato dando vueltas a los libros viejos; había tenido dolores durante dos horas, como suele tenerlos la gente de alguna edad; había tomado unos polvos y me había alegrado de que los dolores se dejaran engañar; me había dado un baño caliente, absorbiendo el calorcillo agradable; había recibido tres veces el correo y hojeado las cartas, todas sin importancia, y los impresos, había hecho mi gimnasia respiratoria, dejando hoy por comodidad los ejercicios de meditación; había salido de paseo una hora y había visto dibujadas en el cielo bellas y delicadas muestras de preciosos cirros. Esto era muy bonito, igual que la lectura en los viejos libros y el estar tendido en el baño caliente; pero, en suma, no había sido precisamente un día encantador, no había sido un día radiante, de placer y ventura, sino simplemente uno de estos días como tienen que ser, por lo visto, para mí desde hace mucho tiempo, los corrientes y normales; días mesuradamente agradables, absolutamente llevaderos, pasables y tibios, de un señor descontento y de cierta edad; días sin dolores especiales, sin preocupaciones especiales, sin verdadero desaliento y sin desesperanza; días en los cuales puede meditarse tranquila y objetivamente, sin agitaciones ni miedos, hasta la cuestión de si no habrá llegado el instante de seguir el ejemplo del célebre autor de los *Estudios* y sufrir un accidente al afeitarse.

El que haya gustado los otros días, los malos, los de los ataques de gota o los del maligno dolor de cabeza clavado detrás de los globos de los ojos, y convirtiendo, por arte del diablo, toda actividad de la vista y del oído de una satisfacción en un tormento, o aquellos días de la agonía del espíritu, aquellos días terribles del vacío interior y de la desesperanza, en los cuales, en medio de la tierra destruida y esquilmada por las sociedades anónimas, nos salen al paso, con sus muecas como un vomitivo, la humanidad y la llamada cultura con su fementido brillo de feria, ordinario y de hojalata, concentrado todo y llevado al colmo de lo insoportable dentro del propio yo enfermo; el que haya gustado aquellos días infernales, ese ha de estar muy contento con estos días normales y mediocres como el de hoy; lleno de agradecimiento se sentará junto a la amable chimenea y con agradecimiento comprobará, al leer el periódico de la mañana, que no se ha declarado ninguna nueva guerra ni se ha erigido en ninguna parte ninguna nueva dictadura, ni se ha descubierto en política ni en el mundo de los negocios ningún chanchullo de importancia especial; con agradecimiento habrá de templar las cuerdas de su lira enmohecida para entonar un salmo de gratitud mesurado, regularmente alegre y casi placentero, con el que aburrir a su callado y tranquilo dios contentadizo y mediocre, como anestesiado con un poco de bromuro; y en el ambiente de tibia pesadez de este aburrimiento medio satisfecho, de esta carencia de dolor tan de agradecer, se parecen los dos como hermanos gemelos, el monótono y adormilado dios de la mediocridad y el hombre mediocre algo encanecido que entona el salmo amortiguado.

Es algo hermoso esto de la autosatisfacción, la falta de preocupaciones, estos días llevaderos, a ras de tierra, en los que no se atreven a gritar ni el dolor ni el placer, donde todo no hace sino susurrar y andar de puntillas. Ahora bien, conmigo se da el caso, por desgracia, de que yo no soporto con facilidad precisamente esta semisatisfacción, que al poco tiempo me resulta intolerablemente odiosa y repugnante, y tengo que refugiarme desesperado en otras temperaturas, a ser posible por la senda de los placeres y también por necesidad por el camino de los dolores. Cuando he estado una temporada sin placer y sin dolor y he respirado la tibia e insípida soportabilidad de los llamados días buenos, entonces se llena mi alma infantil de un sentimiento tan doloroso y de miseria que al dormecino dios de la semisatisfacción le tiraría a la cara satisfecha la mohosa lira de la gratitud, y más me gusta sentir dentro de mí arder un dolor verdadero y endemoniado que esta confortable temperatura de estufa. Entonces se inflama en mi interior un fiero afán de sensaciones, de impresiones fuertes, una rabia de esta vida degradada, superficial, esterilizada y sujeta a normas, un deseo frenético de hacer polvo alguna cosa, por ejemplo, unos grandes almacenes o una catedral, o a mí mismo, de cometer temerarias idioteces, de arrancar la peluca a un par de ídolos generalmente respetados, de equipar a un par de muchachos rebeldes con el soñado billete para Hamburgo, de seducir a una jovencita o retorcer el pescuezo a varios representantes del orden social burgués. Porque esto es lo que yo más odiaba, detestaba y maldecía principalmente en mi fuero interno: esta autosatisfacción, esta salud y comodidad, este cuidado optimismo del burgués, está bien alimentada y próspera disciplina de todo lo mediocre, normal y corriente.

En tal disposición de ánimo terminaba yo, al oscurecer, aquel día adocenado y llevadero. No lo terminaba de la manera normal y conveniente para un hombre algo enfermo, entregándome a la cama preparada y provista de una botella de agua caliente a modo de imán; sino que insatisfecho y asqueado por mi poquito de trabajo y descorazonado, me calcé los zapatos, me embutí en el abrigo, dirigiéndome a la calle rodeado de niebla y oscuridad, para beber en la hostería del Casco de Acero lo que los hombres que beben llaman "un vaso de vino", según un convencionalismo antiguo.

Así bajaba yo, pues, la escalera de mi sotabanco, estas penosas escaleras de la tierra extraña, estas escaleras burguesas, cepilladas y limpias, de una decentísima casa de alquiler para tres familias, junto a cuyo tejado tenía yo mi celda. No sé cómo es esto, pero yo, el Lobo Estepario sin hogar, el enemigo solitario del mundo de la pequeña burguesía, yo vivo siempre en verdaderas casas burguesas. Esto debe ser un viejo sentimentalismo por mi parte. No vivo en palacios ni en casas de proletarios, sino siempre exclusivamente en estos nidos de la pequeña burguesía, decentísimos, aburridísimos e impecablemente cuidados, donde huele a un poco de trementina y a un poco de jabón y donde uno se asusta, si alguna vez se da un golpazo al cerrar la puerta de la casa o si se entra con los zapatos sucios. Me gusta sin duda esta atmósfera desde los años de mi infancia, y mi secreta nostalgia hacia algo así como un hogar me lleva, sin esperanza, una y otra vez, por estos necios caminos. Así es, y me gusta también el contraste en el que está mi vida, mi vida solitaria, ajetreada y sin afectos, completamente desordenada, con este ambiente familiar y burgués. Me complace respirar en la escalera este olor de quietud, orden, limpieza, decencia y domesticidad, que a pesar de mi odio a la burguesía tiene siempre algo emotivo para mí, y me complace luego atravesar la puerta de mi cuarto, donde todo esto termina, donde entre los montones de libros me encuentro las colillas de los cigarros y las botellas de vino, donde todo es desorden, abandono e incuria, y donde todo, libros, manuscritos, ideas, está sellado e impregnado por la miseria del solitario, por la problemática de la naturaleza humana, por el vehemente afán de dotar de un nuevo sentido a la vida del hombre que ha perdido el que tenía.

Y entonces pasé junto a la araucaria. En efecto, en el primer piso de esta casa desemboca la escalera en el pequeño vestíbulo de una vivienda, que sin duda es aún más impecable, más limpia y más lustrosa que las demás, pues este modesto vestíbulo reluce por un cuidado sobrehumano, es un brillante y pequeño templo del orden. Sobre el suelo de parqué, que uno no se atreve a pisar, hay dos elegantes taburetes, y sobre cada taburete una gran maceta; en una crece una azalea; en la otra, una araucaria bastante magnífica, un árbol infantil sano y recto, de la mayor perfección, y hasta la última hoja acicular de la última rama reluce con la más fresca nitidez. A veces, cuando me creo inobservado, uso este lugar como templo, me siento en un escalón sobre la araucaria, descanso un poco, junto las manos y miro con devoción hacia abajo a este jardín del orden, cuyo aspecto emotivo y ridícula soledad me conmueven el alma de un modo extraño. Detrás de este vestíbulo, por decirlo así, en la sombra sagrada de la araucaria, barrunto una vivienda llena de caoba reluciente, una vida llena de decencia y de salud, de levantarse temprano y cumplimiento del deber, fiestas familiares alegres con moderación, visitas a la iglesia los domingos y acostarse a primera hora.

Con fingida alegría me puse a trotar sobre el asfalto de las calles, húmedo por la niebla. Las luces de los faroles, lacrimosas y empeñadas, miraban a través de la blanda opacidad y absorbían del suelo mojado los difusos reflejos. Mis años olvidados de la juventud se me representaron; cuánto me gustaban entonces aquellas noches turbias y sombrías de fines de otoño y del invierno; cuán ávido y embriagado aspiraba entonces el ambiente de soledad y melancolía, correteando hasta media noche por la naturaleza hostil y sin hojas, embutido en el gabán y bajo lluvia y tormenta, solo ya en aquella época también, pero lleno de profunda complacencia y de versos, que después en mi alcoba escribía a la luz de la vela y sentado sobre el borde de la cama. Ahora ya esto había pasado, este cáliz había sido apurado, y ya no me lo volverían a llenar. ¿Habría que lamentarlo? No. No había que lamentar nada de lo pasado. Era de lamentar lo de ahora, lo de hoy, todas estas horas y días que yo iba perdiendo, que yo en mi soledad iba sufriendo, que ya no traían ni dones agradables ni conmociones profundas. Pero, gracias a Dios, no dejaba también de haber excepciones: a veces, aunque raras, había también horas que traían hondas sacudidas y dones divinos, horas demoledoras, que a mí, extraviado, volvían a transportarme junto al palpitante corazón del mundo. Triste y, sin embargo, estimulado en lo más íntimo, procuré acordarme del último suceso de esta clase. Había sido en un concierto. Tocaban una antigua música magnífica. Entonces, entre dos compases de un pasaje pianístico tocado por oboes, se me había vuelto a abrir de repente la puerta del más allá, había cruzado los cielos y vi a Dios en su tarea, sufrí dolores bienaventurados, y ya no había de oponer resistencia a nada en el mundo, ni de temer en el mundo a nada ya, había de afirmarlo todo y de entregar a todo mi corazón. No duró mucho tiempo, acaso un cuarto de hora; volvió en sueños aquella noche, y desde entonces, a través de los días de tristeza, surgía radiante alguna que otra vez de un modo furtivo; lo veía a veces cruzar claramente por mi vida durante algunos minutos, como una huella de oro, divina, envuelta casi siempre profundamente en cieno y en polvo, brillar luego otra vez con chispas de oro, pareciendo que no había de perderse ya nunca, y, sin embargo, perdida pronto de nuevo en los profundos abismos. Una vez sucedió por la noche que, estando despierto en la cama, empecé de pronto a recitar versos, versos demasiado bellos, demasiado singulares para que yo hubiera podido pensar en escribirlos, versos que a la mañana siguiente ya no recordaba y que, sin embargo, estaban guardados en mí como la nuez sana y hermosa dentro de una cáscara rugosa y vieja. Otra vez tomó la visión con la lectura de un poeta, con la meditación sobre un pensamiento de Descartes o de Pascal; aún en otra ocasión volvió a surgir, estando un día con mi amada, y a conducirme más adentro en el cielo. ¡Ah, es difícil encontrar esa huella de Dios en medio de esta vida que llevamos, en medio de este siglo tan contentadizo, tan burgués, tan falto de espiritualidad, a la vista de estas arquitecturas, de estos negocios, de esta política, de estos hombres! ¿Cómo no había yo de ser un Lobo Estepario y un pobre anacoreta en medio de un mundo, ninguno de cuyos fines comparto, ninguno de cuyos placeres me llama la atención? No puedo aguantar mucho tiempo ni en un teatro ni en un cine, apenas puedo leer un periódico, rara vez un libro moderno; no puedo comprender qué clase de placer y de alegría buscan los hombres en los hoteles y en los ferrocarriles totalmente llenos, en los cafés repletos de gente oyendo una música fastidiosa y pesada; en los bares y *varietés* de las elegantes ciudades lujosas, en las exposiciones universales, en las carreras, en las conferencias para los necesitados de ilustración, en los grandes lugares de deportes; no puedo entender ni compartir todos estos placeres, que a mí me serían desde luego asequibles y por los que tantos millares de personas se afanan y se agitan. Y lo que, por el contrario, me sucede a mí en las raras horas de placer, lo que para mí es delicia, suceso, elevación y éxtasis, eso no lo conoce, ni lo ama, ni lo busca el mundo más que si acaso en las novelas; en la vida, lo considera una locura. Y en efecto, si el mundo tiene razón, si esta música de los cafés, estas diversiones en masa, estos hombres americanos contentos con tan poco tienen razón, entonces soy yo el que no la tiene, entonces es verdad que estoy loco, entonces soy efectivamente el Lobo Estepario que tantas veces me he llamado, la bestia descarriada en un mundo que le es extraño e incomprensible, que ya no encuentra ni su hogar, ni su ambiente, ni su alimento.

Con estas ideas habituales seguí andando por la calle humedecida, atravesando uno de los más tranquilos y viejos barrios de la ciudad. De pronto vi en la oscuridad, al otro lado de la calle, enfrente de mí, una vieja tapia parda de piedras, que siempre me gustaba mirar; allí estaba siempre, tan vieja y tan despreocupada, entre una iglesia pequeña y un antiguo hospital; de día me gustaba poner los ojos con frecuencia en su tosca superficie. Había pocas superficies tan calladas, tan buenas y tranquilas en el interior de la ciudad, donde, por otra parte, en cada medio metro cuadrado le gritaba a uno a la cara su anuncio una tienda, un abogado, un inventor, un médico, un barbero o un callista. También ahora volví a ver a la vieja tapia gozando tranquila de su paz y, sin embargo, algo había cambiado en ella; vi una pequeña y linda puerta en medio de la tapia con un arco ojival y me desconcerté, pues no sabía ya en realidad si esta puerta había estado siempre allí, o la habían puesto recientemente. Vieja parecía, sin duda, viejísima; probablemente la pequeña entrada cerrada, con su puerta oscura de madera, había servido de paso hace ya siglos a un soñoliento patio conventual, y todavía hoy servía para lo mismo, aun cuando el convento ya no existiera; y probablemente había visto yo cien veces la puerta, sólo que no me había dado cuenta de ella, quizá estaba recién pintada y por eso me llamaba la atención. Sea como fuere, me quedé parado mirando atentamente hacia aquella acera, sin atravesar, sin embargo; la calle por el centro tenía el piso tan blando y mojado... Me quedé en la otra acera, mirando simplemente hacia aquel lado, era ya de noche, y me pareció que en torno de la puerta había una guirnalda o alguna cosa de colores. Y entonces, al esforzarme por ver con más precisión, distinguí sobre el hueco de la puerta un escudo luminoso, en el que me parecía que había algo escrito. Apliqué con afán los ojos y por fin atravesé la calle, a pesar del lodo y el barro. Entones vi sobre la puerta, en el verde pardusco y viejo de la tapia, un espacio tenuemente iluminado por el que corrían y desaparecían rápidamente letras movibles de colores, volvían a aparecer y se esfumaban. También han profanado, pensé, esta vieja y buena tapia para un anuncio luminoso. Entretanto, descifré algunas de las palabras fugitivas, eran difíciles de leer y había que adivinarías en parte, las letras aparecían con intervalos desiguales, pálidas y borrosas, y desaparecían inmediatamente. El hombre que quería hacer su negocio con esto no era hábil, era un Lobo Estepario, un pobre diablo. ¿Por qué ponía en juego sus letras aquí, sobre esta tapia, en la calleja más tenebrosa de la ciudad vieja, a esta hora, cuando nadie pasa por aquí, y por qué eran tan fugitivas y ligeras las letras, tan caprichosas y tan ilegibles? Pero... ya lo logré: conseguí atrapar varias palabras, unas detrás de otras, que decían:

> *Teatro mágico.*
> *Entrada no para cualquiera.*
> *No para cualquiera.*

Intenté abrir la puerta, el viejo y pesado picaporte no cedía a ningún esfuerzo. El juego de las letras había terminado, cesó de pronto, tristemente, como consciente de su inutilidad. Retrocedí algunos pasos, me metí en el fango hasta los tobillos, ya no aparecían más letras. El juego se había extinguido. Permanecí mucho rato de pie en el lodo y esperé; en vano. Luego, cuando ya hube renunciado y estaba otra vez sobre la acera, cayeron por delante de mí un par de letras luminosas de colores sobre el espejo del asfalto.

Leí:

> *¡Sólo... para... lo... cos!*

Se me habían mojado los pies y me estaba helando, pero aún permanecí un gran rato en acecho. Nada más. Mientras estuve allí de pie pensando cómo los bonitos fuegos fatuos de las tenues y pintadas letras habían bailoteado sobre la tapia húmeda y sobre el asfalto negro brillante, se me volvió a ocurrir de repente una fracción de mi anterior pensamiento: la alegría de la huella de oro resplandeciente, que se aleja tan pronto y no puede encontrarse.

Me helaba y seguí andando, soñando con aquella huella, suspirando por la puerta de un teatro mágico, sólo para locos. Entretanto había entrado en el barrio del mercado, donde no faltaban diversiones nocturnas. Cada dos pasos había un anuncio y atraía un cartel: "Orquesta femenina. *Varietés*. Cine. *Dancing*". Pero todo esto no era nada para mí, era para cualquiera, para normales, como en efecto los veía penetrar en grandes grupos por aquellas puertas. A pesar de todo, mi tristeza estaba un poco aclarada: ¡como que me había tocado un saludo del otro mundo!, un par de letras de colores habían bailado y jugueteado sobre mi alma y habían rozado acordes íntimos, un resplandor de la huella de oro se había hecho otra vez visible.

Busqué la pequeña y antigua taberna en la que nada había cambiado desde mi primera estancia en esta ciudad hace unos veinticinco años, también la tabernera era todavía la de antes, y algunos de los parroquianos de hoy estuvieron ya entonces sentados aquí, en el mismo sitio, ante los mismos vasos. Entré en el modesto cafetín, aquí podía uno refugiarse. Ciertamente que era sólo un refugio como, por ejemplo, el de la escalera junto a la araucaria; aquí tampoco encontraba yo hogar ni comunidad, sólo hallaba un lugar de observación, ante un escenario, en el cual gente extraña representaba extrañas comedias; pero al menos este lugar apacible tenía en sí algo de valor: no había muchedumbre, ni gritería, ni música, solamente un par de ciudadanos tranquilos ante mesas de madera sin tapete (¡ni mármoles, ni porcelana, ni peluche, ni latón dorado!), y ante cada uno un buen vaso, un buen vino fuerte. Quizá este par de parroquianos, a todos los cuales conocía yo de vista, eran verdaderos filisteos y tenían en sus casas, en sus viviendas de filisteos, pobres altares domésticos con ídolos de buen conformar; quizá también eran mozos solitarios y descarrilados como yo, tranquilos y meditabundos bebedores, de quebrados ideales, lobos de la estepa y pobres diablos ellos también; yo no lo sabía. De cada uno de ellos tiraba hacia aquí una nostalgia, un desengaño, una necesidad de compensación; el casado buscaba la atmósfera de su época de soltero, el viejo funcionario, la reminiscencia de sus años de estudiante.

Todos ellos eran bastante taciturnos, y todos eran bebedores y preferían, lo mismo que yo, estar aquí sentados ante medio litro de vino de Alsacia a oír una orquesta de señoritas. Aquí atraqué, aquí se podía aguantar una hora, acaso dos. Apenas hube tomado un trago del Alsacia, cuando noté que hoy no había comido nada fuera del desayuno.

Es maravilloso todo lo que el hombre puede tragar. Durante unos buenos diez minutos estuve leyendo un periódico, dejando entrar por los ojos el espíritu de un individuo irresponsable, que rumia y mastica las palabras de otro, pero las devuelve sin digerir. Esto ingerí, toda una columna entera. Y luego devoré un buen trozo de hígado, recortado del cuerpo de una ternera sacrificada. ¡Maravilloso! Lo mejor era el alsaciano. No me gustan los vinos de fuerza, fogosos, por lo menos no son para todos los días, vinos que atraen con fuertes encantos y tienen sabores famosos y especiales. Prefiero generalmente vinos de la tierra muy puros, ligeros, modestos, sin nombre especial; se puede tolerar mucho de estos vinos, y tienen un sabor tan bueno y agradable, a campo, a tierra, a cielo y a bosque. Un vaso de vino de Alsacia y un trozo de buen pan, esa es la mejor de todas las comidas. Ahora ya tenía yo dentro una porción de hígado, goce especialísimo para mí, que rara vez como carne, y tenía delante el segundo vaso. También esto era maravilloso, que en verdes valles de alguna parte buena gente vigorosa cultivara vides y se sacara vino, para que acá y allá por todo el mundo, lejos de ellos, algunos ciudadanos desengañados y que empinan el codo calladamente, algunos incorregibles lobos esteparios pudieran extraer a sus vasos un poco de confianza y de alegría.

Y por mí, ¡que siga siendo tan maravilloso! Estaba bien, entonaba, volvía el buen humor. A propósito de la ensalada de palabras del artículo del periódico, me salió tardía una carcajada liberadora, y repentinamente volví a acordarme de la olvidada melodía de aquellos dulces compases de oboes: como una pequeña y reluciente pompa de jabón la sentí ascender dentro de mí, brillar, reflejar policromo y pequeño el mundo entero y romperse de nuevo suavemente. Si había sido posible que esta pequeña melodía celestial echara misteriosamente raíces en mi alma y un día dentro de mí hiciera brotar su encantadora flor con todos los bellos matices, ¿podía estar yo irremisiblemente perdido? Y aunque yo fuera una bestia descarriada, incapaz de comprender al mundo que la rodea, no dejaba de haber un sentido en mi vida insensata, algo dentro de mí respondía, era receptor de llamadas de lejanos mundos superiores, en mi cerebro se habían animado mil imágenes: coros de ángeles de Giotto, de una pequeña bóveda azul en una iglesia de Padua, y junto a ellos iban Hamlet y Ofelia coronada de flores, bellas alegorías de toda la tristeza y de toda incomprensión en el mundo; allí estaba en el globo ardiendo el aeronauta Gianozzo y tocaba la trompeta; Atila Schmelzle llevaba en la mano su sombrero nuevo; el Borobudur hacía saltar su montaña de esculturas. Y aun cuando todas estas bellas figuras vivieran también en otros mil corazones, todavía quedaban otras diez mil imágenes y melodías desconocidas, para las cuales sólo dentro de mí había un asilo, unos ojos que las vieran, unos oídos que las escucharan. La vieja tapia del hospital con el viejo color verde pardo, sucia y ruinosa, en cuyas grietas y ruinas podía uno imaginarse cientos de frescos, ¿quién se ponía a tono con ella, quién se adentraba en su espíritu, quién la amaba, quién percibía el encanto de sus colores en dulce agonía? Los viejos libros de los monjes, con las miniaturas tenuemente brillantes, y los libros olvidados por su pueblo de los poetas alemanes de hace doscientos y de hace cien años, todos los tomos manoseados y carcomidos por la humedad, y los impresos y manuscritos de los músicos antiguos, las tiesas y amarillentas hojas de notas con fosilizados sueños de armonías, ¿quién escuchaba sus voces espirituales, picarescas y nostálgicas, quién llevaba el corazón lleno de su espíritu y de su encanto a través de una edad tan diferente y tan lejana a ellos? ¿Quién se acordaba ya de aquel pequeño y duro ciprés en lo más alto de la montaña sobre Gubbio, tronchado y partido por una roca desprendida y aferrado, sin embargo, a vivir, hasta el punto de echar una nueva copa modesta y fragante? ¿Quién hacía justicia a la cuidadosa señora del primer piso y a su reluciente araucaria? ¿Quién leía de noche sobre las aguas del Rin las escrituras que dejaban trazadas en el cielo las nubes viajeras? Era el Lobo Estepario. ¿Y quién buscaba entre los escombros de la propia vida el sentido que se había llevado el viento, quién sufría lo aparentemente absurdo y vivía lo aparentemente loco y esperaba secretamente aún en el último caos errante la revelación y proximidad de Dios?

Aparté mi vaso, que la tabernera quería volver a llenarme, y me levanté. Ya no necesitaba más vino. La huella de oro había relampagueado, me había hecho recordar lo eterno, a Mozart y a las estrellas. Podía volver a respirar una hora, podía vivir, podía existir, no necesitaba sufrir tormentos, ni tener miedo, ni avergonzarme.

La finísima y tenue lluvia impulsada por el viento frío tremaba en torno a los faroles y brillaba con helado centelleo, cuando salí a la calle desierta ya. ¿Adónde ahora? Si hubiese dispuesto en aquel momento de una varita de virtud, se me hubiera presentado al punto un pequeño y lindo salón estilo Luis XVI, en donde un par de buenos músicos me hubiesen tocado dos o tres piezas de Händel y de Mozart. Para una cosa así tenía mi espíritu dispuesto en aquel instante, y me hubiera sorbido la música noble y serena, como los dioses beben el néctar. Oh, ¡si yo hubiese tenido ahora un amigo, un amigo en una bohardilla cualquiera, ocupado en cualquier cosa a la luz de una bujía y con un violín por allí en cualquier lado! ¡Cómo me hubiese deslizado hasta su callado refugio nocturno, hubiera trepado sin hacer ruido por las revueltas de la escalera y lo hubiera sorprendido, celebrando en su compañía con el diálogo y la música dos horas celestiales aquella noche! Con frecuencia había gustado esta felicidad antiguamente, en años pasados ya, pero también esto se me había alejado con el tiempo y estaba privado de ello; años marchitos se habían interpuesto entre aquello y esto.

Lentamente emprendí el camino hacia mi casa, me levanté el cuello del gabán y apoyé el bastón en el suelo mojado. Aun cuando quisiera recorrer el camino muy despacio, pronto me hallaría sentado otra vez en mi sotabanco, en mi pequeña ficción de hogar, que no era de mi gusto, pero de la cual no podía prescindir, pues para mí había pasado ya el tiempo en que pudiera andar deambulando al aire libre toda una madrugada lluviosa de invierno. ¡En el nombre de Dios! Yo no quería estropearme el buen humor de la noche, ni con la lluvia, ni con la gota, ni con la araucaria; y aunque no podía contar con una orquesta de cámara y aunque no pudiera encontrarse un amigo solitario con un violín, aquella linda melodía seguía, sin embargo, en mi interior, y yo mismo podía tarareármela con toda claridad cantándola por lo bajo en rítmicas inspiraciones. No, también se las podía uno arreglar sin música de salón y sin el amigo, y era ridículo consumirse en impotentes afanes sociales. Soledad era independencia, yo me la había deseado y la había conseguido al cabo de largos años. Era fría, es cierto, pero también era tranquila, maravillosamente tranquila y grande, como el tranquilo espacio frío en que se mueven las estrellas.

De un salón de baile por el que pasé, salió a mi encuentro una violenta música de jazz, ruda y cálida como el vaho de carne cruda. Me quedé parado un instante: siempre tuvo esta clase de música, aunque la execraba tanto, un secreto atractivo para mí. El jazz me producía aversión, pero me era diez veces preferible a toda la música académica de hoy, llegaba con su rudo y alegre salvajismo también hondamente hasta el mundo de mis instintos, y respiraba una honrada e ingenua sensualidad.

Estuve un rato olfateando, aspirando por la nariz esta música chillona y sangrienta; venteé, con envidia y perversidad, la atmósfera de estas salas. Una mitad de esta música, la lírica, era pegajosa, súper azucarada y goteaba sentimentalismo; la otra mitad era salvaje, caprichosa y enérgica, y, sin embargo, ambas mitades marchaban juntas ingenua y pacíficamente y formaban un todo. Era música decadentista. En la Roma de los últimos emperadores tuvo que haber música parecida. Naturalmente que comparada con Bach y con Mozart y con música verdadera, era una porquería..., pero esto mismo era todo nuestro arte, todo nuestro pensamiento, toda nuestra aparente cultura, si la comparamos con cultura auténtica. Y esta música tenía la ventaja de una gran sinceridad, de un negrismo innegable evidente y de un humorismo alegre e infantil. Tenía algo de los negros y algo del americano, que a nosotros los europeos, dentro de toda su pujanza, se nos antoja tan infantilmente nuevo y tan aniñado. ¿Llegaría también Europa a ser así? ¿Estaba ya en camino de ello? ¿Erramos nosotros, los viejos conocedores del mundo antiguo, de la antigua música verdadera, de la antigua poesía legítima, éramos nosotros únicamente una exigua y necia minoría de complicados neuróticos, que mañana seríamos olvidados y puestos en ridículo? Lo que nosotros llamábamos "cultura", espíritu, alma, lo que teníamos por bello y por sagrado, ¿era todo un fantasma no más, muerto hace tiempo y tenido por auténtico y vivo todavía solamente por un par de locos como nosotros? ¿Acaso no habría sido auténtico nunca, ni habría estado vivo jamás? ¿Habría podido ser siempre una quimera y sólo una quimera eso por lo que tanto nos afanamos nosotros los locos?

El viejo barrio de la ciudad me acogió. Esfumada e irreal, allí estaba la pequeña iglesia, envuelta en tonalidad gris. De pronto se me representó de nuevo el suceso de la tarde, con la enigmática puerta de arco ojival, con la enigmática placa encima, con las letras luminosas bailoteando burlescamente. ¿Qué decían sus inscripciones? "Entrada no para cualquiera" y "Sólo para locos". Examiné con la mirada la vieja tapia de la otra acera, deseando íntimamente que el encanto volviese a empezar y la inscripción me invitara de nuevo a mí, loco, y la pequeña puerta me dejara pasar. Allí quizá estuviera lo que yo anhelaba, allí tal vez tocaran música.

Tranquila me miraba la oscura pared de piedra, envuelta en niebla profunda, hermética, hondamente abismada en su sueño. Y en ninguna parte había una puerta, en parte alguna un arco ojival, sólo la tapia oscura, callada, sin paso. Sonriente, seguí mi camino, saludé amable con la cabeza al tapial: "Buenas noches, tapia; yo no te despierto. El tiempo vendrá en que te derribarán, te llenarán de codiciosos anuncios comerciales, pero entretanto aún estás ahí, aún eres bella y callada y me gustas".

Surgiendo ante mí de una oscura bocacalle, me asustó un individuo, un solitario que se recogía tarde, con paso cansino, vestido de blusa azul y con una gorra en la cabeza; sobre los hombros llevaba un palo con un anuncio y delante del vientre, sujeto por una correa, un cajón abierto, como suelen llevarlos los vendedores en las ferias. Lentamente iba caminando delante de mí. No se volvió a mirarme; si no, lo hubiera saludado y le hubiese dado un cigarro. A la luz del primer farol intenté leer su estandarte, su anuncio rojo pendiente del palo, pero iba oscilando, no podía descifrarse nada. Entonces lo llamé y le rogué que me enseñara el anuncio. Se quedó parado y sostuvo el asta un poco más recta; en aquel momento pude leer letras vacilantes e inseguras:

> *Velada anarquista*
> *Teatro mágico*
> *Entrada no para cual...*

—A usted lo he estado buscando —grité radiante—. ¿Qué es esa velada? ¿Dónde? ¿Cuándo es?

Él volvió a su camino:

—No es para cualquiera —dijo indiferente, con voz de sueño, y apretó el paso.

Ya iba cansado y quería llegar cuanto antes a su casa.

—Espere —le grité, corriendo tras él—. ¿Qué lleva usted en el cajón? Le compraré algo.

Sin pararse, metió mano el hombre en su cajón; mecánicamente, sacó un pequeño folleto y me lo alargó. Lo cogí enseguida y me lo guardé. Mientras me desabrochaba el abrigo, para sacar dinero, torció él por una puerta cochera, cerró la puerta tras de sí y desapareció. En el patio aún resonaron sus pesados pasos, primero sobre losas de piedra, después subiendo una escalera de madera, luego ya no oí nada más. Y de pronto también yo me encontré muy cansado y tuve la sensación de que era muy tarde y de que estaría bien llegar a casa. Corrí más de prisa, y atravesando la dormida calleja del suburbio llegué a mi barrio de las antiguas murallas, donde viven los empleados y los pequeños rentistas en casas de alquiler modestas y limpias, tras de un poco de césped y de hiedra. Pasando por la hiedra, por el césped, por el pequeño abeto, alcancé la puerta de mi casa, di con la cerradura, hallé la llave de la luz, me deslicé junto a las puertas de cristales, pasé por los armarios barnizados y junto a las macetas, abrí mi cuarto, mi pequeña apariencia de hogar, donde me esperan el sillón y la estufa, el tintero y la caja de pinturas, Novalis y Dostoievski, igual que los otros, a los hombres verdaderos, cuando vuelven a sus casas, los esperan la madre o la mujer, los hijos, las criadas, los perros y los gatos.

Cuando me quité el abrigo mojado, volví a tocar el pequeño opúsculo. Lo saqué, era un librillo mal impreso, en papel malo, como aquellos cuadernos *El hombre que había nacido en enero* o *Arte de hacerse en ocho días veinte años más joven*.

Pero cuando me hube acomodado en la butaca y me puse las gafas de leer, vi con asombro y con la impresión de que de pronto se me abría de par en par la puerta del destino, el título en la cubierta de este folleto de feria: *Tractat del Lobo Estepario. No para cualquiera*.

Y lo que sigue era el contenido del escrito, que yo leí de un tirón, con tensión siempre creciente.

No para cualquiera

Érase una vez un individuo, de nombre Harry, llamado el Lobo Estepario. Andaba en dos pies, llevaba vestidos y era un hombre, pero en
el fondo era, en verdad, un Lobo Estepario. Había aprendido mucho
de lo que las personas con buen entendimiento pueden aprender, y
era un hombre bastante inteligente. Pero lo que no había aprendido era
una cosa: a estar satisfecho de sí mismo y de su vida. Esto no pudo
conseguirlo. Acaso ello proviniera de que en el fondo de su corazón
sabía (o creía saber) en todo momento que no era realmente un ser
humano, sino un lobo de la estepa. Que discutan los inteligentes
acerca de si era en realidad un lobo, si en alguna ocasión, acaso
antes de su nacimiento ya, había sido convertido por arte de encantamiento de lobo en hombre, o si había nacido desde luego hombre,
pero dotado del alma de un Lobo Estepario y poseído o dominado
por ella, o por último, si esta creencia de ser un lobo no era más
que un producto de su imaginación o de un estado patológico. No
dejaría de ser posible, por ejemplo, que este hombre, en su niñez,
hubiera sido acaso fiero e indómito y desordenado, que sus educadores hubiesen tratado de matar en él a la bestia y precisamente por
eso hubieran hecho arraigar en su imaginación la idea de que, en
efecto, era realmente una bestia, cubierta sólo de una tenue funda
de educación y sentido humano. Mucho e interesante podría decirse de esto y hasta escribir libros sobre el particular; pero con ello
no se prestaría servicio alguno al Lobo Estepario, pues para él era
completamente indiferente que el lobo se hubiera introducido en su

persona por arte de magia o a fuerza de golpes, o que se tratara sólo de una fantasía de su espíritu. Lo que los demás pudieran pensar de todo esto, y hasta lo que él mismo de ello pensara, no tenía valor para el propio interesado, no conseguiría de ningún modo ahuyentar al lobo de su persona.

El Lobo Estepario tenía, por consiguiente, dos naturalezas, una humana y otra lobuna; ese era su sino. Y puede ser también que este sino no sea tan singular y raro. Se han visto ya muchos hombres que dentro de sí tenían no poco de perro, de zorro, de pez o de serpiente, sin que por eso hubiesen tenido mayores dificultades en la vida. En esta clase de personas vivían el hombre y el zorro, o el hombre y el pez, el uno junto al otro, y ninguno de los dos hacía daño a su compañero, es más, se ayudaban mutuamente, y en muchos hombres que han hecho buena carrera y son envidiados, fue más el zorro o el mono que el hombre quien hizo su fortuna. Esto lo sabe todo el mundo. En Harry, por el contrario, era otra cosa; en él no corrían el hombre y el lobo paralelamente, y mucho menos se prestaban mutua ayuda, sino que estaban en odio constante y mortal, y cada uno vivía exclusivamente para martirio del otro, y cuando dos son enemigos mortales y están dentro de una misma sangre y de una misma alma, entonces resulta una vida imposible. Pero en fin, cada uno tiene su suerte, y fácil no es ninguna.

Ahora bien, a nuestro Lobo Estepario le ocurría, como a todos los seres mixtos, que, en cuanto a su sentimiento, vivía naturalmente unas veces como lobo, otras como hombre; pero que cuando era lobo, el hombre en su interior estaba siempre en acecho, observando, enjuiciando y criticando, y en las épocas en que era hombre, hacía el lobo otro tanto. Por ejemplo, cuando Harry en su calidad de hombre tenía un bello pensamiento, o experimentaba una sensación noble y delicada, o ejecutaba una de las llamadas buenas acciones, entonces el lobo que llevaba dentro enseñaba los dientes, se reía y le mostraba con sangriento sarcasmo cuán ridícula le resultaba toda esta distinguida farsa a un lobo de la estepa, a un lobo que en su corazón tenía perfecta conciencia de lo que le sentaba bien, que era trotar solitario por las estepas, beber a ratos sangre o cazar una loba, y desde el punto de vista del lobo toda acción humana tenía entonces que resultar horriblemente cómica y absurda, estúpida y vana. Pero exactamente lo mismo ocurría cuando Harry se sentía lobo y obraba como tal, cuando le enseñaba los dientes a los demás, cuando respiraba odio y enemigo terrible hacia todos los hombres y sus maneras y costumbres mentidas y desnaturalizadas. Entonces era cuando se ponía en acecho en él precisamente la parte de hombre que llevaba, lo llamaba animal y bestia y le echaba a perder y le corrompía toda la satisfacción en su esencia de lobo: simple, salvaje y llena de salud.

Así estaban las cosas con el Lobo Estepario, y es fácil imaginarse que Harry no llevaba precisamente una vida agradable y venturosa. Pero con esto no se quiere decir que fuera desgraciado en una medida singularísima (aunque a él mismo así le pareciese, como todo hombre cree que los sufrimientos que le han tocado en suerte son los mayores del mundo). Esto no debiera decirse de ninguna persona. Quien no lleva dentro un lobo, no tiene por eso que ser feliz tampoco. Y hasta la vida más desgraciada tiene también sus horas luminosas y sus pequeñas flores de ventura entre la arena y el peñascal. Y esto ocurría también al Lobo Estepario. Por lo general era muy desgraciado, eso no puede negarse, y también podía hacer desgraciados a otros, especialmente si los amaba y ellos a él. Pues todos los que le tomaban cariño, no veían nunca en él más que uno de los dos lados. Algunos le querían como hombre distinguido, inteligente y original y se quedaban aterrados y defraudados cuando de pronto descubrían en él al lobo. Y esto era irremediable, pues Harry quería, como todo individuo, ser amado en su totalidad y no podía, por lo mismo, principalmente ante aquellos cuyo afecto le importaba mucho, esconder al lobo y repudiarlo. Pero también había otros que precisamente amaban en él al lobo, precisamente a lo espontáneo, salvaje, indómito, peligroso y violento, y a estos, a su vez, les producía luego extraordinaria decepción y pena que de pronto el fiero y perverso lobo fuera además un hombre, tuviera dentro de sí afanes de bondad y de dulzura y quisiera además escuchar a Mozart, leer versos y tener ideales de humanidad. Singularmente estos eran, por lo general, los más decepcionados e irritados, y de este modo llevaba el Lobo Estepario su propia duplicidad y discordia interna también a todas las existencias extrañas con las que se ponía en contacto.

Quien, sin embargo, suponga que conoce al Lobo Estepario y que puede imaginarse su vida deplorable y desgarrada, está, no obstante, equivocado, no sabe, ni con mucho, todo. No sabe (ya que no hay regla sin excepción y un solo pecador es en determinadas circunstancias preferido de Dios a noventa y nueve justos) que en el caso de Harry no dejaba de haber excepciones y momentos venturosos, que él podía dejar respirar, pensar y sentir alguna vez al lobo y alguna vez al hombre con libertad y sin molestarse; es más, que en momentos muy raros, hacían los dos alguna vez las paces y vivían juntos en amor y compañía, de modo que no sólo dormía el uno cuando el otro velaba, sino que ambos se fortalecían y cada uno de ellos redoblaba el valor del otro. También en la vida de este hombre parecía, como por doquiera en el mundo, que con frecuencia todo lo habitual, lo conocido, lo trivial y lo ordinario no habían de tener más objeto que lograr aquí o allí, un intervalo aunque fuera pequeñísimo, una interrupción, para hacer sitio a lo extraordinario, a lo maravilloso, a la gracia. Si estas horas breves y raras de felicidad compensaban y amortiguaban el destino siniestro del Lobo Estepario, de manera que la ventura y el infortunio en fin de cuentas quedaban equiparados, o si acaso todavía más, la dicha corta, pero intensa de aquellas pocas horas absorbía todo el sufrimiento y aun arrojaba un saldo favorable, ello es de nuevo una cuestión, sobre la cual la gente ociosa puede meditar a su gusto. También el lobo meditaba con frecuencia sobre ella, y estos eran sus días más ociosos e inútiles.

A propósito de esto, aún hay que decir una cosa. Hay bastantes personas de índole parecida a como era Harry; muchos artistas principalmente pertenecen a esta especie. Estos hombres tienen todos dentro de sí dos almas, dos naturalezas; en ellos existe lo divino y lo demoníaco, la sangre materna y la paterna, la capacidad de ventura y la capacidad de sufrimiento, tan hostiles y confusos lo uno junto y dentro de lo otro, como estaban en Harry el lobo y el hombre. Y estas personas, cuya existencia es muy agitada, viven a veces en sus raros momentos de felicidad algo tan fuerte y tan indeciblemente hermoso, la espuma de la dicha momentánea salta con frecuencia tan alta y deslumbrante por encima del mar del sufrimiento, que este breve relámpago de ventura alcanza y encanta radiante a otras personas.

Así se producen, como preciosa y fugitiva espuma de felicidad sobre el mar de sufrimiento, todas aquellas obras de arte en las cuales un solo hombre atormentado se eleva por un momento tan alto sobre su propio destino, que su dicha luce como una estrella, y a todos aquellos que la ven, les parece algo eterno y como su propio sueño de felicidad. Todos estos hombres, llámense como se quieran sus hechos y sus obras, no tienen realmente, por lo general, una verdadera vida, es decir, su vida no es ninguna esencia, no tiene forma, no son héroes o artistas o pensadores a la manera como otros son jueces, médicos, zapateros o maestros, sino que su existencia es un movimiento y un flujo y reflujo eternos y penosos, está infeliz y dolorosamente desgarrada, es terrible y no tiene sentido, si no se está dispuesto a ver dicho sentido precisamente en aquellos escasos sucesos, hechos, ideas y obras que irradian por encima del caos de una vida así. Entre los hombres de esta especie ha surgido el pensamiento peligroso y horrible de que acaso toda la vida humana no sea sino un tremendo error, un aborto violento y desgraciado de la madre universal, un ensayo salvaje y horriblemente desafortunado de la naturaleza. Pero también entre ellos es donde ha surgido la otra idea de que el hombre acaso no sea sólo un animal medio razonable, sino un hijo de los dioses y destinado a la inmortalidad.

Toda especie humana tiene sus caracteres, sus sellos, cada una tiene sus virtudes y sus vicios, cada una, su pecado mortal. A los caracteres del Lobo Estepario pertenecía el que era un hombre nocturno. La mañana era para él una mala parte del día, que le asustaba y que nunca le trajo nada agradable. Nunca estuvo verdaderamente contento en una mañana cualquiera de su vida, nunca hizo nada bueno en las horas antes de mediodía, nunca tuvo buenas ocurrencias ni pudo proporcionarse alegrías a sí mismo ni a los demás en esas horas. Sólo en el transcurso de la tarde se iba entonando y animando, y únicamente hacia la noche se mostraba, en sus buenos días, fecundo, activo y a veces fogoso y alegre. Nunca ha tenido hombre alguno una necesidad más profunda y apasionada de independencia que él. En su juventud, siendo todavía pobre y costándole trabajo ganarse el pan, prefería pasar hambre y andar con los vestidos rotos, si así salvaba un poco de independencia. No se vendió nunca por dinero ni por comodidades, nunca a mujeres ni a poderosos; más de cien veces tiró y apartó de sí lo que a los ojos de todo el mundo constituía sus excelencias y ventajas, para conservar en cambio su libertad. Ninguna idea le era más odiosa y horrible que la de tener que ejercer un cargo, someterse a una distribución del tiempo, obedecer a otros. Una oficina, una cancillería, un negociado eran cosas para él tan execrables como la muerte, y lo más terrible que pudo vivir en sueños fue la reclusión en un cuartel. A todas estas situaciones supo sustraerse, a veces mediante grandes sacrificios. En esto estaba su fortaleza y su virtud, aquí era inflexible, aquí era su carácter firme y rectilíneo. Pero a esta virtud estaban íntimamente ligados su sufrimiento y su destino. Le sucedía lo que les sucede a todos; lo que él, por un impulso muy íntimo de su ser, buscó y anheló con la mayor obstinación, logró obtenerlo, pero en mayor medida de la que es conveniente a los hombres. En un principio fue su sueño y su ventura, después su amargo destino. El hombre poderoso en el poder sucumbe; el hombre del dinero, en el dinero; el servil y humilde, en el servicio; el que busca el placer, en los placeres. Y así sucumbió el Lobo Estepario en su independencia. Alcanzó su objetivo, fue cada vez más independiente, nadie tenía nada que ordenarle, a nadie tenía que ajustar sus actos, solo y libremente determinaba él a su antojo lo que había de hacer y lo que había de dejar. Pues todo hombre fuerte alcanza indefectiblemente aquello que va buscando con verdadero ahínco. Pero en medio de la libertad lograda se dio bien pronto cuenta Harry de que esa su independencia era una muerte, que estaba solo, que el mundo lo abandonaba de un modo siniestro, que los hombres no le importaban nada; es más, que él mismo a sí tampoco, que lentamente iba ahogándose en una atmósfera cada vez más tenue de falta de trato y de aislamiento. Porque ya resultaba que la soledad y la independencia no eran su afán y su objetivo, eran su destino y su condenación, que su mágico deseo se había cumplido y ya no era posible retirarlo, que ya no servía de nada extender los brazos abiertos lleno de nostalgia y con el corazón henchido de buena voluntad, brindando solidaridad y unión; ahora lo dejaban solo. Y no es que fuera odioso y detestado y antipático a los demás. Al contrario, tenía muchos amigos. Muchos lo querían bien. Pero siempre era únicamente simpatía y amabilidad lo que encontraba; lo invitaban, le hacían regalos, le escribían bonitas cartas, pero nadie se le aproximaba espiritualmente, por ninguna parte surgía compenetración con nadie, y nadie estaba dispuesto ni era capaz de compartir su vida. Ahora lo envolvía el ambiente de soledad, una atmósfera de quietud, un apartamiento del mundo que lo rodeaba, una incapacidad de relación, contra la cual no podía nada ni la voluntad, ni el afán, ni la nostalgia. Este era uno de los caracteres más importantes de su vida.

Otro era que había que clasificarlo entre los suicidas. Aquí debe decirse que es erróneo llamar suicidas sólo a las personas que se matan realmente. Entre estas hay, sin embargo, muchas que se hacen suicidas en cierto modo por casualidad y de cuya esencia no forma parte suicidarse. Entre los hombres sin personalidad, sin sello marcado, sin fuerte destino, entre los hombres adocenados y de rebaño hay muchos que perecen por suicidio, sin pertenecer por eso en toda su característica al tipo de los suicidas, en tanto que, por otra parte, de aquellos que por su naturaleza deben contarse entre los suicidas, muchos, quizá la mayoría, no ponen nunca mano sobre sí en la realidad. El suicida —y Harry era uno— no es absolutamente preciso que esté en una relación especialmente violenta con la muerte; esto puede darse también sin ser suicida. Pero es peculiar del suicida sentir su yo, lo mismo da con razón que sin ella, como un germen especialmente peligroso, incierto y comprometido, que se considera siempre muy expuesto y en peligro, como si estuviera sobre el pico estrechísimo de una roca, donde un pequeño empuje externo o una ligera debilidad interior bastarían para precipitarlo en el vacío. Esta clase de hombres se caracteriza en la trayectoria de su destino porque el suicidio es para ellos el modo más probable de morir, al menos según su propia idea. Este temperamento, que casi siempre se manifiesta ya en la primera juventud y no abandona a estos hombres durante toda su vida, no presupone de ninguna manera una fuerza vital especialmente debilitada; por el contrario, entre los suicidas se hallan naturalezas extraordinariamente duras, ambiciosas y hasta audaces. Pero así como hay naturalezas que a la menor indisposición propenden a la fiebre, así estas naturalezas, que llamamos suicidas, y que son siempre muy delicadas y sensibles, propenden a la más pequeña conmoción, a entregarse intensamente a la idea del suicidio. Si tuviéramos una ciencia con el valor y la fuerza de responsabilidad para ocuparse del hombre y no solamente de los mecanismos de los fenómenos vitales, si tuviéramos algo como lo que debiera ser una antropología, algo así como una psicología, serían conocidas estas realidades de todo el mundo.

Lo que hemos dicho aquí acerca de los suicidas se refiere todo, naturalmente, a la superficie; es psicología; esto es, un pedazo de física. Metafísicamente considerada, la cuestión está de otro modo y mucho más clara, pues en este sentido los suicidas se nos ofrecen como los atacados del sentimiento de la individuación, como aquellas almas para las cuales ya no es fin de su vida sus propias perfección y evolución, sino su disolución, tornando a la madre, a Dios, al todo. De estas naturalezas hay muchísimas perfectamente incapaces de cometer jamás el suicidio real, porque han reconocido profundamente su pecado. Para nosotros, son, sin embargo, suicidas, pues ven la redención en la muerte, no en la vida; están dispuestos a eliminarse y entregarse, a extinguirse y volver al principio.

Como toda fuerza puede también convertirse en una flaqueza (es más, en determinadas circunstancias se convierte necesariamente), así puede a la inversa el suicida típico hacer a menudo de su aparente debilidad una fuerza y un apoyo, lo hace en efecto con extraordinaria frecuencia. Entre estos casos cuenta también el de Harry, el Lobo Estepario. Como millares de su especie, de la idea de que en todo momento le estaba abierto el camino de la muerte no sólo se hacía una trama fantástica infantil, sino que de la misma idea se forjaba un consuelo y un sostén. Ciertamente que en él, como en todos los individuos de su clase, toda conmoción, todo dolor, toda mala situación en la vida, despertaba al punto el deseo de sustraerse a ella por medio de la muerte. Pero poco a poco se creó de esta predisposición una filosofía útil para la vida. La familiaridad con la idea de que aquella salida extrema estaba constantemente abierta, le daba fuerza, lo hacía curioso para apurar los dolores y las situaciones desagradables, y cuando le iba muy mal, podía expresar su sentimiento con feroz alegría, con una especie de maligna alegría: "Tengo gran curiosidad por ver cuánto es realmente capaz de aguantar un hombre. En cuanto alcance el límite de lo soportable, no habrá más que abrir la puerta y ya estaré fuera". Hay muchos suicidas que de esta idea logran extraer fuerzas extraordinarias.

Por otra parte, a todos los suicidas les es familiar la lucha con la tentación del suicidio. Todos saben muy bien, en alguno de los rincones de su alma, que el suicidio es, en efecto, una salida, pero muy vergonzante e ilegal, que, en el fondo, es más noble y más bello dejarse vencer y sucumbir por la vida misma que por la propia mano. Esta conciencia, esta mala conciencia, cuyo origen es el mismo que el de la mala conciencia de los llamados autosatisfechos, obliga a los suicidas a una lucha constante contra su tentación. Estos luchan como lucha el cleptómano contra su vicio. También al Lobo Estepario le era perfectamente conocida esta lucha; con toda clase de armas la había sostenido. Finalmente llegó, a la edad de unos cuarenta y siete años, a una ocurrencia feliz y no exenta de humorismo, que le producía gran alegría. Fijó la fecha en que cumpliera cincuenta años como el día en el cual había de poder permitirse el suicidio. En dicho día, así lo convino consigo mismo, habría de estar en libertad de utilizar la salida para caso de apuro, o no utilizarla, según el cariz del tiempo. Aunque le pasase lo que quisiera, aunque se pusiera enfermo, perdiese su dinero, experimentara sufrimientos y amarguras, ¡todo estaba emplazado, todo podía a lo sumo durar estos pocos años, meses, días, cuyo número iba disminuyendo constantemente! Y, en efecto, soportaba ahora con mucha más facilidad muchas incomodidades que antes lo martirizaban más y más tiempo, y acaso lo conmovían hasta los tuétanos. Cuando por cualquier motivo le iba particularmente mal, cuando a la desolación, al aislamiento y a la depravación de su vida se le agregaban además dolores o pérdidas especiales, entonces podía decirles a los dolores: "¡Esperad dos años no más y seré su dueño!" Y luego se abismaba con cariño en la idea de que el día en que cumpliera los cincuenta años, llegarían por la mañana las cartas y las felicitaciones, mientras que él, seguro de su navaja de afeitar, se despedía de todos los dolores y cerraba la puerta tras de sí. Entonces verían la gota en las articulaciones, la melancolía, el dolor de cabeza y el dolor de estómago dónde se quedaban.

✳ ✳ ✳

Aún resta explicar el fenómeno específico del Lobo Estepario y, sobre todo, su relación particular con la burguesía, refiriendo estos hechos a sus leyes fundamentales. Tomemos como punto de partida, puesto que ello se ofrece por sí mismo, aquella su relación con lo "burgués".

El Lobo Estepario estaba, según su propia apreciación, completamente fuera del mundo burgués, ya que no conocía ni vida familiar ni ambiciones sociales. Se sentía en absoluto como individualidad aislada, ya como ser extraño y enfermizo anacoreta, ya como hipernormal, como un individuo de disposiciones geniales y elevado sobre las pequeñas normas de la vida corriente. Consciente, despreciaba al hombre burgués y tenía a orgullo no serlo. Esto, no obstante, vivía en muchos aspectos de un modo enteramente burgués; tenía dinero en el banco y ayudaba a parientes pobres, es verdad que se vestía sin atildamiento, pero con decencia y para no llamar la atención; procuraba vivir en buena paz con la policía, con el recaudador de contribuciones y otros poderes parecidos. Pero, además, lo atraía también un fuerte y secreto afán constante hacia el mundo de la pequeña burguesía, hacia las tranquilas y decentes casas de familia, con jardinillos limpios, escaleras relucientes y toda su modesta atmósfera de orden y de pulcritud. Le gustaba tener sus pequeños vicios y sus extravagancias, sentirse extraburgués, como ente raro o como genio, pero no habitaba ni vivía nunca, por decirlo así, en los suburbios de la vida, donde no hay burguesía ya. Ni estaba en su elemento entre los hombres violentos y de excepción, ni entre los criminales y mal avenidos con la ley, sino que se quedaba siempre viviendo en los dominios de la burguesía, con cuyos hábitos, normas y ambiente no dejaba de estar en relación, aunque fuera antagónica y rebelde. Además, se había criado en una educación de pequeña burguesía y había conservado desde entonces una multitud de conceptos y rutinas. Teóricamente no tenía nada contra la prostitución, pero hubiera sido incapaz de tomar en serio personalmente a una prostituta y de considerarla realmente como su igual. Al acusado de delitos políticos, al revolucionario o al inductor espiritual perseguido por el Estado y por la sociedad podía estimar como a un hermano, pero con un ladrón, salteador o asesino no hubiese sabido qué hacerse, como no fuera compadecerlos de un modo un tanto burgués.

De esta manera, reconocía y afirmaba siempre con una mitad de su ser y de su actividad, lo que con la otra mitad negaba y combatía. Educado con severidad y buenas costumbres en una casa culta de la burguesía, estaba siempre apegado con parte de su alma a los órdenes de este mundo, aun después de haberse individualizado hacía mucho tiempo por encima de toda medida posible en un ambiente burgués y de haberse libertado del contenido ideal y del credo de la burguesía.

Lo "burgués", pues, como un estado siempre latente dentro de lo humano, no es otra cosa que el ensayo de una compensación, que el afán de un término medio de avenencia entre los numerosos extremos y dilemas contrapuestos de la humana conducta. Si tomamos como ejemplo cualquiera de estos dilemas de contraposición, a saber, el de un santo y un libertino, se comprenderá al punto nuestra alegría. El hombre tiene la facultad de entregarse por entero a lo espiritual, al intento de aproximación a lo divino, al ideal de los santos. Tiene también, por el contrario, la facultad de entregarse por completo a la vida del instinto, a los apetitos sensuales y de dirigir todo su afán a la obtención de placeres del momento. Uno de los caminos acaba en el santo, en el mártir del espíritu, en la propia renunciación y sacrificio por amor a Dios. El otro camino acaba en el libertino, en el mártir de los instintos, en el propio sacrificio en aras de la descomposición y el aniquilamiento. Ahora bien, el burgués trata de vivir en un término medio confortable entre ambas sendas. Nunca habrá de sacrificarse o de entregarse ni a la embriaguez ni al ascetismo, nunca será mártir ni consentirá en su aniquilamiento. Al contrario, su ideal no es sacrificio, sino conservación del yo, su afán no se dirige ni a la santidad ni a lo contrario; la incondicionalidad le es insoportable; sí quiere servir a Dios, pero también a los placeres del mundo; sí quiere ser virtuoso, pero al mismo tiempo pasarlo en la tierra un poquito bien y con comodidad. En resumen, trata de colocarse en el centro, entre los extremos, en una zona templada y agradable, sin violentas tempestades ni tormentas, y esto lo consigue, desde luego, aun a costa de aquella intensidad de vida y de sensaciones que proporciona una existencia enfocada hacia lo incondicional y extremo. Intensivamente no se puede vivir más que a costa del yo. Pero el burgués no estima nada tanto como al yo (claro que un yo desarrollado rudimentariamente). A costa de la intensidad alcanza seguridad y conservación; en vez de posesión de Dios, no cosecha sino tranquilidad de conciencia; en lugar de placer, bienestar; en vez de libertad, comodidad; en vez de fuego abrasador, una temperatura agradable. El burgués es consiguientemente por naturaleza una criatura de débil impulso vital, miedoso, temiendo la entrega de sí mismo, fácil de gobernar. Por eso ha sustituido el poder por el régimen de mayorías, la fuerza por la ley, la responsabilidad por el sistema de votación.

Es evidente que este ser débil y asustadizo, aun existiendo en cantidad tan considerable, no puede sostenerse, que por razón de sus cualidades no podría representar en el mundo otro papel que el de rebaño de corderos entre lobos errantes. Sin embargo, vemos que, aunque en tiempos de los gobiernos de naturalezas muy vigorosas el ciudadano burgués es inmediatamente aplastado contra la pared, no perece nunca, y a veces hasta se nos antoja que domina en el mundo. ¿Cómo es esto posible? Ni el gran número de sus rebaños, ni la virtud, ni el *common sense*, ni la organización serían lo bastante fuertes para salvarlo de la derrota. No hay medicina en el mundo que pueda sostener a quien tiene la intensidad vital tan debilitada desde el principio. Y sin embargo, la burguesía vive, es poderosa y próspera. ¿Por qué?

La respuesta es la siguiente: por los lobos esteparios. En efecto, la fuerza vital de la burguesía no descansa en modo alguno sobre las cualidades de sus miembros normales, sino sobre las de los extraordinariamente numerosos *outsiders* que puede contener aquella gracias a lo desdibujado y a la elasticidad de sus ideales. Viven siempre dentro de la burguesía una gran cantidad de temperamentos vigorosos y fieros. Nuestro Lobo Estepario, Harry, es un ejemplo característico. Él, que se ha individualizado mucho más allá de la medida posible a un hombre burgués, que conoce las delicias de la meditación, igual que las tenebrosas alegrías del odio a todo y a sí mismo, que desprecia la ley, la virtud y el *common sense* es un adepto forzoso de la burguesía y no puede sustraerse a ella. Y así acampan en torno de la masa burguesa, verdadera y auténtica, grandes sectores de la humanidad, muchos millares de vidas y de inteligencias, cada una de las cuales, aunque se sale del marco de la burguesía y estaría llamada a una vida de incondicionalidades, es, sin embargo, atraída por sentimientos infantiles hacia las formas burguesas y contagiada un tanto de su debilitación en la intensidad vital, se aferra de cierta manera a la burguesía, quedando de algún modo sujeta, sometida y obligada a ella. Pues a esta le cuadra, a la inversa, el principio de los poderosos: "Quien no está contra mí, está conmigo".

Si examinamos en este aspecto el alma del Lobo Estepario, se nos manifiesta como un hombre al cual su grado elevado de individuación lo clasifica ya entre los no burgueses, pues toda individuación superior se orienta hacia el yo y propende luego a su aniquilamiento. Vemos cómo siente dentro de sí fuertes estímulos, tanto hacia la santidad como hacia el libertinaje, pero a causa de alguna debilitación o pereza no pudo dar el salto en el insondable espacio vacío, quedando ligado al pesado astro materno de la burguesía. Esta es su situación en el Universo, este, su atadero. La inmensa mayoría de los intelectuales, la mayor parte de los artistas pertenecen a este tipo. Únicamente los más vigorosos de ellos traspasan la atmósfera de la tierra burguesa y llegan al cosmos, todos los demás se resignan o transigen, desprecian la burguesía y pertenecen a ella, sin embargo; la robustecen y glorifican, al tener que acabar por afirmarla para poder seguir viviendo. Estas numerosas existencias no llegan a lo trágico, pero sí a un infortunio y a una desventura muy considerable, en cuyo infierno han de cocerse y fructificar sus talentos. Los pocos que consiguen desgarrarse con violencia, logran lo absoluto y sucumben de manera admirable; son los trágicos, su número es reducido. Pero a los otros, a los que permanecen sometidos, cuyos talentos son con frecuencia objeto de grandes honores por parte de la burguesía, a estos les está abierto un tercer imperio, un mundo imaginario, pero soberano: estos mártires perpetuos, a los cuales les es negada la potencia necesaria para lo trágico, para abrirse camino hasta los espacios siderales, que se sienten llamados hacia lo absoluto y, sin embargo, no pueden vivir en él: a ellos se les ofrece, cuando su espíritu se ha fortalecido y se ha hecho elástico en el sufrimiento, la salida acomodaticia al humorismo.

El humorismo es siempre un poco burgués, aun cuando el verdadero burgués es incapaz de comprenderlo. En su esfera imaginaria encuentra realización el ideal enmarañado y complicado de todos los lobos esteparios: aquí es posible no sólo afirmar a la vez al santo y al libertino, plegando los polos hasta juntarlos, sino comprender además en la afirmación al propio burgués. Al poseído de Dios le es, sin duda, muy posible afirmar al criminal, y viceversa; pero a ambos, y a todos los otros seres absolutos, les es imposible afirmar aquel término tibio y neutral, lo burgués. Sólo el humorismo, el magnífico invento de los detenidos en su llamamiento hacia lo más grande, de los casi trágicos, de los infelices de la máxima capacidad, sólo el humorismo (quizá el producto más característico y más genial de la humanidad) lleva a cabo este imposible, cubre y combina todos los círculos de la naturaleza humana con las irradiaciones de sus prismas. Vivir en el mundo, como si no fuera el mundo, respetar la ley y al propio tiempo estar por encima de ella, poseer, "como si no se poseyera", renunciar, como si no se tratara de una renunciación —tan sólo el humorismo está en condiciones de realizar todas estas exigencias, favoritas y formuladas con frecuencia, de una sabiduría superior de la vida.

Y en caso de que el Lobo Estepario, a quien no faltan facultades y disposición para ello, lograra en el laberinto de su infierno acabar de cocer y de transpirar esta bebida mágica, entonces estaría salvado. Aún le falta mucho para ello. Pero la posibilidad, la esperanza, existe. Quien lo quiera, quien sienta simpatías por él, debe desearle esta salvación. Ciertamente que de este modo él se quedaría para siempre dentro de lo burgués, pero sus tormentos serían llevaderos y fructíferos. Su relación con la burguesía, en amor y en odio, perdería la sentimentalidad, y su ligadura a este mundo cesaría de martirizarlo constantemente como una vergüenza. Para alcanzar esto o acaso para, al final, poder todavía osar el salto en el espacio, tendría un Lobo Estepario así que enfrentarse alguna vez consigo mismo, mirar hondamente en el caos de la propia alma y llegar a la plena conciencia de sí. Su existencia enigmática se le revelaría al instante en su plena invariabilidad, y a partir de entonces sería imposible volver a refugiarse una y otra vez desde el infierno de sus instintos en los consuelos filosófico-sentimentales, y de estos en el ciego torbellino de su esencia lobuna. El hombre y el lobo se verían obligados a reconocerse mutuamente, sin caretas sentimentales engañosas, y a mirarse fijamente a los ojos. Entonces, o bien explotarían, disgregándose para siempre, de modo que se acabara el Lobo Estepario, o bien concertarían un matrimonio de razón a la luz naciente del humorismo.

Es posible que Harry se encuentre un día ante esta última posibilidad. Es posible que un día llegue a reconocerse, bien porque caiga en sus manos uno de nuestros pequeños espejos, o porque tropiece con los inmortales, o porque encuentre quizá en uno de nuestros teatros de magia aquello que necesita para la liberación de su alma abandonada en la miseria. Mil posibilidades así lo aguardan, su destino las atrae con fuerza irresistible, todos estos individuos al margen de la burguesía viven en la atmósfera de estas posibilidades. Una insignificancia basta, y surge la chispa.

Y todo esto lo conoce muy bien el Lobo Estepario, aun cuando no llegue nunca a ver este trozo de su biografía interna. Presiente su situación dentro del edificio del mundo, presiente y conoce a los inmortales, presiente y teme la posibilidad de un encuentro consigo mismo, sabe de la existencia de aquel espejo, en el cual siente tan terrible necesidad de mirarse y en el cual teme con mortal angustia verse reflejado.

* * *

Para terminar nuestro estudio queda por resolver todavía una última ficción, una mixtificación fundamental. Todas las "aclaraciones", toda la psicología, todos los intentos de comprensión necesitan, desde luego, de los medios auxiliares, teorías, mitologías, ficciones; y un autor honrado no debería omitir al final de una exposición la resolución en lo posible de estas ficciones. Cuando digo "arriba" o "abajo", ya es esto una afirmación que necesita explicarse, pues un arriba y un abajo no los hay más que en el pensamiento, en la abstracción. El mundo mismo no conoce ni arriba ni abajo.

Así es también, para decirlo pronto, una mentira el Lobo Estepario. Cuando Harry se considera a sí mismo como hombre-lobo y piensa que está compuesto de dos seres hostiles y contrarios, ello es puramente una mitología simplificadora. Harry no es un hombre-lobo, y si nosotros también acogimos, aparentemente sin fijarnos, su ficción, por él mismo inventada y creída, tratando de considerarlo y de explicarlo realmente como un ente doble, como Lobo Estepario, nos aprovechamos de un engaño con la esperanza de ser comprendidos más fácilmente, engaño cuya depuración debe intentarse ahora.

La división en lobo y hombre, en instinto y espíritu, por la cual Harry procura hacerse más comprensible su sino, es una simplificación muy grosera, una violencia ejercida sobre la realidad en beneficio de una explicación plausible, pero equivocada, de las contradicciones que este hombre encuentra dentro de sí y que le parecen la fuente de sus no escasos sufrimientos. Harry encuentra en sí un "hombre", esto es, un mundo de ideas, sentimientos, de cultura, de naturaleza dominada y sublimada, y a la vez encuentra allí al lado, también dentro de sí, un "lobo", es decir, un mundo sombrío de instintos, de fiereza, de crueldad, de naturaleza ruda, no sublimada. A pesar de esta división aparentemente tan clara de su ser en dos esferas que le son hostiles, ha comprobado, sin embargo, alguna vez que, por un rato, durante algún feliz momento, se reconcilian el lobo y el hombre. Si Harry quisiera tratar de determinar en cada instante aislado de su vida, en cada uno de sus actos, en cada una de sus sensaciones, qué participación tuviera el hombre y cuál el lobo, se encontraría en un callejón sin salida y se vendría abajo toda su bella teoría del lobo. Pues no hay un solo hombre, ni siquiera el negro primitivo, ni tampoco el idiota, tan lindamente sencillo que su naturaleza pueda explicarse como la suma de sólo dos o tres elementos principales; y querer explicar a un hombre precisamente tan diferenciado como Harry con la división pueril en lobo y hombre, es un intento infantil desesperado. Harry no está compuesto de dos seres, sino de cientos, de millares. Su vida oscila (como la vida de todos los hombres) no ya entre dos polos, por ejemplo, el instinto y el alma, o el santo y el libertino, sino que oscila entre millares, entre incontables pares de polos.

No ha de asombrarnos que un hombre tan instruido y tan inteligente como Harry se tenga por un Lobo Estepario, crea poder encerrar la rica y complicada trama de su vida en una fórmula tan llana, tan primitiva y brutal. El hombre no posee muy desarrollada la capacidad de pensar, y hasta el más espiritual y cultivado mira al mundo y a sí propio siempre a través del lente de fórmulas muy ingenuas, simplificadoras y engañosas —¡especialmente a sí mismo!—. Pues, a lo que parece, es una necesidad innata fatal en todos los hombres representarse cada uno su yo como una unidad. Y aunque esta quimera sufra con frecuencia algún grave contratiempo y alguna sacudida, vuelve siempre a curar y surgir lozana. El juez, sentado frente al asesino y mirándolo a los ojos, que oye hablar todo un rato al criminal con su propia voz (la del juez) y encuentra además en su propio interior todos los matices y capacidades y posibilidades del otro, vuelve ya al momento siguiente a su propia identidad, a ser Juez, se cobija de nuevo rápidamente en la funda de su yo imaginario, cumple con su deber y condena a muerte al asesino. Y si alguna vez en las almas humanas organizadas delicadamente y de especiales condiciones de talento surge el presentimiento de su diversidad, si ellas, como todos los genios, rompen el mito de la unidad de la persona y se consideran como polipartitas, como un haz de muchos *yos*, entonces, con que lleguen a expresar esto, las encierra inmediatamente la mayoría, llama en auxilio a la ciencia, comprueba esquizofrenia y protege al mundo de que de la boca de estos desgraciados tenga que oír un eco de la verdad. Pero ¿a qué perder aquí palabras, a qué expresar cosas cuyo conocimiento se sobreentiende para todo el que piense, pero que no es costumbre expresarlas? Cuando, por consiguiente, un hombre se adelanta a extender a una duplicidad la unidad imaginada del yo, resulta ya casi un genio, al menos en todo caso una excepción rara e interesante. Pero en realidad ningún yo, ni siquiera el más ingenuo, es una unidad, sino un mundo altamente multiforme, un pequeño cielo de estrellas, un caos de formas, de gradaciones y de estados, de herencias y de posibilidades. Que cada uno individualmente se afane por tomar a este caos por una unidad y hable de su yo como si fuera un fenómeno simple, sólidamente conformado y delimitado claramente: esta ilusión natural a todo hombre (aun al más elevado) parece ser una necesidad, una exigencia de la vida, lo mismo que el respirar y el comer.

La ilusión descansa en una sencilla traslación. Como cuerpo, cada hombre es uno; como alma, jamás. También en poesía, hasta en la más refinada, se viene operando siempre desde tiempo inmemorial con personajes aparentemente completos, aparentemente de unidad. En la poesía que hasta ahora se conoce, los especialistas, los competentes, prefieren el drama, y con razón, pues ofrece (u ofrecería) la posibilidad máxima de representar al yo como una multiplicidad —si a esto no lo contradijera la grosera apariencia de que cada personaje aislado del drama ha de antojársenos una unidad, ya que está metido dentro de un cuerpo solo, unitario y cerrado—. Y es el caso también que la estética ingenua considera lo más elevado al llamado drama de caracteres, en el cual cada figura aparece como unidad perfectamente destacada y distinta. Sólo poco a poco, y visto desde lejos, va surgiendo en algunos la sospecha de que quizá todo esto es una barata estética superficial, de que nos engañamos al aplicar a nuestros grandes dramáticos los conceptos, magníficos, pero no innatos a nosotros, sino sencillamente imbuidos, de belleza de la antigüedad, la cual, partiendo siempre del cuerpo visible, inventó muy propiamente la ficción del yo, de la persona. En los poemas de la vieja India, este concepto es totalmente desconocido; los héroes de las epopeyas indias no son personas, sino nudos de personas, series de encarnaciones. Y en nuestro mundo moderno hay obras poéticas en las cuales, tras el velo del personaje o del carácter, del que el autor apenas si tiene plena conciencia, se intenta representar una multiplicidad anímica. Quien quiera llegar a conocer esto ha de decidirse a considerar a las figuras de una poesía así, no como seres singulares, sino como partes o lados o aspectos diferentes de una unidad superior (sea el alma del poeta). El que examine, por ejemplo, al *Fausto* de esta manera, obtendrá de Fausto, Mefistófeles, Wagner y todos los demás una unidad, un hiperpersonaje, y únicamente en esta unidad superior, no en las figuras aisladas, es donde se denota algo de la verdadera esencia del alma humana. Cuando Fausto dice aquella sentencia tan famosa entre los maestros de escuela y admirada con tanto horror por el filisteo: "Hay viviendo dos almas en mi pecho", entonces se olvida de Mefistófeles y de una multitud entera de otras almas, que lleva igualmente en su pecho. También nuestro Lobo Estepario cree firmemente llevar dentro de su pecho dos almas (lobo y hombre), y por ello se siente ya fuertemente oprimido. Y es que, claro, el pecho, el cuerpo no es nunca más que uno; pero las almas que viven dentro no son dos, ni cinco, sino innumerables; el hombre es una cebolla de cien telas, un tejido compuesto de muchos hilos. Esto lo reconocieron y lo supieron con exactitud los antiguos asiáticos, y en el yoga budista se inventó una técnica precisa para desenmascarar el mito de la personalidad. Pintoresco y complejo es el juego de la vida: este mito, por desenmascarar el cual se afanó tanto la India durante mil años, es el mismo por cuyo sostenimiento y vigorización ha trabajado el mundo occidental también con tanto ahínco.

Si observamos desde este punto de vista al Lobo Estepario, nos explicamos por qué sufre tanto bajo su ridícula duplicidad. Cree, como Fausto, que dos almas son ya demasiado para un solo pecho y habrían de romperlo. Pero, por el contrario, son demasiado poco, y Harry comete una horrible violencia con su alma al tratar de explicársela de un aspecto tan rudimentario. Harry, a pesar de ser un hombre muy ilustrado, se produce como, por ejemplo, un salvaje que no supiera contar más que hasta dos. A un trozo de silo llama hombre; a otro, lobo, y con ello cree estar al fin de la cuenta y haberse agotado. En el "hombre" mete todo lo espiritual, sublimado o, por lo menos, cultivado, que encuentra dentro de sí, y en el "lobo" todo lo instintivo, fiero y caótico. Pero de un modo tan simple como en nuestros pensamientos, de un modo tan grosero como en nuestro ingenuo lenguaje, no ocurren las cosas en la vida, y Harry se engaña doblemente al aplicar esta teoría primitiva del lobo. Tememos que Harry atribuya ya al hombre regiones enteras de su alma que aún están muy distantes del hombre, y en cambio al lobo partes de su ser que hace ya mucho se han salido de la fiera.

Como todos los hombres, cree también Harry que sabe muy bien lo que es el ser humano y, sin embargo, no lo sabe en absoluto, aun cuando lo sospecha con alguna frecuencia en sueños y en otros estados de conciencia difíciles de comprobar. ¡Si no olvidara estas sospechas! ¡Si al menos se las asimilara en todo lo posible! El hombre no es de ninguna manera un producto firme y duradero (este fue, a pesar de los presentimientos contrapuestos de sus sabios, el ideal de la Antigüedad), es más bien un ensayo y una transición; no es otra cosa sino el puente estrecho y peligroso entre la naturaleza y el espíritu. Hacia el espíritu, hacia Dios lo impulsa la determinación más íntima; hacia la naturaleza, en retorno a la madre, lo atrae el más íntimo deseo: entre ambos poderes vacila su vida temblando de miedo. Lo que los hombres, la mayor parte de las veces, entienden bajo el concepto *hombre*, es siempre no más que un transitorio convencionalismo burgués. Ciertos instintos muy rudos son rechazados y prohibidos por este convencionalismo; se pide un poco de conciencia, de civilidad y desbestialización, una pequeña porción de espíritu no sólo se permite, sino que es necesaria. El "hombre" de esta convención es, como todo ideal burgués, un compromiso, un tímido ensayo de ingenua travesura para frustrar tanto a la perversa madre primitiva Naturaleza como al molesto padre primitivo Espíritu en sus vehementes exigencias, y lograr vivir en un término medio entre ellos. Por esto permite y tolera el burgués eso que llama "personalidad"; pero al mismo tiempo entrega la personalidad a aquel "Estado" y enzarza continuamente al uno contra la otra. Por eso el burgués quema hoy por hereje o cuelga por criminal a quien pasado mañana ha de levantar estatuas.

Que el "hombre" no es algo creado ya, sino una exigencia del espíritu, una posibilidad lejana, tan deseada como temida, y que el camino que a él conduce sólo se va recorriendo a pequeños trocitos y bajo terribles tormentos y éxtasis, precisamente por aquellas raras individualidades a las que hoy se prepara el patíbulo y mañana el monumento; esta sospecha vive también en el Lobo Estepario. Pero lo que él dentro de sí llama "hombre", en contraposición a su "lobo", no es, en gran parte, otra cosa más que precisamente aquel "hombre" mediocre del convencionalismo burgués. El camino al verdadero hombre, el camino a los inmortales, no deja Harry de adivinarlo perfectamente y lo recorre también aquí y allá con timidez muy poco a poco, pagando esto con graves tormentos, con aislamiento doloroso. Pero afirmar y aspirar a aquella suprema exigencia, a aquella encarnación pura y buscada por el espíritu, caminar la única senda estrecha hacia la inmortalidad, eso lo teme él en lo más profundo de su alma. Se da perfecta cuenta: ello conduce a tormentos aún mayores, a la proscripción, al renunciamiento de todo, quizá al cadalso; y aunque al final de este camino sonríe seductora la inmortalidad, no está dispuesto a sufrir todos estos sufrimientos, a morir todas estas muertes. Aun teniendo más conciencia del fin de la encarnación que los burgueses, cierra, sin embargo, los ojos y no quiere saber que el apego desesperado al yo, el desesperado no querer morir, es el camino más seguro para la muerte eterna, en tanto que sabe morir, rasgar el velo del arcano, ir buscando eternamente mutaciones al yo, conduce a la inmortalidad. Cuando adora a sus favoritos entre los inmortales, por ejemplo a Mozart, no lo mira en último término nunca sino con ojos de burgués, y tiende a explicarse doctoralmente la perfección de Mozart sólo por sus altas dotes de músico, en lugar de por la grandeza de su abnegación, paciencia en el sufrimiento e independencia frente a los ideales de la burguesía, por su resignación para con aquel extremo aislamiento, parecido al del huerto de Getsemaní, que en torno del que sufre y del que está en trance de reencarnación enrarece toda la atmósfera burguesa hasta convertirla en helado éter cósmico.

Pero, en fin, nuestro Lobo Estepario ha descubierto dentro de sí, al menos, la duplicidad fáustica; ha logrado hallar que a la unidad de su cuerpo no le es inherente una unidad espiritual, sino que, en el mejor de los casos, sólo se encuentra en camino, con una larga peregrinación por delante, hacia el ideal de esta armonía. Quisiera o vencer dentro de sí al lobo y vivir enteramente como hombre o, por el contrario, renunciar al hombre y vivir, al menos, como lobo, una vida uniforme, sin desgarramientos. Probablemente no ha observado nunca con atención a un lobo auténtico; hubiese visto entonces quizá que tampoco los animales tienen un alma unitaria, que también en ellos, detrás de la bella y austera forma del cuerpo, viven una multiplicidad de afanes y de estados; que también el lobo tiene abismos en su interior, que también el lobo sufre. No, con la "¡vuelta a la naturaleza!" va siempre el hombre por un falso camino, lleno de penalidades y sin esperanzas. Harry no puede volver a convertirse enteramente en lobo, y si lo pudiera, vería que tampoco el lobo es a su vez nada sencillo y originario, sino algo ya muy complicado y complejo. También el lobo tiene dos y más de dos almas dentro de su pecho de lobo, y quien desea ser un lobo incurre en el mismo olvido que el hombre de aquella canción: "¡Feliz quien volviera a ser niño!" El hombre simpático, pero sentimental, que canta la canción del niño dichoso, quisiera volver también a la naturaleza, a la inocencia, a los principios, y ha olvidado por completo que los niños no son felices en absoluto, que son capaces de muchos conflictos, de muchas desarmonías, de todos los sufrimientos.

Hacia atrás no conduce, en suma, ninguna senda, ni hacia el lobo ni hacia el niño. En el principio de las cosas no hay sencillez ni inocencia; todo lo creado, hasta lo que parece más simple, es ya culpable, es ya complejo, ha sido arrojado al sucio torbellino del desarrollo y no puede ya, no puede nunca más nadar contra corriente. El camino hacia la inocencia, hacia lo increado, hacia Dios, no va para atrás, sino hacia delante; no hacia el lobo o el niño, sino cada vez más hacia la culpa, cada vez más hondamente dentro de la encarnación humana. Tampoco con el suicidio, pobre Lobo Estepario, se te saca de apuro realmente; tienes que recorrer el camino más largo, más penoso y más difícil de la humana encarnación; habrás de multiplicar todavía con frecuencia tu duplicidad; tendrás que complicar aún más tu complicación. En lugar de estrechar tu mundo, de simplificar tu alma, tendrás que acoger cada vez más mundo, tendrás que acoger a la postre al mundo entero en tu alma dolorosamente ensanchada, para llegar acaso algún día al fin, al descanso. Por este camino marcharon Buda y todos los grandes hombres, unos a sabiendas, otros inconscientemente, mientras la aventura les salía bien. Nacimiento significa desunión del todo, significa limitación, apartamiento de Dios, penosa reencarnación. Vuelta al todo, anulación de la dolorosa individualidad, llegar a ser Dios quiere decir: haber ensanchado tanto el alma que pueda volver a comprender nuevamente al todo.

No se trata aquí del hombre que conoce la escuela, la economía política ni la estadística, ni del hombre que a millones anda por la calle y que no tiene más importancia que la arena o que la espuma de los mares: da lo mismo un par de millones más o menos; son material nada más. No, nosotros hablamos aquí del hombre en sentido elevado, del término del largo camino de la encarnación humana, del hombre verdaderamente regio, de los inmortales. El genio no es tan raro como quiere antojársenos con frecuencia; claro que tampoco es tan frecuente, como se figuran las historias literarias y la historia universal y hasta los periódicos. El Lobo Estepario Harry, a nuestro juicio, sería genio bastante para intentar la aventura de la encarnación humana, en lugar de sacar a colación lastimeramente a cada dificultad su estúpido Lobo Estepario.

Que hombres de tales posibilidades salgan del paso con lobos esteparios y "hay viviendo dos almas en mi pecho", es tan extraño y entristecedor como que muestren con frecuencia aquella afición cobarde a lo burgués. Un hombre capaz de comprender a Buda, un hombre que tiene noción de los cielos y abismos de la naturaleza humana, no debería vivir en un mundo en el que dominan el *common sense*, la democracia y la educación burguesa. Sólo por cobardía sigue viviendo en él, y cuando sus dimensiones lo oprimen, cuando la angosta celda de burgués le resulta demasiado estrecha, entonces se lo apunta a la cuenta del "lobo" y no quiere enterarse de que a veces el lobo es su mejor parte. A todo lo fiero dentro de sí lo llama lobo y lo tiene por malo, por peligroso, por terror de los burgueses; pero él, que cree, sin embargo, ser un artista y tener sentidos delicados, no es capaz de ver que fuera del lobo, detrás del lobo, viven otras muchas cosas en su interior; que no es lobo todo lo que muerde; que allí habitan además zorro, dragón, tigre, mono y ave del paraíso. Y que todo este mundo, este completo edén de miles de seres, terribles y lindos, grandes y pequeños, fuertes y delicados, es ahogado y apresado por el mito del lobo, lo mismo que el verdadero hombre que hay en él es ahogado y preso por la apariencia de hombre, por el burgués.

Imagínese un jardín con cien clases de árboles, con mil variedades de flores, con cien especies de frutas y otros tantos géneros de hierbas. Pues bien: si el jardinero de este jardín no conoce otra diferenciación botánica que lo "comestible" y la "mala hierba", entonces no sabrá qué hacer con nueve décimas partes de su jardín, arrancará las flores más encantadoras, talará los árboles más nobles, o los odiará y mirará con malos ojos. Así hace el Lobo Estepario con las mil flores de su alma. Lo que no cabe en las casillas de "hombre" o de "lobo", ni lo mira siquiera. ¡Y qué de cosas no clasifica como "hombre"! Todo lo cobarde, todo lo simio, todo lo estúpido y minúsculo, como no sea muy directamente lobuno, lo cuenta al lado del "hombre", así como atribuye al lobo todo lo fuerte y noble sólo porque aún no consiguiera dominarlo.

Nos despedimos de Harry. Lo dejamos seguir solo su camino. Si ya estuviese con los inmortales, si ya hubiera llegado allí donde su penosa marcha parece apuntar, ¡cómo miraría asombrado este ir y venir, este fiero e irresoluto zigzag de su ruta, cómo sonreiría a este Lobo Estepario, animándolo, censurándolo, con lástima y con complacencia!

FIN DEL TRACTAT DEL LOBO ESTEPARIO

Cuando hube terminado de leer, se me ocurrió que algunas semanas antes había escrito una noche una poesía un tanto singular que también trataba del Lobo Estepario. Estuve buscándola en el torbellino de mi revuelta mesa de escritorio, la encontré y leí:

> *Yo voy, Lobo Estepario, trotando*
> *por el mundo de nieve cubierto;*
> *del abedul sale un cuervo volando,*
> *y no cruzan ni liebres ni corzas el campo desierto.*
>
> *Me enamora una corza ligera,*
> *en el mundo no hay nada tan lindo y hermoso;*
> *con mis dientes y zarpas de fiera*
> *destrozará su cuerpo sabroso.*
>
> *Y volviera mi afán a mi amada,*
> *en sus muslos mordiendo la carne blanquísima*
> *y saciando mi sed en su sangre por mí derramada,*
> *para aullar luego solo en la noche tristísima.*
>
> *Una liebre bastará también a mi anhelo;*
> *dulce sabe su carne en la noche callada y oscura.*
> *¡Ay! ¿Por qué me abandona en letal desconsuelo*
> *de la vida la parte más noble y más pura?*
>
> *Vetas grises adquiere mi rabo peludo;*
> *voy perdiendo la vista, me atacan las fiebres;*

hace tiempo que ya estoy sin hogar y viudo
y que troto y que sueño con corzas y liebres.
Que mi triste destino me ahuyenta y espanta.
Oigo al aire soplar en la noche de invierno,
hundo en nieve mi ardiente garganta,
y así voy llevando mi mísera alma al infierno.

Allí tenía yo, pues, dos retratos míos en la mano; el uno, un autorretrato en malos versos, triste y receloso como mi propia persona; el otro, frío y trazado con apariencia de alta objetividad por persona extraña, visto desde fuera y desde lo alto, escrito por uno que sabía más y al propio tiempo también menos que yo mismo. Y estos dos retratos juntos, mi poesía melancólica y vacilante y el inteligente estudio de mano desconocida, los dos me hacían daño, los dos tenían razón, ambos dibujaban con sinceridad mi existencia sin consuelo, ambos mostraban claramente lo insoportable e insostenible de mi estado. Este Lobo Estepario debía morir, debía poner fin con mano a su odiosa existencia, o debía, fundido en el fuego mortal de una nueva autoinspección, transformarse, arrancarse la careta y sufrir otra vez una autoencarnación. ¡Ay! Este proceso no me era raro y desconocido; lo sabía, lo había vivido ya varias veces, siempre en épocas de extrema desesperación. Cada vez en este trance que me desgarraba terriblemente las entrañas, había saltado roto en pedazos mi yo de cada época, siempre lo habían sacudido violentamente y lo habían destrozado potencias del abismo, cada vez me había hecho traición un trozo favorito y especialmente amado de mi vida y lo había perdido para siempre. En una ocasión hube de perder mi buen nombre burgués juntamente con mi fortuna y aprender a renunciar a la consideración de aquellos que hasta entonces se habían quitado el sombrero delante de mí. Otra vez, de la noche a la mañana, se vino abajo mi vida familiar: mi mujer, atacada de locura, me había arrojado de mi casa y de mis comodidades; el amor y la confianza se habían trocado repentinamente en odio y guerra a muerte; llenos de compasión y de desprecio me miraban los vecinos. Entonces empezó mi aislamiento. Y más tarde, al cabo de los años, amargos y difíciles, después de haberme construido, en severa soledad y penosa disciplina de mí mismo, una nueva vida ascético-espiritual y un nuevo ideal y de haber logrado cierta tranquilidad y alteza en el vivir, entregado a ejercicios intelectuales y a una meditación ordenada con severidad, se me vino abajo también nuevamente esta forma de vida, perdiendo en un momento su elevado y noble sentido; de nuevo me lanzó por el mundo en fieros y fatigosos viajes, se me amontonaban nuevos sufrimientos y nueva culpa. Y cada vez, al arrancarme una careta, al derrumbamiento de un ideal, precedía este horrible vacío y quietud, este mortal acorralamiento, aislamiento y carencia de relaciones, este triste y sombrío infierno de la falta de afectos y de desesperanza, como también ahora tenía que volver a soportar.

En todos estos sacudimientos de mi vida salía al final ganando alguna cosa, eso no podía negarse, algo de espiritualidad, de profundidad, de liberación; pero también algo de soledad, de ser incomprendido, de desaliento. Mirada desde el punto de vista burgués, mi vida había sido, de una a otra de estas sacudidas, un constante descenso, una distancia cada vez mayor de lo normal, de lo permitido, de lo saludable. En el curso de los años había perdido profesión, familia y patria; estaba al margen de todos los grupos sociales, solo, amado de nadie, mirado por muchos con desconfianza, en conflicto amargo y constante con la opinión pública y con la moral; y aunque seguía viviendo todavía dentro del marco burgués era yo, sin embargo, con todo mi sentir y mi pensar, un extraño en medio de este mundo. Religión, patria, familia, Estado, habían perdido su valor para mí y no me importaban ya nada; la pedantería de la ciencia, de las profesiones, de las artes, me daba asco; mis puntos de vista, mi gusto, toda mi manera de pensar, con la cual yo en otro tiempo había sabido brillar como un hombre de talento y admirado, estaba ahora olvidada y en abandono y era sospechosa a la gente. Aunque en todas mis dolorosas transformaciones hubiera ganado algo invisible e imponderable, caro había tenido que pagarlo, y de una a otra vez mi vida se había vuelto más dura, más difícil, más solitaria y peligrosa. En verdad que no tenía ningún motivo para desear una continuación de este camino, que me llevaba a atmósferas cada vez más enrarecidas, iguales a aquel humo en la canción de otoño de Nietzsche.

¡Ah, ya lo creo, yo conocía esos trances, estos cambios que el destino tiene reservados a sus hijos predilectos y más descontentadizos, demasiado bien los conocía! Los conocía como un cazador ambicioso, pero desafortunado, conoce las etapas de una cacería, como un viejo jugador de la Bolsa puede conocer las etapas de la especulación, de la ganancia, de la inseguridad, de la vacilación, de la quiebra. ¿Habría de vivir yo esto ahora otra vez en la realidad? ¿Todo este tormento, toda esta errante miseria, todos estos aspectos de la bajeza y poco valor del propio yo, todo este terrible miedo ante la derrota, toda esta angustia de muerte? ¿No era más prudente y sencillo evitar la repetición de tantos sufrimientos, quitarse de en medio? Ciertamente que era más sencillo y más prudente. Y aunque lo que se afirmaba en el folleto del Lobo Estepario acerca de los "suicidas" fuera así o de otra manera, nadie podía impedirme la satisfacción de ahorrarme con ayuda del gas, la navaja de afeitar o la pistola la repetición de un proceso, cuyo amargo dolor había tenido que gustar, en efecto, tantas veces y tan hondamente. No, por todos los diablos, no había poder en el mundo que pudiera exigir de mí pasar una vez más por las pruebas de un encuentro conmigo mismo, con todos sus horrores de muerte, de una nueva conformación, de una nueva encarnación, cuyo término y fin no era de ningún modo paz y tranquilidad, sino siempre nueva autodestrucción, en todo caso nueva autoconformación. Y aunque el suicidio fuese estúpido, cobarde y ordinario, aunque fuese una salida vulgar y vergonzante para huir de este torbellino de los sufrimientos, cualquier salida, hasta la más ignominiosa, era deseable; aquí no había comedia de nobleza y heroísmo, aquí estaba yo colocado ante la sencilla elección entre un pequeño dolor pasajero y un sufrimiento infinito que quema lo indecible. Con frecuencia bastante en mi vida tan difícil y tan descarriada había sido yo el noble Don Quijote, había preferido el honor a la comodidad, el heroísmo a la razón. ¡Basta ya y acabemos con todo ello!

Por los cristales bostezaba ya la mañana, la mañana plomiza y condenada a un día lluvioso de invierno, cuando por fin me metí en la cama. A la cama llevé conmigo mi resolución. Pero a última hora, en el último límite de la conciencia, en el instante de quedarme dormido, brilló como un relámpago ante mí durante un segundo aquel pasaje admirable del librito del Lobo Estepario, en donde se hablaba de los "inmortales", y a esto se unía el recuerdo, que en mi interior se despertaba, de que en alguna ocasión, y precisamente la última vez hacía muy poco tiempo, me había sentido lo bastante cerca de los inmortales para saborear con ellos, en un compás de música antigua, toda su sabiduría serena, esclarecida y sonriente. Esto se despertó en mí, volvió a brillar y se extinguió, y, pesado como una montaña, se posó el sueño sobre mi frente.

Al despertar a mediodía, volví a encontrar dentro de mí la situación aclarada; el pequeño librito estaba sobre la mesa de noche, juntamente con mi poesía, y con amable frialdad, de entre el torbellino de los recientes sucesos de mi vida, se destacaba mirándome mi decisión, afirmada y redondeada durante el sueño, después de pasada la noche. No corría prisa; mi resolución de morir no era el capricho de una hora: era una fruta sana, madura, criada despacio y bien sazonada, sacudida suavemente por el viento del destino, cuyo próximo soplo había de hacerla caer del árbol.

En mi botiquín de viaje tenía yo un remedio excelente para acallar los dolores, un preparado de opio especialmente fuerte, cuyo goce no me permitía sino en muy pocas ocasiones, y a menudo durante meses enteros prescindía de él; tomaba este grave estupefaciente sólo cuando ya no podía aguantar los dolores materiales. Por desgracia, no era a propósito para el suicidio. Ya lo había experimentado una vez hacía varios años. Entonces, en una época en que también me envolvía la desesperación, hube de ingerir una bonita porción, lo suficiente para matar a seis hombres y, sin embargo, no me había matado. Me quedé dormido y estuve algunas horas tendido en un completo letargo; pero luego, para mi tremendo desengaño, me medio despertaron violentas sacudidas del estómago, vomité todo el veneno sin haber vuelto por completo en mí, y me dormí otra vez para despertar definitivamente en el centro del día siguiente, con el cerebro hecho cenizas y vacío y casi sin memoria. Fuera de un periodo de insomnio y de molestos dolores de estómago, no quedó ningún efecto del veneno.

Con este remedio, por tanto, no había que contar. Entonces di a mi resolución la siguiente forma: tan pronto como volviera a encontrarme en un estado en que me fuera preciso echar mano de aquel preparado de opio, en ese momento había de serme permitido acudir, en lugar de a esta breve redención, a la grande, a la muerte; pero una muerte segura y positiva, con una bala o con la navaja de afeitar. Con esto quedó aclarada la situación: esperar hasta el día en que cumpliera los cincuenta años, según la chusca receta del librillo del Lobo Estepario, eso no me parecía demasiado dilatado; aún faltaban hasta entonces dos años. Podía ser dentro de un año, dentro de un mes; podía ser mañana mismo: la puerta estaba abierta.

✳ ✳ ✳

No puedo decir que la "resolución" hubiese alterado grandemente mi vida. Me hizo un poco más indiferente para con los achaques, un poco más descuidado en el uso del opio y del vino, un poco más curioso por lo que se refiere al límite de lo soportable: esto fue todo. Con mayor intensidad siguieron actuando los otros sucesos de aquella noche. Alguna vez volví a leer todavía el tratado del Lobo Estepario, ora con devoción y gratitud, como si supiera de un mago invisible que estaba dirigiendo sabiamente mi vida, ora con sarcasmo y desprecio contra la insulsez del tratado, que no me parecía entender en absoluto la tensión y el tono específicos de mi existencia. Lo que allí estaba escrito de lobos esteparios y de suicidas podía estar muy bien y atinado; se refería a la especie, al tipo, era una abstracción ingeniosa; a mi persona, en cambio, a mi verdadera alma, a mi sino propio y peculiar, se me antojaba, sin embargo, que no se podía encerrar en red tan burda.

Más hondamente que todo lo demás me preocupaba aquella visión o alucinación de la pared de la iglesia, el prometedor anuncio de aquella danzante escritura de luces, que coincidía con alusiones del tratado. Mucho se me había prometido allí, poderosamente habían aguijoneado mi curiosidad los ecos de aquel mundo extraño; con frecuencia medité horas enteras profundamente sobre esto. Y cada vez con mayor claridad me hablaba el aviso de aquellas inscripciones: "¡No para cualquiera!" y "¡Sólo para locos!" Loco, pues, tenía yo que estar y muy alejado de "cualquiera" si aquellas voces habían de llegar hasta mí y hablarme aquellos mundos. Dios mío, ¿no estaba yo hacía ya muchísimo tiempo bastante alejado de la vida de todos los hombres, de la existencia y del pensamiento de las personas normales, no estaba yo hacía muchísimo tiempo bastante apartado y loco? Y, sin embargo, en lo más íntimo de mi ser comprendía perfectamente la llamada, la invitación a estar loco, a arrojar lejos de mí la razón, el obstáculo, el sentido burgués, a entregarme al mundo hondamente agitado y sin leyes del espíritu y de la fantasía.

Un día, después de haber buscado en vano por calles y plazas al hombre del anuncio estandarte y de haber pasado varias veces en acecho por la tapia con la puerta invisible, me encontré en el suburbio de San Martín con un entierro. Al contemplar la cara de los deudos del muerto, que iban trotando detrás del coche fúnebre, tuve este pensamiento: ¿Dónde vive en esta ciudad, dónde vive en este mundo la persona cuya muerte me representara a mí una pérdida? ¿Y dónde la persona a la cual mi muerte pudiera significar algo? Ahí estaba Érica, mi querida, es verdad; pero desde hace mucho tiempo vivíamos en una relación muy desligada, nos veíamos rara vez, no nos peleábamos, y por aquel entonces hasta ignoraba yo en qué lugar estaría. Alguna vez me buscaba ella o iba a verla yo, y como los dos somos personas solitarias y dificultosas, afines en algún punto del alma y en la enfermedad espiritual, se conservaba a pesar de todo una relación entre ambos. Pero ¿no respiraría ella quizá y no se sentiría bien aligerada cuando supiera la noticia de mi muerte? No lo sabía, como tampoco sabía nada acerca de la autenticidad de mis propios sentimientos. Hay que vivir dentro de lo normal y de lo posible para poder saber algo acerca de estas cosas.

Entretanto, y siguiendo un capricho, me había agregado a la comitiva y fui caminando tras el duelo con dirección al cementerio, un cementerio moderno, de cemento, patentado, con crematorio y todos los aditamentos. Pero nuestro muerto no fue incinerado, sino que su caja fue descargada ante una sencilla fosa hecha en la tierra, y yo miraba al párroco y a los demás buitres de la muerte, empleados de una funeraria, en sus manipulaciones, a las cuales trataban todos de dar la apariencia de una alta ceremonia y de una gran tristeza, hasta el punto de acabar rendidos de tanta teatralidad y confusión e hipocresía y por hacer el ridículo. Vi cómo el negro uniforme de su oficio iba flotando de un lado para otro y cómo se afanaban por poner a tono al acompañamiento fúnebre y por obligarlo a rendirse ante la majestad de la muerte. Era trabajo perdido, no lloraba nadie; el muerto parecía ser innecesario a todos. Tampoco con la palabra se podía persuadir a ninguno de que se sintiera en un ambiente de piedad, y cuando el párroco hablaba a los circunstantes llamándolos una y otra vez "caros hermanos en Cristo", todos los callados rostros de estos comerciantes y panaderos y de sus mujeres miraban al suelo con forzada seriedad, hipócritas y confusos, y movidos únicamente por el deseo de que todo este acto desagradable acabara pronto. Por fin acabó; los dos primeros entre los hermanos en Cristo estrecharon la mano al orador, se limpiaron en el primer borde de césped los zapatos llenos del húmedo limo en el que habían colocado a su muerto, adquirieron al instante sus rostros otra vez el aspecto corriente y humano, y uno de ellos se me antojó de pronto conocido: era, a lo que me figuré, el hombre que aquella noche llevaba el anuncio y que me había dado el librito.

En el momento en que creí reconocerlo, daba media vuelta y se agachaba para arreglarse los pantalones, que acabó por doblárselos por encima de los zapatos, y se alejó rápidamente con un paraguas sujeto debajo del brazo. Corrí tras él, lo alcancé, lo saludé con la cabeza; pero él pareció no conocerme.

—¿No hay velada esta noche? —pregunté, y traté de hacerle un guiño, como hacen entre sí los que están en un secreto.

Pero hacía ya demasiado tiempo desde que tales ejercicios mímicos me eran corrientes. ¡Si en mi manera de vivir casi había olvidado yo ya el habla! Me di cuenta yo mismo de que sólo había hecho una mueca estúpida.

—¿Velada? —gruñó el individuo, y me miró extrañado a la cara—. Vaya usted al Águila Negra, hombre, si se lo pide el cuerpo.

En realidad yo no sabía si era él. Desilusionado, seguí mi camino, no sabía adónde, para mí no había objetivos, ni aspiraciones, ni deberes. La vida sabía horriblemente amarga; yo sentía cómo el asco creciente desde hace tiempo alcanzaba su máxima altura, cómo la vida me repelía y me arrojaba fuera. Furioso, corrí a través de la ciudad gris, todo me parecía oler a tierra húmeda y a enterramiento. No; junto a mi fosa no había de estar ninguno de estos cuervos, con su traje talar y su sermoneo sentimental y de hermano en Cristo. Ah, dondequiera que mirara, dondequiera que enviase mis pensamientos, en parte alguna me aguardaba una alegría ni un atractivo, en parte alguna atisbaba una seducción, todo hedía a corrupción manida, a putrefacta medio conformidad, todo era viejo, marchito, pardo, macilento, agotado. Santo Dios, ¿cómo era posible? ¿Cómo había podido yo llegar a tal extremo, yo, el joven lleno de entusiasmo, el poeta, el amigo de las musas, el infatigable viajero, el ardoroso idealista? ¿Cómo había venido esto tan lenta y solapadamente sobre mí, esta paralización, este odio contra la propia persona y contra los demás, esta cerrazón de todos los sentimientos, este maligno y profundo fastidio, este infierno miserable de la falta de corazón y de la desesperanza?

Cuando pasaba por la biblioteca, me encontré con un joven profesor, con quien yo en otro tiempo hablaba alguna vez, al cual, en mi última estancia en esta ciudad hace algunos años, había llegado hasta a visitar en su casa para conversar con él acerca de mitologías orientales, materia a la que me dedicaba entonces bastante. El erudito venía en dirección opuesta, tieso y algo miope, y sólo me conoció cuando ya estaba a punto de pasar a mi lado. Se lanzó hacia mí con gran efusión, y yo, en mi estado deplorable, se lo agradecí casi. Se había alegrado y se animó, me recordó detalles de aquellas nuestras conversaciones, aseguró que debía mucho a mis estímulos y que había pensado con frecuencia en mí; rara vez había vuelto a tener desde entonces controversias tan emotivas y fecundas con colegas. Me preguntó desde cuándo estaba en la ciudad (mentí: desde hacía pocos días) y por qué no lo había buscado. Miré al hombre amable a su buena cara de sabio, hallaba la escena verdaderamente ridícula, pero saboreé la migaja de calor, el sorbo de afecto, el bocado de reconocimiento. Emocionado, abría la boca el Lobo Estepario Harry, en el seco gaznate le fluía la baba; se apoderó de él, en contra de su voluntad, el sentimentalismo. Sí; salí del paso, pues, engañándolo bonitamente y diciéndole que sólo estaba aquí por una corta temporada, y que no me encontraba muy bien; de otro modo ya lo hubiera visitado, naturalmente. Y cuando entonces me invitó, afectuosamente, a pasar aquella velada con él, acepté agradecido, le rogué que saludara a su señora, y a todo esto, por la vivacidad de las palabras y sonrisas, me dolían las mejillas que ya no estaban acostumbradas a estos esfuerzos. Y en tanto que yo, Harry Haller, estaba allí en medio de la calle, sorprendido y adulado, azorado y cortés, sonriendo al hombre amable y mirando su rostro bueno y miope, a mi lado el otro Harry abría la boca también, estaba haciendo muecas y pensando qué clase de compañero tan particular, absurdo e hipócrita era yo, que aun dos minutos antes había estado furioso y rechinando los dientes contra todo el maldito mundo, y ahora, a la primera excitación, al primer cándido saludo de un honrado hombre de bien, asentía a todo y me revolcaba como un lechón en el goce de un poquito de afecto, consideración y amabilidad. De este modo se hallaban allí, frente al profesor, los dos Harrys, ambas figuras extraordinariamente antipáticas, burlándose uno de otro, observándose mutuamente y escupiéndose al rostro y planteándose, como siempre en tales situaciones, una vez más la cuestión: si esto era sencillamente estulticia y flaqueza humanas, determinación general de la humanidad, o si este egoísmo sentimental, esta falta de carácter, esta impureza y contradicción de los sentimientos era solamente una especialidad personal y loboestepariesca. Si la vileza era genérica de la humanidad, ¡ah!, entonces mi desprecio del mundo podía desatarse con pujanza renovada; si era solamente flaqueza personal mía, se me presentaba motivo para una orgía del autodesprecio.

Con la lucha entre los dos Harrys quedó casi olvidado el profesor; de repente volvió a serme molesto, y me apresuré a librarme de él. Mucho tiempo estuve mirando cómo desaparecía por entre los árboles sin hojas del paseo, con el paso bonachón y algo cómico de un idealista, de un creyente.

Violenta, se libraba la batalla en mi interior, y mientras yo cerraba y volvía a estirar los dedos agarrotados, en la lucha con la gota que iba trabajando secretamente, hube de confesarme que me había dejado atrapar, que había cargado con una invitación para comer a las siete y media, con la obligación de cortesías, charla científica y contemplación de dicha extraña. Encolerizado, me fui a casa, mezclé agua con coñac, me tragué con ella mis píldoras para la gota, me tumbé en el diván e intenté leer. Cuando, por fin, conseguí leer un rato en el *Viaje de Sofía, de Memel a Sajonia*, un delicioso novelón del siglo XVIII, volví a acordarme de pronto de la invitación y de que no estaba afeitado y tenía que vestirme. ¡Sabe Dios por qué se me habría ocurrido aceptar! En fin, Harry, ¡levántate, pon a un lado tu libro, enjabónate, ráscate la barba hasta sacarte sangre, vístete y ten una complacencia en tus semejantes! Y mientras me enjabonaba, pensé en el sucio hoyo de barro del cementerio, y en las caras contraídas de los aburridos hermanos en Cristo, y ni siquiera podía reírme de todo ello. Me parecía que allí acababa, en aquel hoyo sucio de barro, con las estúpidas palabras confusas del predicador, con los estúpidos rostros confusos de la comitiva fúnebre, a la vista desconsoladora de todas la cruces y lápidas de mármol y latón, con todas estas flores falsas de alambre y de vidrio, no sólo el desconocido, y acabaría un día u otro también yo mismo, enterrado en el lodo ante la confusión y la hipocresía de los asistentes, no, sino que así acababa todo, todos nuestros afanes, toda nuestra cultura, toda nuestra fe, toda nuestra alegría y nuestro placer de vivir, que estaba tan enfermo y pronto habría de ser enterrado allí también.

Un cementerio era nuestro mundo cultural, aquí era Jesucristo y Sócrates, eran Mozart y Haydn, Dante y Goethe, nombres borrosos sobre lápidas de hojalata llenas de orín, rodeados de hipócritas y confusos circunstantes, que hubieran dado cualquier cosa por haber podido creer todavía en las lápidas de latón que en otro tiempo les habían sido sagradas, y cualquier cosa por poder decir aunque sólo fuera una palabra seria y honrada de tristeza y desesperanza acerca de este mundo desaparecido, y a los cuales, en lugar de todo, no les quedaba otra cosa que el confuso y ridículo estar dando vueltas alrededor de una tumba. Furioso, acabé por cortarme la barba en el sitio de costumbre y estuve un rato tratando de arreglarme la herida; pero hube, sin embargo, de volver a cambiarme el cuello que acababa de ponerme limpio y no podía explicarme por qué hacía todas estas cosas, pues no tenía la menor gana de acudir a aquella invitación. Pero uno de los trozos de Harry estaba representando una comedia otra vez, llamaba al profesor un hombre simpático, suspiraba por un poco de aroma de humanidad, de sociedad y de charla, se acordó de la bella señora del profesor, encontró en el fondo muy agradable la idea de pasar una velada junto a amables anfitriones y me ayudó a pegarme a la barbilla un tafetán, me ayudó a vestirme y a ponerme una corbata a propósito, y suavemente me desvió de seguir mi verdadero deseo y quedarme en casa. Al propio tiempo estaba pensando: lo mismo que yo ahora me visto y salgo a la calle, voy a visitar al profesor y cambio con él galanterías, todo ello realmente sin querer, así hacen, viven y actúan un día y otro, a todas horas, la mayor parte de los hombres; a la fuerza y, en realidad, sin quererlo, hacen visitas, sostienen una conversación, están horas enteras sentados en sus negocios y oficinas, todo a la fuerza, mecánicamente, sin apetecerlo: todo podía ser realizado lo mismo por máquinas o dejar de realizarse. Y esta mecánica eternamente ininterrumpida es lo que les impide, igual que a mí, ejercer la crítica sobre la propia vida, reconocer y sentir su estupidez y ligereza, su insignificancia horrorosamente ridícula, su tristeza y su irremediable vanidad. ¡Oh, y tienen razón, infinita razón, los hombres en vivir así, en jugar sus jueguitos, en afanarse por esas sus cosas importantes, en lugar de defenderse contra la entristecedora mecánica y mirar desesperados en el vacío, como hago yo, hombre descarriado!

Cuando en estas hojas desprecio a veces y hasta ridiculizo a los hombres, ¡no crea por eso nadie que les achaco la culpa, que los acuso, que quisiera hacer responsables a otros de mi propia miseria! ¡Pero yo, que ya he llegado tan allá, que estoy al borde de la vida, donde se cae en la oscuridad sin fondo, cometo una injusticia y miento si trato de engañarme a mí mismo y a los demás, de que esta mecánica aún sigue funcionando para mí, como si yo también perteneciera todavía a aquel lindo mundo infantil del eterno jugueteo!

La noche se desarrolló, a su vez, de un modo magnífico, en armonía con todo esto. Ante la casa de mi conocido me quedé parado un momento, mirando hacia arriba a las ventanas. Aquí vive este hombre —pensé—, y va haciendo año tras año su labor, lee y comenta textos, busca las relaciones entre las mitologías del Asia Menor y de la India, y al propio tiempo, está contento, pues cree en el valor de su trabajo, cree en la ciencia cuyo siervo es, cree en el valor de la mera ciencia, del almacenamiento, pues tiene fe en el progreso, en la evolución.

No estuvo en la guerra, no ha experimentado el estremecimiento debido a Einstein de los fundamentos del pensamiento humano hasta hoy (esto cree él que importa sólo a los matemáticos), no ve cómo por todas partes se está preparando la próxima conflagración; estima odiosos a los judíos y a los comunistas, es un niño bueno, falto de ideas, alegre, que se concede importancia a sí mismo, es muy envidiable.

Me decidí de golpe y entré, fui recibido por la criada con delantal blanco, y me fijé, por no sé qué presentimiento, con toda exactitud dónde llevaba mi sombrero y mi abrigo. Fui conducido a una habitación clara y templada e invitado a esperar, y en vez de musitar una oración o dormitar un poco, seguí un impulso juguetón y cogí en las manos el objeto más próximo que se me ofrecía. Era un cuadro pequeño con su marco, que tenía su puesto encima de la mesa redonda, obligado a estar de pie con una ligera inclinación por un soporte de cartulina en la parte posterior. Era un grabado y representaba al poeta Goethe, un anciano lleno de carácter y caprichosamente peinado, con el rostro bellamente dibujado, en el cual no faltaban ni los célebres ojos de fuego, ni el rasgo de soledad con un ligero velo de cortesanía, ni el aspecto trágico, en los cuales el pintor había puesto tan especial esmero. Había conseguido dar a este viejo demoníaco, sin perjuicio de su profundidad, un tinte algo académico y a la vez teatral de autodominio y de probidad, y representarlo, dentro de todo, como un viejo señor verdaderamente hermoso, que podía servir de adorno en toda casa burguesa. Probablemente este cuadro no era más necio que todos los cuadros de esta clase, todos estos lindos redentores, apóstoles, héroes, genios y políticos producidos por aplicados artífices; quizá me excitaba de aquella manera sólo por una cierta pedantería virtuosa; sea de ello lo que quiera, me puso de todos modos los pelos de punta, a mí que ya estaba suficientemente excitado y cargado, esta reproducción vanidosa y complacida de sí misma del viejo Goethe como un desacorde fatal y me hizo ver que no me hallaba en el lugar apropiado. Aquí estaban en su elemento maestros antiguos bellamente estilizados y grandezas nacionales, pero no lobos esteparios.

Si en aquel instante hubiera entrado el dueño de la casa, quizá hubiese tenido la suerte de poder llevar a cabo mi retirada con pretextos aceptables. Pero fue su mujer quien entró y yo me entregué a mi destino, aunque presintiendo la catástrofe. Nos saludamos, y a la primera desarmonía fueron siguiendo otras nuevas. La señora me felicitó por mi buen aspecto, sin embargo, yo tenía perfecta conciencia de cómo había envejecido en los años desde nuestro último encuentro; ya al darme ella la mano, me había hecho recordarlo fatalmente el dolor en los dedos atacados de gota. Sí, y a continuación me preguntó cómo estaba mi buena mujer, y hube de decirle que mi mujer me había abandonado y que nuestro matrimonio estaba disuelto. Respiramos cuando el profesor entró. También él me saludó cordialmente, y la tiesura y comicidad de la situación encontraron entonces la expresión más deliciosa que puede imaginarse. Traía un periódico en la mano, el diario a que estaba suscrito, un periódico del partido militarista e instigador de la guerra, y después de haberme dado la mano, señaló el periódico y refirió que allí se decía algo de un tocayo mío, un publicista Haller, que tenía que ser un mal bicho y un socio sin patria, que se había burlado del káiser y había expuesto su opinión de que su patria no era en nada menos culpable que los países enemigos en el desencadenamiento de la guerra. ¡Vaya un tipo que tenía que ser! Ah, pero aquí llevaba el mozo lo suyo, la redacción había dado buena cuenta del mal bicho y lo había puesto en la picota. Pasamos a otra cosa, cuando vio que este tema no me interesaba, pero los dos no pudieron pensar ni por asomo en la posibilidad de que aquel energúmeno estuviera sentado ante ellos, y, sin embargo, así era, el energúmeno era yo mismo. Bien, ¿a qué armar un escándalo e inquietar a la gente? Me reí en mi fuero interno, pero di ya por perdida la esperanza de gozar esta noche de nada agradable.

Precisamente en aquel momento, cuando el profesor hablaba del traidor a la patria, Haller, se condensaba en mí el maligno sentimiento de depresión y desesperanza que se había ido amontonando en mi interior desde la escena del cementerio, y no había dejado de aumentar hasta convertirse en una tremenda opresión, en un malestar corporal (en el bajo vientre), en una sensación sofocante y angustiosa de fatalidad. Yo sentía que algo estaba en acecho contra mí, que un peligro me amenazaba por detrás. Afortunadamente, llegó el aviso de que la comida estaba dispuesta. Fuimos al comedor, y en tanto que yo me esforzaba por decir una y otra vez, o por preguntar cosas indiferentes, iba comiendo más de lo que tenía por costumbre y me sentía más deplorable por momentos. "¡Dios mío! —pensaba—. ¿Por qué nos atormentamos de este modo?" Me daba cuenta perfectamente de que mis anfitriones tampoco se sentían bien y de que su animación les costaba trabajo, ya porque yo produjera un efecto tan deplorable, ya porque hubiera acaso algún disgusto en la casa. Me preguntaron una multitud de cosas, a las cuales no se podía dar una respuesta sincera; pronto me hallé envuelto en una porción de verdaderos embustes y a cada palabra tenía que luchar con una sensación de asco. Por último, y para variar de rumbo, empecé a referir el entierro cuyo espectador había sido. Pero no lograba encontrar el tono, mis incursiones por el campo del humorismo producían un efecto desconcertante, cada vez nos íbamos apartando más; dentro de mí el Lobo Estepario se reía a mandíbula batiente, y a los postres estábamos todos, los tres, bien silenciosos.

Volvimos a aquella primera habitación para tomar café y licor, quizá esto viniera un poco en nuestro auxilio. Pero entonces me fijé de nuevo en el príncipe de los poetas, aunque había sido colocado a un lado sobre una cómoda. No podía desentenderme de él y, no sin oír dentro de mí voces que me anunciaban el peligro, volví a tomarlo en la mano y empecé a habérmelas con él. Yo estaba como poseído del sentimiento de que la situación era insoportable, de que ahora había de lograr entusiasmar a mis huéspedes, arrebatarlos y templarlos a mi tono o, por el contrario, provocar de una vez la explosión.

—Es de suponer —dije— que Goethe en la realidad no haya tenido este aspecto. Esta vanidad y esta noble actitud, esta majestad lanzando amables miradas a los distinguidos circunstantes y bajo la máscara varonil de este mundo, de la más encantadora sentimentalidad. Mucho se puede tener ciertamente contra él, también yo tengo a veces muchas cosas contra el viejo lleno de suficiencia, pero representarlo así, no, eso es ya demasiado.

La señora de la casa acabó de servir el café con una cara de profundo sufrimiento, luego salió precipitadamente de la habitación, y su marido me confesó medio turbado, medio lleno de censura, que este retrato de Goethe pertenecía a su mujer, la cual sentía por él una predilección especial. "Y aunque objetivamente estuviera usted en lo cierto, lo que yo, por lo demás, pongo en tela de juicio, no tiene usted derecho a expresarse tan crudamente".

—Tiene usted razón en esto —concedí—. Por desgracia, es una costumbre, un vicio en mí decidirme siempre por la expresión más cruda posible. Lo que por otra parte hacía también Goethe en sus buenos momentos. Es verdad que este melifluo y almibarado Goethe de salón no hubiese empleado nunca una expresión cruda, franca, inmediata. Pido a usted y a su señora mil perdones, tenga la bondad de decirle que soy esquizofrénico. Y, al propio tiempo, pido permiso para despedirme.

El caballero, lleno de azoramiento, no dejó de oponer algunas objeciones; volvió otra vez a decir, qué hermosos y llenos de estímulo habían sido en otro tiempo nuestros diálogos, más aún, que mis hipótesis acerca de Mitra y de Krishna le habían hecho profunda impresión, y que también hoy esperaba otra vez..., etc. Le di las gracias y le dije que estas eran palabras muy amables, pero que desgraciadamente mi interés por Krishna, lo mismo que mi complacencia en diálogos científicos habían desaparecido por completo y definitivamente, que hoy le había mentido una porción de veces, por ejemplo, que no llevaba en la ciudad algunos días, sino muchos meses, pero que hacía una vida para mí solo y que no estaba ya en condiciones de visitar casas distinguidas, porque en primer lugar siempre estoy de muy mal humor y atacado de gota, y en segundo término, borracho la mayor parte de las veces. Además, para dejar las cosas en su punto y por lo menos no quedar como un embustero, tenía que confesar al estimado señor que me había ofendido muy gravemente. Él había hecho suya la posición estúpida y obstinada digna de un militar sin ocupación, pero no de hombre de ciencia, en que se colocaba un periódico reaccionario con respecto a las opiniones de Haller. Que este "mozo" y socio sin patria Haller era yo mismo, y mejor le iría a nuestro país y al mundo, si al menos los contados hombres capaces de pensar se declararan partidarios de la razón y del amor a la paz, en vez de instigar ciegos y fanáticos a una nueva guerra. Esto es, y con ello, adiós.

Me levanté, me despedí de Goethe y del profesor, agarré mis cosas del perchero y salí corriendo. Con estrépito aullaba dentro de mi alma el lobo dañino. Una formidable escena se desarrolló entre los dos Harrys. Pues al punto comprendí claramente que esta hora vespertina poco reconfortante tenía para mí mucha más importancia que para el indignado profesor; para él era un desengaño y un pequeño disgusto; pero para mí, era un último fracaso y un echar a correr, era mi despedida del mundo burgués, moral y erudito, era una victoria completa del Lobo Estepario. Y era un despedirse vencido y huyendo, una propia declaración de quiebra, una despedida inconsolable, irreflexiva y sin humor. Me despedí de mi mundo anterior y de mi patria, de la burguesía, la moral y la erudición, no de otro modo que el hombre que tiene una úlcera de estómago se despide de la carne de cerdo. Furioso, corrí a la luz de los faroles, furioso y lleno de mortal tristeza. ¡Qué día tan sin consuelo había sido, tan vergonzante, tan siniestro, desde la mañana hasta la noche, desde el cementerio a la escena en casa del profesor! ¿Para qué? ¿Había alguna razón para seguir echando sobre sí más días como este? ¡No! Y por eso había que poner fin esta noche a la comedia. ¡Vete a casa, Harry, y córtate el cuello! Bastante tiempo has esperado ya.

De un lado para otro corrí por las calles, en miserable estado. Naturalmente, había sido necio por mi parte manchar a la buena gente el adorno de su salón, era necio y grosero, pero yo no podía y no pude de ninguna manera otra cosa, ya no podía soportar esta vida dócil, de fingimiento y corrección. Y ya que por lo visto tampoco podía aguantar la soledad, ya que la compañía de mí mismo se me había vuelto tan indeciblemente odiada y me producía tal asco, ya que en el vacío de mi infierno me ahogaba dando vueltas, ¿qué salida podía haber todavía? No había ninguna. ¡Oh, padre y madre míos! ¡Oh, fuego sagrado lejano de mi juventud, oh, ustedes, miles de alegrías, de trabajos y de afanes de mi vida! Nada de todo ello me quedaba, ni siquiera arrepentimiento, sólo asco y dolor. Nunca como en esta hora me parece que me había hecho tanto daño el sólo tener que vivir.

En una desventurada taberna de las afueras descansé un momento, bebí agua con coñac, volví a seguir correteando, perseguido por el diablo, y a subir y a bajar las callejas empinadas y retorcidas de la parte antigua de la ciudad y deambular por los paseos, por la plaza de la estación. ¡Tomar un tren!, pensé. Entré en la estación, me quedé mirando fijamente a los itinerarios pegados en las paredes, bebí un poco de vino, traté de reflexionar. Cada vez más cerca, cada vez más distintamente comencé a ver el fantasma que tanto miedo me producía. Era la vuelta a mi casa, el retorno a mi cuarto, el tener que pararme ante la desesperación. A esto no podía escapar, aun cuando estuviera corriendo todavía horas enteras: al regreso hasta mi puerta, hasta la mesa con los libros, hasta el diván con el retrato de mi querida colgado encima; no podía escapar al momento en que tuviera que abrir la navaja de afeitar y darme un tajo en el cuello. Cada vez con mayor claridad se presentaba ante mí este cuadro, cada vez más distintamente; con violentos latidos del corazón, sentía yo la angustia de todas las angustias: el miedo a la muerte. Sí; tenía un horrible miedo a la muerte. Aun cuando no veía otra salida, aun cuando en torno se amontonaban el asco, el dolor y la desesperación, aun cuando ya nada estaba en condiciones de seducirme, ni de proporcionarme una alegría o una esperanza, me horrorizaba sin embargo de un modo indecible la ejecución, el último momento, el corte tajante y frío en la propia carne.

No veía medio alguno de sustraerme a lo temido. Si en la lucha entre la desesperación y la cobardía venciera hoy acaso la cobardía, mañana y todos los días habría de tener ante mí de nuevo a la desesperación, aumentada con el desprecio de mí mismo. Volvería a coger en la mano la navaja tantas veces y a dejarla después, hasta que al fin alguna vez estuviera desde luego consumado. Por eso, mejor hoy que mañana. Razonablemente, trataba de persuadirme a mí mismo como a un niño miedoso, pero el niño no escuchaba, se escapaba, quería vivir. Bruscamente seguí siendo arrastrado a través de la ciudad, en amplios círculos estuve dando vueltas en torno a mi vivienda, siempre con el regreso en la mente, siempre retardándolo. Acá y allá me entretenía en una taberna, para tomar una copa, para tomar dos copas; luego seguía mi correría, en amplio círculo alrededor del objeto, de la navaja de afeitar, de la muerte. Muerto de cansancio, estuve sentado varias veces en algún banco, en el borde de alguna fuente, en un guardacantón, oía palpitar el corazón, me secaba el sudor de la frente, volvía a correr, lleno de mortal angustia, lleno de ardiente deseo de vivir.

Así fui a dar, a la hora ya muy avanzada de la noche y por un suburbio extraviado y para mí casi desconocido, en un restaurante, detrás de cuyas ventanas resonaba violenta música de baile. Sobre la puerta leí al entrar un viejo letrero: "Al Águila Negra". Dentro había ambiente de juerga, algarabía de muchedumbre, humo, vaho de vino y gritería; en el segundo salón se bailaba, allí se debatía furiosa la música de danza. Me quedé en el primer salón, lleno de gente sencilla, en parte vestida pobremente, en tanto que detrás, en la sala de baile, se divisaban también figuras elegantes. Empujado por la multitud de un lado a otro por el salón, fui apretado contra una mesa cerca del mostrador; en el diván junto a la pared estaba sentada una bonita muchacha pálida, con un ligero vestidito de baile, con gran escote, en el cabello una flor marchita. La muchacha me miró con atención y amablemente cuando me vio llegar; sonriendo, se hizo un poco a un lado y me dejó sitio.

—¿Me permite? —pregunté, y me senté junto a ella.

—Naturalmente que te permito —dijo—. ¿Quién eres tú que no te conozco?

—Gracias —dije—; me es imposible ir a casa; no puedo, no puedo, quiero quedarme aquí, a su lado, si es usted tan amable. No, no puedo volver a casa.

Hizo un ademán como si me comprendiera, y al bajar la cabeza, observé su bucle que le caía de la frente hasta junto al oído, y vi que la flor marchita era una camelia. Del otro lado tronaba la música, delante del mostrador las camareras gritaban con precipitación sus pedidos.

—Quédate aquí —me dijo con una voz que me hizo bien—. ¿Por qué es por lo que no puedes volver a tu casa?

—No puedo. En casa me espera algo... No, no puedo; es demasiado terrible.

—Entonces déjalo estar y quédate aquí. Ven, límpiate primero las gafas, no es posible que veas nada. Así, dame tu pañuelo. ¿Qué vamos a beber? ¿Borgoña?

Me limpió las gafas; entonces pude verla claramente: la cara pálida bien perfilada, con la boca pintada de rojo sangre; los ojos, grises claros; la frente, lisa y serena; el bucle derecho, por delante de la oreja. Bondadosa y un poco burlona, se cuidó de mí, pidió vino, brindó conmigo y al propio tiempo miró hacia el suelo a mis zapatos.

—¡Dios mío! ¿De dónde vienes? Parece como si hubieras llegado a pie desde París. Así no se viene a un baile.

Dije que sí y que no, reí un poco, la dejé hablar. Me gustaba mucho, y esto me causaba admiración, pues hasta ahora había evitado siempre a esta clase de muchachas y las había mirado más bien con desconfianza. Y ella era para conmigo precisamente como en este momento me convenía que fuera. ¡Oh, y así ha sido siempre conmigo desde aquella hora! Me trataba con tanto cuidado como yo necesitaba, y tan burlonamente como necesitaba también. Pidió un bocadillo y me ordenó que lo comiera. Me echó vino y me mandó también beber un trago, pero no muy de prisa. Luego alabó mi docilidad.

—Eres bueno —dijo tratando de animarme—. Le haces a una fácil el trabajo. Vamos a apostar a que hace mucho tiempo desde la última vez que tuviste que obedecer a alguien.

—Sí, usted ha ganado la apuesta. Pero ¿de dónde sabe usted esto?

—No tiene arte. Obedecer es como comer y beber. El que se pasa mucho tiempo prescindiendo de ello, a ese ya no le importa nada. ¿No es verdad que a mí vas a obedecerme tú con mucho gusto?

—Con muchísimo. Usted lo sabe todo.

—Tú facilitas a una el camino. Quizá, amigo, pudiera yo decirte también qué es lo que en tu casa te espera y de lo cual tienes tanto miedo. Pero tú lo sabes también, no tenemos necesidad de hablar de ello, ¿no es eso? ¡Pamplinas! O uno se ahorca, bueno, entonces si se ahorca uno, desde luego será porque tenga motivo. O vive uno, y entonces no tiene que ocuparse más que de la vida. No hay nada más sencillo.

—¡Oh! —exclamé—. Si eso fuera tan sencillo... Yo me he ocupado bastante de la vida, Dios lo sabe, y no ha servido de nada. Ahorcarse es tal vez difícil, no lo sé. Pero vivir es mucho, muchísimo más difícil. ¡Dios sabe lo difícil que es!

—Ya verás cómo es sumamente fácil. Por algo se empieza. Te has limpiado las gafas, has comido, has bebido. Ahora vamos y limpiamos tus pantalones y tus zapatos, lo necesitan. Y luego vas a bailar un *shimmy* conmigo.

—¿Ve usted —dije animado— cómo yo tenía razón? Nada me molesta más que no poder ejecutar una orden de usted. Pero esta no puedo cumplirla. No puedo bailar un *shimmy*, ni un vals, ni una polca y como se llamen todas esas cosas, nunca en mi vida he aprendido a bailar. ¿Ve usted cómo no todo es tan sencillo como usted se figura?

La hermosa muchacha sonrió con sus labios rojos como la sangre y movió la cabeza atusada y peinada a lo *garçon*. Al mirarla, me antojó que se parecía a Rosa Kreisler, la primera muchacha de la que yo me había enamorado siendo un mozalbete, pero aquella era morena y con el pelo oscuro. No, realmente no sabía yo a quién me recordaba esta extraña muchacha; sólo sabía que era algo de la lejana juventud, de la época de niño.

—Despacio —gritó ella—, vamos por partes. ¿De modo que no sabes bailar? ¿Ni siquiera un *one step*? Y al propio tiempo aseguras que la vida te ha costado sabe Dios cuánto trabajo. Eso es una trola, amigo, y a tu edad ya no está bien. Sí, ¿cómo puedes decir que te ha costado tanto trabajo la vida, si ni siquiera quieres bailar?

—Si es que no sé. No he aprendido nunca.

Ella se echó a reír.

—Pero a leer y a escribir sí has aprendido, vamos, y cuentas y probablemente también latín y francés y toda clase de cosas de esta naturaleza. Apuesto a que has estado diez o doce años en el colegio y además has estudiado en alguna otra parte y hasta tienes el título de doctor y sabes chino o español. ¿O no? ¡Ah! ¿Ves? Pero no has podido disponer del poquito de tiempo y de dinero para unas cuantas clases de baile. ¿No es eso?

—Fueron mis padres —me justifiqué—. Ellos me hicieron aprender latín y griego y todas esas cosas. Pero no me hicieron aprender a bailar, no era moda entre nosotros; mis padres mismos no bailaron nunca.

Me miró fría y despreciativa, y de nuevo vi en su cara algo que me hizo recordar la época de mi primera juventud.

—¡Ah, vamos, van a tener la culpa tus padres! ¿Les has preguntado también si esta noche podías venir al Águila Negra? ¿Lo has hecho? ¿Qué se han muerto hace mucho tiempo, dices? ¡Ah, vamos! Si tú por obediencia tan sólo no has querido aprender a bailar en tu juventud, está bien. Aunque no creo que entonces fueras un muchacho modelo. Pero después... ¿Qué has estado haciendo luego tantos años?

—¡Ah —confesé—, ya no lo sé yo mismo! He estudiado, hecho música, he leído libros, he escrito libros, he viajado...

—¡Vaya ideas raras que tienes de la vida! De modo que has hecho siempre cosas difíciles y complicadas y las más sencillas ni las has aprendido. ¿No has tenido tiempo? ¿No has tenido ganas? Bueno, por mí... Gracias a Dios no soy tu madre. Pero hacer como si hubieses gustado la vida por completo sin encontrar nada en ella, no, a eso no hay derecho.

—No me riña usted —supliqué—. Ya sé que estoy loco.

—Anda ya; no me vengas con historias. ¡Qué vas a estar loco, señor profesor! Lo que me resultas es demasiado cuerdo. Se me antoja que eres prudente de un modo estúpido, justo como un profesor. Ven, cómete ahora otro panecillo. Después sigues hablando.

Me pidió otra vez un bocadillo, le echó un poco de sal, le puso un poco de mostaza, se cortó un trocito para sí misma y me mandó comer. Comí. Hubiese hecho todo lo que me hubiera mandado, todo menos bailar. Era muy bueno obedecer a alguien, estar sentado junto a alguien que lo interrogara a uno, le mandara y le riñera. Si el profesor o su mujer hubiesen hecho esto hace un par de horas, se me habría ahorrado mucho. Pero no; estaba bien así, hubiese perdido mucho.

—¿Cómo te llamas? —me preguntó de repente.

—Harry.

—¿Harry? ¡Un nombre de muchacho! Y un muchacho eres realmente, Harry, a pesar de las manchas grises en el pelo. Eres un muchacho y deberías tener a alguien que se ocupara un poco de ti. Del baile no digo nada más. ¡Pero cómo vas peinado! ¿Es que no tienes mujer, ni siquiera una amiga?

—No tengo mujer ya; estamos divorciados. Una amiga sí tengo, pero no vive aquí; la veo de tarde en tarde, no nos llevamos muy bien.

Ella siseó un poco por lo bajo.

—Parece que has de ser un caballero bien difícil, ya que ninguna para a tu lado. Pero dime ahora: ¿qué pasaba esta noche tan extraordinario, que has andado correteando por el mundo como un alma en pena? ¿Te has arruinado? ¿Has perdido en el juego?

Verdaderamente era difícil decirlo.

—Verá usted —empecé—. Ha sido en realidad una fruslería. Yo estaba convidado, en casa de un profesor —yo por mi parte no lo soy—, y en verdad no hubiera debido ir, ya no estoy acostumbrado a estar sentado así con la gente y charlar; he olvidado esto. Entré ya en la casa con la sensación de que no iba a salir bien la cosa. Cuando colgué mi sombrero pensé que acaso muy pronto tendría que volver a necesitarlo. Bueno, y en casa de este profesor había allí sobre la mesa un cuadro... necio, que me puso de mal humor...

—¿Qué cuadro era ese? ¿Por qué te puso de mal humor? —me interrumpió ella.

—Sí, era un retrato que representaba a Goethe, ¿sabe usted?, al poeta Goethe. Pero allí no estaba como en realidad era. Claro que esto, a decir verdad, no lo sabe nadie con exactitud, murió hace cien años. Sino que cualquier pintor moderno había representado allí a Goethe tan almibarado y peinadito como él se lo había figurado, y este retrato me exasperó y me fue horrorosamente antipático. No sé si comprende usted esto.

—Puedo comprenderlo muy bien, no se preocupe. ¡Siga!

—Ya antes había estado en desacuerdo con el profesor; es este, como casi todos los profesores, un gran patriota y ayudó bravamente durante la guerra a engañar al pueblo, con la mejor fe, naturalmente. Yo, en cambio, soy contrario a la guerra. Bueno, da lo mismo. Sigamos. Claro que yo no hubiese tenido necesidad de mirar el retrato...

—Desde luego que no habías tenido ninguna necesidad.

—Pero en primer lugar me molestaba por el propio Goethe, a quien yo, en verdad, quiero mucho, y luego que tuve que pensar —pensé o sentí sobre poco más o menos esto—: aquí estoy sentado con personas a las que considero mis iguales y de las que yo pienso que también ellos han de amar a Goethe como yo y se habrán forjado de él un retrato semejante al que yo me he forjado, y ahora resulta que tienen ahí de pie este retrato sin gusto, falseado y dulzón y lo encuentran magnífico y no se dan cuenta de que el espíritu de este cuadro es precisamente lo contrario del espíritu de Goethe. Hallan maravilloso el retrato, y por mí pueden hacerlo si quieren, pero para mí se acabó de una vez toda confianza en estas personas, toda amistad con ellas y todo sentimiento de afinidad y de solidaridad. Por lo demás, la amistad no era grande tampoco. Me puse, pues, furioso y triste, y vi que estaba solo y que nadie me entendía. ¿Comprende usted?

—Es bien fácil de comprender, Harry. ¿Y luego? ¿Les tiraste el retrato a la cabeza?

—No; empecé a lanzar improperios y eché a correr, quería ir a casa, pero...

—Pero allí no te hubieras encontrado a la mamá que consolara o reprendiera al hijo incauto. Está bien, Harry; casi me das lástima; eres un espíritu infantil sin igual.

Y verdaderamente me pareció comprenderlo así. Ella me dio a beber un vaso de vino. Me trataba, en efecto, como una verdadera madre. Pero entretanto iba viendo yo por instantes qué hermosa y joven era.

—Vamos a ver —empezó ella de nuevo—. Resulta que Goethe se murió hace cien años y Harry lo quiere mucho y se ha hecho una maravillosa idea de él y del aspecto que tendría, y a esto tiene Harry perfecto derecho, ¿no es eso? Pero el pintor, que también siente su entusiasmo por Goethe y se ha forjado de él una imagen, ese no tiene derecho, y el profesor tampoco; y en realidad nadie, porque eso no le gusta a Harry, no lo tolera, porque tiene que vociferar y echar a correr. Si fuese prudente se reiría sencillamente del pintor y del profesor. Si fuese un loco, les tiraría su Goethe a la cara. Pero como no es más que un niño pequeño, se va corriendo a su casa y quiere ahorcarse. He comprendido muy bien tu historia. Es una historia cómica. Me hace reír. Aguarda, no bebas tan de prisa. El borgoña se bebe despacio, da mucho calor si no. Pero a ti hay que decírtelo todo, niñito.

Su mirada era severa y represiva como de alguien de sesenta años.

—Oh, sí —supliqué complacido—. No deje de decírmelo todo.

—¿Qué he de decirte yo?

—Todo lo que usted quiera.

—Bueno, voy a decirte una cosa. Desde hace una hora estás oyendo que yo te hablo de tú, y tú sigues diciéndome a mí de usted.

Siempre latín y griego, siempre lo más complicado posible. Cuando una muchacha te llama de tú y no te es antipática, entonces debes llamarla de tú a ella también. ¿Ves? Ya has aprendido algo nuevo. Y segundo: desde hace media hora sé que te llamas Harry. Lo sé porque te lo he preguntado. Tú, en cambio, no quieres saber cómo me llamo yo.

—¡Oh, ya lo creo, con mucho gusto querría saberlo!

—¡Es tarde, amigo! Cuando nos volvamos a ver, me lo preguntas de nuevo. Hoy no te lo digo ya. Bueno, y ahora, voy a bailar.

Al hacer ademán de levantarse, se deprimió profundamente mi ánimo, tuve miedo de que se fuera y me dejara solo, y entonces volvería todo a ser como antes había sido. Como un dolor de muelas, desaparecido por un instante, se presenta otra vez de pronto y quema como el fuego, así se me presentaron al punto otra vez el miedo y el terror. ¡Oh, Dios! ¿Había podido yo olvidar lo que estaba aguardándome? ¿Es que había cambiado alguna cosa?

—¡Alto! —grité, suplicante—. No se vaya usted. No te vayas. Claro que puedes bailar cuanto quieras, pero no estés mucho tiempo por ahí; vuelve pronto.

Se levantó riendo. Me la había figurado más alta, era esbelta, pero no alta. De nuevo volvió a recordarme a alguien. ¿A quién? No podía acordarme.

—¿Vuelves?

—Vuelvo, pero puedo tardar un rato, media hora, o acaso una entera. Voy a decirte una cosa: cierra los ojos y duerme un poco; eso es lo que necesitas.

Le hice sitio y salió; su vestido rozó mi rodilla, al salir se miró en un pequeñísimo espejo redondo de bolsillo, levantó las cejas, se pasó por la barbilla una minúscula borla de polvos y desapareció en el salón de baile. Miré en torno mío; caras extrañas, hombres fumando, cerveza derramada sobre las mesas de mármol, algazara y griterío por doquiera, al lado la música de baile. Había dicho que me durmiera. Ah, buena niña, vaya una idea que tienes de mi sueño, que es más tímido que una gacela. ¡Dormir en esta feria, aquí sentado, entre los tarros de cerveza con sus tapaderas ruidosas! Bebí un sorbo de vino, saqué del bolsillo un cigarro, busqué las cerillas, pero en realidad no sentía ganas de fumar, dejé el cigarro delante de mí sobre la mesa.

"Cierra los ojos", me había dicho. Dios sabe de dónde tenía la muchacha esta voz, esta voz buena, algo profunda, una voz maternal. Era bueno obedecer a esta voz, ya lo había experimentado. Obediente, cerré los ojos, apoyé la cabeza en la mano, oí zumbar a mi alrededor cien ruidos violentos, me hizo sonreír la idea de dormir en este lugar, decidí ir a la puerta del salón y echar una mirada furtiva por el baile —tenía que ver bailar a mi bella muchacha—, moví los pies debajo del asiento y hasta entonces no sentí cuán tremendamente cansado estaba del deambular errante horas enteras, y me quedé sentado. Y entonces me dormí en efecto, fiel a la orden maternal, dormí ávido y agradecido y soñé, soñé más clara y agradablemente que había soñado desde hacía mucho tiempo. Soñé.

Yo estaba sentado y esperaba en una antesala pasada de moda. En un principio sólo sabía que había sido anunciado a un excelentísimo señor, luego me di cuenta de que era el señor Goethe, por quien había de ser recibido. Desgraciadamente no estaba yo allí del todo como particular, sino como corresponsal de una revista; esto me molestaba mucho y no podía comprender qué diablo me había colocado en esta situación. Además me inquietaba un escorpión, que acababa de hacerse visible y había intentado gatear por mi pierna arriba. Yo me había defendido desde luego del pequeño y negro animalejo y me había sacudido, pero no sabía dónde se había metido después y no osaba echar mano a ninguna parte.

No estaba tampoco seguro de sí por equivocación, en lugar de a Goethe, no había sido anunciado a Matthisson, al cual, sin embargo, en el sueño confundía con Bürger, pues le atribuía las poesías a Molly. Por otra parte me hubiera sido muy a propósito un encuentro con Molly, yo me la imaginaba maravillosa, blanda, musical, occidental. ¡Si no hubiera estado yo allí sentado por encargo de aquella maldita redacción! Mi mal humor por esto aumentaba en cada instante y se fue trasladando poco a poco también a Goethe, contra el cual tuve de pronto toda clase de escrúpulos y censuras. ¡Podía resultar bonita la audiencia! El escorpión, en cambio, aun cuando peligroso y escondido quizá cerca de mí, acaso no fuera tan grave; pensé también ser presagio de algo agradable, me parecía muy posible que tuviera alguna relación con Molly, que fuera una especie de mensajero suyo o su escudo de armas, un bonito y peligroso animal heráldico de la feminidad y del pecado. ¿No se llamaría acaso Vulpius el animal heráldico? Pero en aquel instante abrió un criado la puerta, me levanté y entré.

Allí estaba el viejo Goethe, pequeño y muy tiesecillo, y tenía, en efecto, una gran placa de condecoración sobre su pecho clásico.

Aún parecía que estaba gobernando, que seguía constantemente recibiendo audiencias y controlando el mundo desde su museo de Weimar. Pues apenas me hubo visto, me saludó con un rápido movimiento de cabeza, lo mismo que un viejo cuervo, y habló solemnemente: ¿De modo que ustedes, la gente joven, está bien poco conforme con nosotros y con nuestros afanes?

—Exactamente —dije, y me dejó helado su mirada de ministro—. Nosotros la gente joven no estamos, en efecto, conformes con usted, viejo señor. Usted nos resulta demasiado solemne, excelencia, demasiado vanidoso y presumido y demasiado poco sincero. Esto acaso sea lo esencial: demasiado poco sincero.

El hombre chiquitín, anciano, movió la severa cabeza un poco hacia adelante, y al distenderse en una pequeña sonrisa su boca dura y plegada a la manera oficial y al animarse de un modo encantador, me palpitó el corazón de repente, pues me acordé de pronto de la poesía "Bajó de arriba la tarde" y de que este hombre y esta boca eran de donde habían salido las palabras de aquella poesía. En realidad ya en aquel momento estaba yo totalmente desarmado y aplanado, y con el mayor gusto me hubiera arrodillado ante él. Pero me mantuve firme y oí de su boca sonriente estas palabras:

—¡Ah! ¿Entonces ustedes me acusan de insinceridad? ¡Vaya qué palabras! ¿No querría usted explicarse un poco mejor?

Lo estaba deseando:

—Usted, señor de Goethe, como todos los grandes espíritus, ha conocido y ha sentido perfectamente el problema, la desconfianza de la vida humana: la grandiosidad del momento y su miserable marchitarse, la imposibilidad de corresponder a una elevada sublimidad del sentimiento de otro modo que con la cárcel de lo cotidiano, la aspiración ardiente hacia el reino del espíritu que está en eterna lucha a muerte con el amor también ardiente y también santo a la perdida inocencia de la naturaleza, todo este terrible flotar en el vacío y en la incertidumbre, este estar condenado a lo efímero, a lo incompleto, a lo eternamente en ensayo y diletantesco, en suma, la falta de horizontes y de comprensión y la desesperación agobiante de la naturaleza humana. Todo esto lo ha conocido usted y alguna vez se ha declarado partidario de ello, y, sin embargo, con toda su vida ha predicado lo contrario, ha expresado fe y optimismo, ha fingido a sí mismo y a los demás una perdurabilidad y un sentido a nuestros esfuerzos espirituales. Usted ha rechazado y oprimido a los que profesan una profundidad de pensamiento y a las voces de la desesperada verdad, lo mismo en usted que en Kleist y en Beethoven. Durante decenios enteros ha actuado como si el amontonamiento de ciencia y de colecciones, el escribir y conservar cartas y toda su dilatada existencia en Weimar fuera, en efecto, un camino para eternizar el momento, que en el fondo usted sólo lograba momificar, para espiritualizar a la naturaleza, a la que sólo conseguía estilizar en caricatura. Esta es la insinceridad que le echamos en cara.

Pensativo, me miró el viejo consejero a los ojos; su boca seguía sonriendo.

Luego, para mi asombro, me preguntó:

—¿Entonces *La Flauta encantada* de Mozart le tiene que ser a usted sin duda profundamente desagradable?

Y antes de que yo pudiera protestar, continuó:

—*La Flauta encantada* representa a la vida como un canto delicioso, ensalza nuestros sentimientos, que son perecederos, como algo eterno y divino, no está de acuerdo ni con el señor de Kleist ni con el señor Beethoven, sino que predica optimismo y fe.

—¡Ya lo sé, ya lo sé! —grité furioso—. ¡Sabe Dios por qué se le ha ocurrido a usted *La Flauta encantada*, que es para mí lo más excelso del mundo! Pero Mozart no llegó a los ochenta y dos años, y en su vida privada no tuvo estas pretensiones de perdurabilidad, orden y almidonada majestad que usted. No se dio nunca tanta importancia. Cantó sus divinas melodías, fue pobre y se murió pronto, en la miseria y mal conocido...

Me faltaba el aliento. Mil cosas se hubieran podido decir en diez palabras, empecé a sudar por la frente.

Pero Goethe me dijo con mucha amabilidad.

—El haber llegado yo a los ochenta y dos años puede que sea, desde luego, imperdonable. Pero el placer que yo en ello tuve, fue sin duda menor de lo que usted puede imaginarse. Tiene usted razón; me consumió siempre un gran deseo de perdurabilidad, siempre temí y combatí a la muerte. Creo que la lucha contra la muerte, el afán absoluto y terco de querer vivir es el estímulo por el cual han actuado y han vivido todos los hombres sobresalientes. Que al final hay, sin embargo, que morir, esto, en cambio, mi joven amigo, lo he demostrado a los ochenta y dos años de modo tan concluyente como si hubiera muerto siendo niño. Por si pudiera servir para mi justificación, aún habría que añadir una cosa: en mi naturaleza ha habido mucho de infantil, mucha curiosidad y afán de juego, mucho placer en perder el tiempo. Claro, y he tenido que necesitar un poco más hasta comprender que era ya hora de dar por terminado el juego.

Al decir esto, sonreía de un modo tremendo, retorciéndose de risa. Su figura se había agrandado, habían desaparecido la tiesura y la violenta majestad del rostro. Y el aire en torno nuestro estaba lleno por completo de toda suerte de melodías, de toda clase de canciones de Goethe, oí claramente la *Violeta*, de Mozart, y el *Llenas el bosque y el valle*, de Schubert. Y la cara de Goethe era ahora rosada y joven, y reía y se parecía ya a Mozart ya a Schubert, como si fuera su hermano, y la placa sobre su pecho estaba formada sólo por flores campestres, una prímula amarilla se destacaba en el centro, alegre y plena.

Me molestaba que el anciano quisiera sustraerse a mis preguntas y a mis quejas de una manera tan bromista, y lo miré lleno de enojo. Entonces se inclinó un poco hacia adelante, puso su boca muy cerca de mi oreja, su boca ya enteramente infantil y me susurró quedo al oído: "Hijo mío, tomas demasiado en serio al viejo Goethe. A los viejos, que ya se han muerto, no se les puede tomar en serio, eso sería no hacerles justicia. A nosotros los inmortales no nos gusta que se nos tome en serio, nos gusta la broma. La seriedad, joven, es cosa del tiempo; se produce, esto por lo menos quiero revelártelo, se produce por una hipertensión del tiempo. También yo estimé demasiado en mis días el valor del tiempo, por eso quería llegar a los cien años. En la eternidad, sin embargo, no hay tiempo, como ves: la eternidad es un instante, lo suficiente largo para una broma".

En efecto, ya no se podía hablar una palabra en serio con aquel hombre; bailoteaba para arriba y para abajo, alegre y ágil, y hacía salir a la prímula de su estrella como un cohete, o la iba escondiendo hasta hacerla desaparecer. Mientras daba sus pasos y figuras de baile, hube de pensar que este hombre por lo menos no había omitido aprender a bailar. Lo hacía maravillosamente. En aquel momento se me representó otra vez el escorpión, o mejor dicho, Molly, y dije a Goethe: "Diga usted, ¿no está Molly ahí?".

Goethe soltó una carcajada. Fue a su mesa, abrió un cajón, sacó un precioso estuche de piel o de terciopelo, lo abrió y me lo puso delante de los ojos. Allí estaba sobre el oscuro terciopelo, pequeña, impecable y reluciente, una minúscula pierna de mujer, una pierna encantadora, un poco doblada por la rodilla, con el pie estirado hacia abajo, terminando en punta en los más deliciosos dedos.

Alargué la mano queriendo coger la pequeña pierna que me enamoraba, pero al ir a tocarla con los dedos, pareció que el minúsculo juguete se movía con una pequeña contracción, y se me ocurrió de repente la sospecha de que este podía ser el escorpión. Goethe pareció comprenderlo, es más, parecía como si precisamente hubiese querido y provocado esta profunda inquietud, esta brusca lucha de deseo y temor. Me tuvo el encantador escorpioncillo delante de la cara, me vio desearlo con ansiedad, me vio echarme atrás con espanto ante él, y esto parecía proporcionarle un gran placer. Mientras se burlaba de mí con la linda cosita peligrosa, se había vuelto otra vez enteramente viejo, viejísimo, milenario, con el cabello blanco como la nieve; y su marchito rostro de anciano reía tranquila y calladamente, por dentro, de un modo impetuoso, con el insondable humorismo de los viejos.

* * *

Cuando desperté, había olvidado el sueño; sólo más tarde volví a darme cuenta de él. Había dormido seguramente como cosa de una hora, en medio de la música y de la algarabía, en la mesa del restaurante; nunca lo hubiera creído posible. La bella muchacha estaba ante mí, con una mano sobre mi hombro.

—Dame dos o tres marcos —dijo—. Al otro lado he hecho algún consumo.

Le di mi portamonedas, se fue con él y volvió a poco.

—Bueno, ahora puedo estarme sentada contigo todavía un ratito; luego tengo que irme: tengo una cita.

Me asusté.

—¿Con quién, pues? —inquirí de prisa.

—Con un caballero, pequeño Harry. Me ha invitado al Bar Odeón.

—¡Oh, pensé que no me dejarías solo!

—Para eso habrías tenido que ser tú el que me hubieras convidado. Se te ha adelantado uno. Nada, con eso ahorras algo. ¿Conoces el Odeón? A partir de media noche, sólo champaña, sillones, orquesta de negros, muy distinguido.

No contaba con esto.

—¡Ah —dije suplicante—, deja que yo te invite! Me pareció que esto se sobreentendía; ¿no nos hemos hecho amigos? Déjate invitar a donde tú quieras, te lo ruego.

—Eso está muy bien por tu parte. Pero mira, una palabra es una palabra; he aceptado y tengo que ir. ¡No te preocupes más! Ven, toma todavía un trago, aún tenemos vino en la botella. Te lo acabas de beber y te vas luego bonitamente a casa y duermes. Prométemelo.

—No, oye; a casa no puedo ir.

—¡Ah, vamos, tus historias! ¿Aún no has terminado con Goethe? (En este momento se me presentó nuevamente el sueño de Goethe.) Pero si verdaderamente no quieres ir a tu casa, quédate aquí. Hay habitaciones para forasteros. ¿Quieres que te pida una?

Me pareció bien y le pregunté dónde podría volver a verla. ¿Dónde vivía? Esto no me lo dijo. Que no tenía más que buscarla un poco y ya la encontraría.

—¿No me permites que te invite?

—¿A dónde?

—A donde te plazca y cuando quieras.

—Bien. El martes, a cenar en el "Viejo Franciscano", en el primer piso. Adiós.

Me dio la mano, y ahora fue cuando me fijé en esta mano, una mano en perfecta armonía con su voz, linda y plena, inteligente y bondadosa. Cuando le besé la mano, se reía burlona.

Y todavía en el último momento se volvió de nuevo hacia mí y dijo:

—Aún tengo que decirte una cosa, a propósito de Goethe. Mira, lo mismo que te ha pasado a ti con Goethe, que no has podido soportar su retrato, así me pasa a mí algunas veces con los santos.

—¿Con los santos? ¿Eres tan devota?

—No, no soy devota, por desgracia; pero lo he sido ya una vez y volveré a serlo. No hay tiempo para ser devota.

—¿No hay tiempo? ¿Es que se necesita tiempo para eso?

—Oh, ya lo creo; para ser devoto se necesita tiempo, mejor dicho, se necesita algo más: independencia del tiempo. No puedes ser seriamente devoto y a la vez vivir en la realidad y, además, tomarla en serio; el tiempo, el dinero, el Bar Odeón y todas estas cosas.

—Comprendo. Pero ¿qué era eso de los santos?

—Sí, hay algunos santos a los que quiero especialmente: San Esteban, San Francisco y otros. De ellos veo algunas veces cuadros, y también del Redentor y de la Virgen, cuadros hipócritas, falsos y condenados, y los puedo sufrir tan poco como tú a aquel cuadro de Goethe. Cuando veo uno de estos Redentores o San Franciscos dulzones y necios y me doy cuenta de que otras personas hallan bellos y edificantes estos cuadros, entonces siento como una ofensa del verdadero Redentor, y pienso: ¡Ah! ¿Para qué ha vivido y sufrido tan tremendamente, si a la gente le basta de él un estúpido cuadro así? Pero yo sé, a pesar de esto, que también mi imagen del Redentor o de San Francisco es hechura humana y no alcanza al original, que al propio Redentor mi imagen suya habría de resultarle tan necia y tan insuficiente como a mí aquellas imitaciones dulzonas. No te digo esto para darte la razón en tu mal humor y furia contra el retrato de Goethe, no; en eso tienes razón. Lo digo solamente para demostrarte que puedo entretenerte. Ustedes los sabios y artistas tienen toda clase de cosas raras dentro de la cabeza, pero son hombres como los demás, y también nosotros tenemos nuestros sueños y nuestros juegos de ingenio. Porque observé, señor sabio, que te apurabas un poquito al ir a contarme tu historia de Goethe, tenías que esforzarte por hacer comprensibles tus cosas ideales a una muchacha tan sencilla. Y por eso he querido hacerte ver que no necesitas esforzarte. Yo te entiendo ya. Bueno, ¡y ahora, punto! Te está esperando la cama.

Se fue, y a mí me condujo un anciano camarero al segundo piso, mejor dicho, primero me preguntó por el equipaje, y cuando oyó que no había ninguno, hube de pagar por anticipado lo que él llamó precio de la cama. Luego me llevó, por una vieja escalera siniestra, a una habitación de arriba y me dejó solo. Allí había una miserable cama de madera, pequeña y dura, y de la pared colgaba un sable y un retrato en colores de Garibaldi, además una corona marchita, de la fiesta de alguna Asociación. Hubiera dado cualquier cosa por una camisa de dormir. Al menos había agua y una pequeña toalla, pude lavarme y me eché en la cama vestido, dejé la luz encendida y tuve tiempo de meditar. "Bueno, con Goethe estaba yo ahora en orden. Era magnífico que hubiera venido hasta mí en sueños. Y esta maravillosa muchacha... ¡Si yo hubiese sabido al menos su nombre! De pronto un ser humano, una persona viva que rompe la turbia campana de cristal de mi aislamiento y me alarga la mano, una mano cálida, buena y hermosa. De repente, otra vez cosas que me importaban algo, en las que podía pensar con alegría, con preocupación, con interés. Pronto una puerta abierta, por la cual la vida entraba hacia mí. Acaso pudiera vivir de nuevo, acaso pudiera volver a ser un hombre. Mi alma, adormecida de frío y casi yerta, volvía a respirar, aleteaba soñolienta con débiles alas minúsculas. Goethe estaba conmigo. Una muchacha me había hecho comer, beber, dormir, me había demostrado amabilidad, se había reído de mí y me había llamado joven y tonto. Y la maravillosa amiga me había referido también cosas de los santos y me había demostrado que hasta en mis más raras extravagancias no estaba yo solo e incomprendido y no era una excepción enfermiza, sino que tenía hermanos y que alguien me entendía. ¿Volvería a verla? Sí; seguramente, era de fiar. "Una palabra es una palabra".

Y así volví a dormirme; dormí cuatro, cinco horas. Habían dado las diez cuando desperté, con el traje arrugado, lleno de cansancio, deshecho, con el recuerdo de algo horroroso del día anterior en la cabeza, pero animado, lleno de esperanzas y de buenos pensamientos. Al volver a mi casa, ya no sentí nada del miedo que este regreso había tenido ayer para mí.

En la escalera, más arriba de la araucaria, me encontré con la "tía", mi casera, a la que yo rara vez me echaba a la cara, pero cuya amable manera de ser me complacía mucho. El encuentro no me fue muy agradable, como que yo estaba en estado un poco lastimoso y con las huellas de haber trasnochado, sin peinar y sin afeitar. Saludé y quise pasar de largo. Otras veces respetaba ella siempre mi afán de quedarme solo y de pasar inadvertido, pero hoy parecía, en efecto, que entre el mundo a mi alrededor se había roto un velo, se había derrumbado una barrera. Sonrió y se quedó parada.

—Ha estado usted de diversión, señor Haller, esta noche ni siquiera ha deshecho usted la cama. ¡Estará usted muy cansado!

—Sí —dije, y hube de reírme también—. Esta noche ha sido un poco animada, y como no quería turbar las costumbres de su casa, he dormido en un hotel. Mi consideración para con la tranquilidad y respetabilidad de su casa es grande, a veces se me antoja que soy en ella como un cuerpo extraño.

—¡No se burle usted, señor Haller!

—¡Oh, yo sólo me burlo de mí mismo!

—Precisamente eso no debería usted hacerlo. En mi casa no debe usted sentirse como cuerpo extraño. Usted viva como le plazca y haga lo que quiera. He tenido ya muchos inquilinos muy respetables, joyas de respetabilidad, pero ninguno era más tranquilo, ni nos ha molestado menos que usted. Y ahora... ¿quiere usted una taza de té?

No me opuse. En su salón, con los hermosos cuadros y muebles de los abuelos, me sirvieron té, y charlamos un poco; la amable señora se enteró, realmente sin preguntarlo, de estas y las otras cosas de mi vida y de mis pensamientos, y ponía atención con esa mezcla de respeto y de indulgencia maternal que tienen las mujeres inteligentes para las complicaciones de los hombres. También se habló de su sobrino, y me enseñó en la habitación de al lado su último trabajo hecho en una tarde de fiesta, un aparato de radio. Allí se sentaba el aplicado joven por las noches y armaba una de estas máquinas, arrebatado por la idea de la transmisión sin hilos, adorando de rodillas al dios de la técnica, que después de millares de años había conseguido descubrir y representar, aunque muy imperfectamente, cosas que cualquier pensador ha sabido de siempre y ha utilizado con mayor inteligencia. Hablamos de esto, pues la tía tiene un poco de inclinación a la religiosidad, y los diálogos sobre religión no le son desagradables. Le dije que la omnipresencia de todas las fuerzas y acciones era bien conocida de los antiguos indios y que la técnica no había hecho sino traer a la conciencia general un trozo pequeño de esta realidad, construyendo para ello, verbigracia, para las ondas sonoras, un receptor y un transmisor al principio todavía terriblemente imperfectos. Lo principal de aquella idea antigua, la irrealidad del tiempo no ha sido observada aún por la técnica, pero al fin será "descubierta" naturalmente también y se les vendrá a las manos a los laboriosos ingenieros. Se descubrirá acaso ya muy pronto, que no sólo nos rodean constantemente las imágenes y los sucesos actuales, del momento, como por ejemplo se puede oír en Francfort o en Zurich la música de París o de Berlín, sino que todo lo que alguna vez haya existido quede de igual modo registrado por completo y existente, y que nosotros seguramente un buen día, con o sin hilos, con o sin ruidos perturbadores, oiremos hablar al rey Salomón y a Walter von der Vogelweide. Y que todo esto, lo mismo que hoy los primeros pasos de la radio, sólo servirá al hombre para huir de sí mismo y de su fin y para revestirse de una red cada vez más espesa de distracción y de inútil estar ocupado. Pero yo dije estas cosas, para mí corrientes, no con el tono acostumbrado de irritación y de sarcasmo contra la época y contra la técnica, sino en broma y jugando, y la tía sonreía, y estuvimos así sentados con seguridad una hora, tomamos té y estábamos contentos.

Para el martes por la noche había invitado a la hermosa y admirable muchacha del Águila Negra, y no me costó poco trabajo pasar el tiempo hasta entonces. Y cuando por fin llegó el martes, se me había hecho clara, hasta darme miedo, la importancia de mi relación con la muchacha desconocida. Sólo pensaba en ella, lo esperaba todo de ella, me hallaba dispuesto a sacrificarle todo y ponérselo todo a los pies, sin estar enamorado de ella en lo más mínimo. No necesitaba más que imaginarme que quebrantaría nuestra cita, o que pudiera olvidarla, entonces veía claramente lo que pasaba por mí; entonces se quedaría para mí el mundo otra vez vacío, volvería a ser un día tan gris y sin valor como otro, me envolvería de nuevo la quietud totalmente horripilante y el aniquilamiento, y no habría otra salida de este infierno callado más que la navaja de afeitar. Y la navaja de afeitar no se me había hecho más agradable en este par de días, no había perdido nada de su horror. Esto era precisamente lo terrible. Yo sentía un miedo profundo y angustioso del corte a través de mi garganta, temía a la muerte con una resistencia tan tenaz, tan firme, tan decidida y terca, como si yo hubiera sido el hombre de más salud del mundo y mi vida un paraíso. Me daba cuenta de mi estado con una claridad completa y absoluta y reconocía que la insoportable tensión entre no poder vivir y no poder morir era lo que daba importancia a la desconocida, la linda bailarina del Águila Negra.

Ella era la pequeña ventanita, el minúsculo agujero luminoso en mi sombría cueva de angustia. Era la redención, el camino de la liberación. Ella tenía que enseñarme a vivir o enseñarme a morir; ella, con su mano segura y bonita, tenía que tocar mi corazón entumecido, para que al contacto de la vida floreciera o se deshiciese en cenizas. De dónde ella sacaba estas fuerzas, de dónde le venía la magia, por qué razones misteriosas había adquirido para mí esta profunda significación, sobre esto no me era posible reflexionar, además daba igual; yo no tenía el menor interés en saberlo. Ya no me importaba en absoluto saber nada, ni meditar nada, de todo ello estaba ya supersaturado, precisamente estaban para mí el tormento y la vergüenza más agudos y mortificantes, en que me daba cuenta tan exactamente de mi propio estado, tenía tan plena conciencia de él. Veía ante mí a este tipo, a este animal de Lobo Estepario, como una mosca en las redes, y notaba cómo su sino lo empujaba a la decisión, cómo colgaba enredado e indefenso de la tela, cómo la araña estaba preparada para picar, cómo surgió a la misma distancia la mano salvadora. Hubiese podido decir las más prudentes y atinadas cosas acerca de las relaciones y causas de mi sufrimiento, de la enfermedad de mi alma, de mi embrujamiento y neurosis, la mecánica me era transparente. Pero lo que más me hacía falta, por lo que suspiraba tan desesperadamente, no era saber y comprender, sino vida, decisión, sacudimiento e impulso.

Aun cuando durante aquellos dos días de espera no dudé un instante de que mi amiga cumpliría su palabra, no dejé de estar el último día muy agitado e incierto; jamás en toda mi vida he esperado con mayor impaciencia la noche de ningún día. Y conforme se me iba haciendo insoportable la tensión y la impaciencia, me producía al mismo tiempo un maravilloso bienestar; hermoso sobre toda ponderación, y nuevo fue para mí, el desencantado, que desde hacía mucho tiempo no había aguardado nada, no se había alegrado por nada, maravilloso fue correr de un lado para otro este día entero, lleno de inquietud, de miedo y de violencia y expectante ansiedad, imaginarme por anticipado el encuentro, la conversación, los sucesos de la noche, afeitarme con este fin y vestirme (con cuidado especial, camisa nueva, corbata nueva, cordones nuevos en los zapatos). Fuese quien quisiera esta muchachita inteligente y misteriosa, fuera cualquiera el modo de haber llegado a esta relación conmigo, me era igual; ella estaba allí, el milagro se había realizado de que yo hubiera encontrado una persona y un interés en la vida. Importante era sólo que esto continuara, que yo me entregase a esta atracción, siguiera a esta estrella.

¡Momento inolvidable cuando la vi de nuevo! Yo estaba sentado en una pequeña mesa del viejo y confortable restaurante, mesa que sin necesidad había mandado reservar previamente por teléfono, estudiaba la lista, y había colocado en la copa para el agua dos hermosas orquídeas que había comprado para mi amiga. Tuve que esperar un gran rato, pero me sentía seguro de su llegada y ya no estaba excitado. Y llegó, por fin, se quedó parada en el guardarropa y me saludó sencillamente con una atenta e investigadora mirada de sus claros ojos grises. Desconfiado, me puse a observar cómo se conducía con ella el camarero. No, gracias a Dios no había familiaridad, no faltaban las distancias; él era intachablemente correcto. Y, sin embargo, se conocían; ella lo llamaba Emilio.

Cuando le di las orquídeas, se puso contenta y rió.

—Es muy bonito por tu parte, Harry. Tú querías hacerme un regalo, ¿no es verdad?, y no sabías bien qué elegir, no sabías así con seguridad hasta qué punto estabas realmente autorizado para hacerme un obsequio sin ofenderme, y has comprado orquídeas, esto no son más que unas flores, y, sin embargo, son bien caras. Por otra parte, no quiero dejar de decirte enseguida: no quiero que me regales nada. Yo vivo de los hombres, pero de ti no quiero vivir. ¡Pero cómo te has transformado! Ya no te conoce una. El otro día parecía como si acababan de librarte de la horca, y ahora eres casi otra vez una persona. Bueno, ¿has cumplido mi mandato?

—¿Qué mandato?

—¿Tan olvidadizo? Me refiero a que si sabes ya bailar el fox-trot. Me dijiste que no deseabas cosa mejor que recibir órdenes mías, que para ti no había nada más agradable que obedecerme. ¿Te acuerdas?

—Oh, sí, ¡y lo sostengo! Era en serio.

—¿Y, sin embargo, aún no has aprendido a bailar?

—¿Se puede hacer eso tan de prisa, sólo en un par de días? —Naturalmente, el fox puedes aprenderlo en una hora, el boston en dos, el tango requiere más tiempo, pero el tango no te hace falta.

—Ahora, al fin, tengo que saber tu nombre.

Me miró, silenciosa, un rato.

—Tal vez puedas adivinarlo. Me sería muy agradable que lo adivinaras. Fíjate un momento y mírame bien. ¿No has observado todavía que yo alguna vez tengo cara de muchacho? ¿Por ejemplo, ahora?

Sí, al mirar en este momento fijamente su rostro, tuve que darle la razón; era una cara de muchacho. Y al tomarme un minuto de tiempo, empezó la cara a hablarme y a recordar mi propia infancia y a mi compañero de entonces, que se llamaba Armando. Por un momento me pareció ella completamente transformada en aquel Armando.

—Si fueses un muchacho —le dije con asombro—, tendrías que llamarte Armando.

—Quién sabe, quizá lo sea; sólo que esté disfrazado —dijo ella juguetona.

—¿Te llamas Armanda?

Asintió radiante, porque yo lo hubiera adivinado. En aquel momento llegó la sopa, nos pusimos a comer, y ella derrochó una infantil alegría. De todo lo que en ella me gustaba y me encantaba, lo más delicioso y particular era ver cómo podía pasar completamente de pronto de la más profunda seriedad a la jovialidad más encantadora, y viceversa, sin inmutarse ni descomponerse en absoluto, era como un niño extraordinario. Ahora estuvo un rato contenta, se burló de mí con el fox-trot, hasta me dio con los pies, elogió con ardor la comida, observó que había puesto yo gran cuidado en mi indumentaria, pero aún hubo de criticar muchas cosas en mi exterior.

Entre tanto, le pregunté:

—¿Cómo te las has arreglado para parecer de pronto un muchacho y que yo pudiera adivinar tu nombre?

—¡Oh, todo eso lo has hecho tú mismo! ¿No comprendes, señor erudito, que yo te gusto y represento algo para ti, porque en mi interior hay algo que responde a tu ser y te comprende? En realidad todos los hombres debían ser espejos así los unos para los otros y responder y corresponderse mutuamente de esta manera, pero los pájaros como tú son todos personas extrañas y caen con facilidad en un encantamiento que les impide ver y leer nada en los ojos de los demás, y ya no les importa nada de nada. Y si uno de estos pájaros vuelve a encontrar así de pronto una cara que lo mira verdaderamente y en la que nota algo como respuesta y afinidad, ¡ah!, entonces experimenta naturalmente un placer.

—Tú lo sabes todo, Armanda —exclamé asombrado—. Es exactamente tal como estás diciendo. Y, sin embargo, tú eres tan completa y absolutamente diferente a mí... Eres mi polo opuesto; tienes todo lo que a mí me falta.

—Así te lo parece —dijo lacónicamente—, y eso es bueno.

Y ahora cruzó por su rostro, que en efecto me era como un espejo mágico, una densa nube de seriedad; de pronto toda esta cara no expresaba ya sino circunspección y sentido trágico, sin fondo, como si mirara de los ojos vacíos de una máscara. Lentamente, cual si fuesen saliendo a la fuerza las palabras, dijo:

—Tú, no olvides lo que me has dicho. Has dicho que yo te mande, que para ti sería una alegría obedecer todas mis órdenes. No lo olvides. Has de saber, pequeño Harry, que lo mismo que a ti te pasa conmigo, que mi cara te da respuesta, que algo dentro de mí sale a tu encuentro y te inspira confianza, exactamente lo mismo me pasa también a mí contigo. Cuando el otro día te vi entrar en el Águila Negra, tan cansado y ausente y ya casi fuera de este mundo, entonces presentí al punto: este ha de obedecerme, este se consume porque yo le dé órdenes. Y he de hacerlo. Por eso te hablé y por eso nos hemos hecho amigos.

De este modo habló ella, llena de grave seriedad, bajo una fuerte presión del alma, hasta el punto de que yo no podía seguirla y traté de tranquilizarla y de desviarla. Ella se desentendió con una contracción de las cejas, me miró imperativa y continuó con una voz de entera frialdad:

—Has de cumplir tu palabra, amigo, o ha de pesarte. Recibirás muchas órdenes mías y las acatarás, órdenes deliciosas, órdenes agradables, te será un placer obedecerías. Y al final habrás de cumplir mi última orden también, Harry.

—La cumpliré —dije medio inconsciente—. ¿Cuál habrá de ser tu última orden para mí? —Sin embargo, yo la presentía ya, sabe Dios por qué.

Ella se estremeció como bajo los efectos de un ligero escalofrío y parecía que lentamente despertaba de su letargo. Sus ojos no se apartaban de mí. De pronto se puso aún más sombría.

—Sería prudente en mí no decírtelo. Pero no quiero ser prudente, Harry, esta vez no. Quiero precisamente todo lo contrario. Atiende, escucha. Lo oirás, lo olvidarás otra vez, te reirás de ello, te hará llorar. Atiende, pequeño. Voy a jugar contigo a vida o muerte, hermanito, y quiero enseñarte mis cartas boca arriba antes de que empecemos a jugar.

¡Qué hermosa era su cara, qué supraterrena, cuando decía esto! En los ojos flotaba serena y fría una tristeza de hielo, estos ojos parecían haber sufrido ya todo el dolor imaginable y haber dicho amén a todo. La boca hablaba con dificultad y como impedida, algo así como se habla cuando a uno le ha paralizado la cara un frío terrible. Pero entre los labios, en las comisuras de la boca, en el jugueteo de la punta de la lengua, que sólo rara vez se hacía visible, no fluía, en contraposición con la mirada y con la voz, más que dulce y juguetona sensualidad, íntimo afán de placer. En la frente callada y serena pendía un corto bucle, de allí, de ese rincón de la frente con el bucle irradiaba de cuando en cuando como hálito de vida aquella ola de parecido a un muchacho, de magia hermafrodita. Lleno de angustia estaba escuchándola y, sin embargo, como aturdido, como presente sólo a medias.

—Yo te gusto —continuó ella—, por el motivo que ya te he dicho: he roto tu soledad, te he recogido precisamente ante la puerta del infierno y te he despertado de nuevo. Pero quiero de ti más, mucho más. Quiero hacer que te enamores de mí. No, no me contradigas, déjame hablar. Te gusto mucho, de eso me doy cuenta, y tú me estás agradecido, pero no enamorado de mí. Yo voy a hacer que lo estés, esto pertenece a mi profesión; como que vivo de eso, de poder hacer que los hombres se enamoren de mí. Pero, entérate bien: no hago esto porque te encuentre francamente encantador. No estoy enamorada de ti, Harry, tan poco enamorada como tú de mí. Pero te necesito, como tú me necesitas. Tú me necesitas actualmente, de momento, porque estás desesperado y te hace falta un impulso que te eche al agua y te vuelva a reanimar. Me necesitas para aprender a bailar, para aprender a reír, para aprender a vivir. Yo, en cambio, también te necesito a ti, no hoy, más adelante, para algo muy importante y hermoso. Te daré mi última orden cuando estés enamorado de mí, y tú obedecerás, y ello será bueno para ti y para mí.

Levantó un poco en la copa una de las orquídeas de color violeta oscuro, con sus fibras verdosas; inclinó su rostro un momento sobre ella y estuvo mirando fijamente la flor.

—No te ha de ser cosa fácil, pero lo harás. Cumplirás mi mandato y me matarás. Esto es todo. No preguntes nada.

Con los ojos fijos aún en la orquídea, se quedó callada, su rostro perdió la violencia. Como un capullo que se abre, fue libertándose de la tensión y el peso, y de pronto se pintó en sus labios una sonrisa encantadora, en tanto que los ojos aún continuaron, un momento, inmóviles y fascinados. Luego sacudió la cabeza con el pequeño mechón varonil, bebió un trago de agua, volvió a darse cuenta de pronto de que estábamos comiendo y cayó con alegre apetito sobre los manjares.

Yo había escuchado con toda claridad palabra a palabra su siniestro discurso, llegando hasta a adivinar su "última orden", antes de que ella la expresara, y ya no me asustó con él "me matarás". Todo lo que iba diciendo me sonaba convincente y fatal, lo aceptaba y no me defendía contra ello, y sin embargo, a pesar de la terrible severidad con que había hablado, era para mí todo sin verdadera realidad ni para tomarlo en serio. Una parte de mi alma aspiraba sus palabras y las creía, otra parte de mi alma asentía bondadosa y comprendiendo que esta Armanda tan inteligente, sana y segura, tenía por lo visto también sus fantasías y sus estados crepusculares. Apenas hubo resonado su última palabra, se extendió por toda la escena un velo de irrealidad y de ineficiencia.

De todos modos, yo no podía dar el salto a lo probable y real con la misma ligereza equilibrista que Armanda.

—¿De manera que un día he de matarte? —pregunté, soñando en voz baja, mientras ella volvía a su risa y trinchaba con afán su ración de ave.

—Naturalmente —asintió ella, como de paso—; basta ya de eso; es hora de comer.

Harry, sé amable y pídeme todavía un poco de ensalada. ¿Tú no tienes apetito? Voy creyendo que has de empezar por aprender todo lo que en los demás hombres se sobreentiende por sí mismo, hasta la alegría de comer. Mira, pues, esto es un muslito de pato, y cuando uno desprende del hueso la magnífica carne blanca, entonces es una delicia, y uno se siente tan lleno de apetito, de expectación y de gratitud como un enamorado cuando ayuda a su amada por primera vez a quitarse el corpiño. ¿Me has entendido? ¿No? Eres un borrego. Atiende, voy a darte un trocito de este bello muslo de pato, ya verás. Así, ¡abre la boca! ¡Qué estúpido eres! Pues no ha tenido que mirar a hurtadillas a los demás comensales para comprobar que no lo ven tomar un bocado de mi tenedor. No tengas cuidado, tú, hijo perdido, no te pondré en evidencia. Pero si para divertirte necesitas el permiso de los demás, entonces eres verdaderamente un pobre diablo.

Cada vez más irreal iba haciéndose la anterior escena, cada vez más increíble que estos ojos hubiesen podido mirar tan desencajados y fijos hace aún pocos minutos, con tanta gravedad y tan terriblemente. Oh, en esto era Armanda como la vida misma: siempre momento, no más, nunca calculable de antemano. Ahora estaba comiendo, y el muslo de pato y la ensalada, la tarta y el licor se tomaban en serio, y se hacían objeto de alegría y de crítica, de conversación y de fantasía. Cuando un plato era retirado, empezaba un nuevo capítulo. Esta mujer, que me había penetrado tan perfectamente, que parecía saber de la vida más que todos los sabios, se dedicaba a ser niña, al pequeño juego de la vida del momento, con un arte que me convirtió desde luego en su discípulo. Y lo mismo da que fuese todo ello alta sabiduría o sencillísima candidez. Quien sabía vivir de esta manera el momento, quien vivía de este modo tan actual y sabía estimar tan cuidadosa y amablemente toda flor pequeña del camino, todo minúsculo valor sin importancia del instante, este estaba por encima de todo y no le importaba nada la vida. Y esta alegre criatura, con su buen apetito, con su buen gusto retozón, ¿era al propio tiempo una soñadora y una histérica que se deseaba la muerte, o una despierta calculadora que, conscientemente y con toda frialdad quería enamorarme y hacerme su esclavo? Esto no podía ser. No; se entregaba sencillamente al momento de tal suerte, que estaba abierta por entero, lo mismo que a toda ocurrencia placentera, también a todo fugitivo y negro horror de lejanas profundidades del alma y lo gustaba hasta el fin.

Esta Armanda, a la que hoy veía yo por segunda vez, sabía todo lo mío, no me parecía posible tener nunca ya un secreto para ella. Podía ocurrir que ella acaso no hubiese comprendido del todo mi vida espiritual; en mis relaciones con la música, con Goethe, con Novalis o Baudelaire no podría acaso seguirme, pero también esto era muy dudoso, probablemente tampoco le costaría trabajo. Y aunque así fuera, ¿qué quedaba ya de mi "vida espiritual"? ¿No había saltado todo en astillas y no había perdido su sentido? Todo lo demás que me importaba, todos mis otros problemas personales, estos sí había de comprenderlos, en ello no tenía yo duda. Pronto hablaría con ella del Lobo Estepario, del tratado, de tantas y tantas cosas que hasta entonces sólo habían existido para mí y de las cuales nunca había hablado una palabra con persona humana. No pude resistirme a empezar enseguida.

—Armanda —dije—: el otro día me sucedió algo maravilloso. Un desconocido me dio un pequeño librito impreso, algo así como un cuaderno de feria, y allí estaba descrita con exactitud toda mi historia y todo lo que me importa. Di, ¿no es asombroso?

—¿Y cómo se llama el librito? —preguntó indiferente.

—Se llama *Tractat del Lobo Estepario*.

—¡Oh, Lobo Estepario, es magnífico! ¿Y el Lobo Estepario eres tú? ¿Eso eres tú?

—Sí, soy yo. Yo soy un ente, que es medio hombre y medio lobo, o que al menos se lo figura así.

Ella no respondió. Me miró a los ojos con atención investigadora, miró mis manos, y por un momento volvió a su mirada y a su rostro la profunda seriedad y el velo sombrío de antes. Creí adivinar sus pensamientos, a saber, si yo sería bastante lobo para poder ejecutar su "última orden".

—Eso es naturalmente una figuración tuya —dijo ella, volviendo a la jovialidad—; o si quieres, una fantasía. Algo hay, sin embargo, indudablemente. Hoy no eres lobo, pero el otro día, cuando entraste en el salón, como caído de la luna, entonces no dejabas de ser un pedazo de bestia, precisamente esto me gustó.

Se interrumpió por algo que se le había ocurrido de pronto, y dijo con amargura:

—Suena esto tan mal, una palabra de esta clase como bestia o bruto. No se debería hablar así de los animales. Es verdad que a veces son terribles, pero desde luego son mucho más justos que los hombres.

—¿Qué es eso de "justo"? ¿Qué quieres decir con eso?

—Bueno, observa un animal cualquiera: un gato, un pájaro, o uno de los hermosos ejemplares en el zoológico: un puma o una jirafa. Verás que todos son justos, que ni siquiera un solo animal está violento o no sabe lo que ha de hacer y cómo ha de conducirse. No quieren adularte, no pretenden imponérsete. No hay comedia. Son como son, como la piedra y las flores o como las estrellas en el cielo. ¿Me comprendes?

Comprendía.

—Por lo general, los animales son tristes —continuó—. Y cuando un hombre está muy triste, no porque tenga dolor de muelas o haya perdido dinero, sino porque alguna vez por un momento se da cuenta de cómo es todo, cómo es la vida entera y está justamente triste, entonces se parece siempre un poco a un animal; entonces tiene un aspecto de tristeza, pero es más justo y más hermoso que nunca. Así es, y ese aspecto tenías, Lobo Estepario, cuando te vi por primera vez.

—Bien, Armanda, ¿y qué piensas tú de aquel libro en el que yo estoy descrito?

—Ah, sabes, yo no estoy en todo momento para pensar. En otra ocasión hablaremos de esto. Puedes dármelo alguna vez para que lo lea. O no, si yo algún día hubiera de volver a leer, entonces dame uno de los libros que tú mismo has escrito.

Pidió café y un rato estuvo inatenta y distraída, luego, de repente, brillaron sus ojos y pareció haber llegado a un término con sus cavilaciones.

—Ya está —exclamó—, ya lo tengo.

—¿El qué?

—Lo del fox-trot, todo el tiempo he estado pensando en ello. Dime: ¿tú tienes una habitación, en la que alguna que otra vez nosotros dos pudiéramos bailar una hora?

Aunque sea pequeña, no importa; lo único que hace falta es que precisamente debajo no viva alguien que suba y escandalice porque resuene un poco sobre su cabeza. Bien, muy bien. Entonces puedes aprender a bailar en tu propia casa.

—Sí —dije tímidamente—; tanto mejor. Pero creía que para eso se necesitaba además música.

—Naturalmente que se necesita. Verás, la música te la vas a comprar, cuesta a lo sumo lo que un curso de baile con una profesora. La profesora te la ahorras; la pongo yo misma. Así tenemos música siempre que queramos, y, además, nos queda el gramófono.

—¿El gramófono?

—¡Naturalmente! Compras un pequeño aparato de esos y un par de discos de baile...

—Magnífico —exclamé—, y si consigues en efecto enseñarme a bailar, recibes luego el gramófono como honorarios. ¿Hecho?

Dije esto muy convencido, pero no me salía del corazón. En mi cuartito de trabajo, con los libros, no podía imaginarme un aparato de estos, que no me son nada simpáticos, y hasta al mismo baile había mucho que oponer. Así, cuando hubiera ocasión, había pensado que se podía acaso probar alguna vez, aun cuando estaba convencido de que era ya demasiado viejo y duro y de que no lograría aprender. Pero así, de buenas a primeras, me resultaba muy atropellado y muy violento, y notaba que dentro de mí hacía oposición todo lo que yo tenía que echar en cara como viejo y delicado conocedor de música a los gramófonos, al jazz y a toda la moderna música de baile. Que ahora en mi cuarto, junto a Novalis y a Jean Paul, en la celda de mis pensamientos, en mi refugio, habían de resonar piezas de moda de bailes americanos y que además, a sus sones, había yo de bailar, era realmente más de lo que un hombre tenía derecho a exigir de mí. Pero es el caso que no era "un hombre" el que lo exigía: era Armanda, y esta no tenía más que ordenar. Yo, obedecer. Naturalmente que obedecí.

Nos encontramos a la tarde siguiente en un café. Armanda estaba allí sentada ya cuando llegué; tomaba té y me enseñó sonriendo un periódico en el que había descubierto mi nombre. Era uno de los libelos reaccionarios de mi tierra, en los que de cuando en cuando iban dando la vuelta violentos artículos difamatorios contra mí. Yo fui durante la guerra enemigo de esta, y después, cuando se presentó ocasión, prediqué tranquilidad, paciencia, humanidad y autocrítica y combatí la instigación nacionalista que cada día se iba haciendo más aguda, más necia y más descarada. Allí había otra vez un ataque de estos, mal escrito, a medias compuesto por el redactor mismo, a medias plagiado de los muchos artículos parecidos de la Prensa de su propio sector. Es sabido que nadie escribe tan mal como los defensores de ideologías que envejecen, que nadie ejerce su oficio con menos pulcritud y cuidado. Armanda había leído el artículo y había sabido por él que Harry Haller era un ser nocivo y un socio sin patria, y que naturalmente a la patria no le podía ir sino muy mal en tanto fueran tolerados estos hombres y estas teorías, y se educara a la juventud en ideas sentimentales de humanidad, en lugar de despertar el afán de venganza guerrera contra el enemigo histórico.

—¿Eres tú este? —preguntó Armanda señalando mi nombre—. Pues te has hecho de serios adversarios, Harry... ¿Te molesta esto?

Leí algunas líneas; era lo de siempre: cada una de estas frases difamatorias estereotipadas me era conocida hasta la saciedad desde hace años.

—No —dije—; no me molesta; estoy acostumbrado a ello hace muchísimo tiempo. Un par de veces he expresado la opinión de que todo pueblo y hasta todo hombre aislado, en vez de soñar con mentidas "responsabilidades" políticas, debía reflexionar dentro de sí, hasta qué punto él mismo, por errores, negligencias y malos hábitos, tiene parte también en la guerra y en todos los demás males del mundo; este acaso sea el único camino de evitar la próxima guerra. Esto no me lo perdonan, pues es natural que ellos mismos se crean perfectamente inocentes: el káiser, los generales, los grandes industriales, los políticos, nadie tiene que echarse en cara lo más mínimo, nadie tiene ninguna clase de culpa. Se diría que todo estaba magníficamente en el mundo..., sólo yacen dentro de la tierra una docena de millones de hombres asesinados. Y mira, Armanda, aun cuando estos artículos difamatorios ya no puedan molestarme, alguna vez no dejan de entristecerme. Dos tercios de mis compatriotas leen esta clase de periódicos, leen todas las mañanas y todas las noches estos ecos, son trabajados, exhortados, excitados, los van haciendo descontentos y malvados, y el objetivo y fin de todo esto es la guerra otra vez, la guerra próxima que se acerca, que será aún más horrorosa que lo ha sido esta última. Todo esto es claro y sencillo; todo hombre podría comprenderlo, podría llegar a la misma conclusión con una sola hora de meditación. Pero ninguno quiere eso, ninguno quiere evitar la guerra próxima, ninguno quiere ahorrarse a sí mismo y a sus hijos la próxima matanza de millones de seres, si no puede tenerlo más barato. Meditar una hora, entrar un rato dentro de sí e inquirir hasta qué punto tiene uno parte y es corresponsable en el desorden y en la maldad del mundo; mira, eso no lo quiere nadie. Y así seguirá todo, y la próxima guerra se prepara con ardor día tras día por muchos miles de hombres. Esto, desde que lo sé, me ha paralizado y me ha llevado a la desesperación, ya que no hay para mí "patria" ni ideales, todo eso no es más que escenario para los señores que preparan la próxima carnicería. No sirve para nada pensar, ni decir, ni escribir nada humano, no tiene sentido dar vueltas a buenas ideas dentro de la cabeza; para dos o tres hombres que hacen esto, hay día por día miles de periódicos, revistas, discursos, sesiones públicas y secretas, que aspiran a lo contrario y lo consiguen.

Armanda había escuchado con interés.

—Sí —dijo al fin—, tienes razón. Es evidente que volverá a haber guerra, no hace falta leer periódicos para saberlo. Por ello es natural que esté uno triste; pero esto no tiene valor alguno. Es exactamente lo mismo que si estuviéramos tristes porque, a pesar de todo lo que hagamos en contra, un día indefectiblemente hayamos de tener que morir. La lucha contra la muerte, querido Harry, es siempre una cosa hermosa, noble, digna y sublime; por tanto, también la lucha contra la guerra. Pero no deja de ser en todo caso una quijotada sin esperanza.

—Quizá sea verdad —exclamé violento—, pero con tales verdades como la de que todos tenemos que morir en plazo breve y, por tanto, que todo es igual y nada merece la pena, con esto se hace uno la vida superficial y tonta. ¿Es que hemos de prescindir de todo, de renunciar a todo espíritu, a todo afán, a toda humanidad, dejar que siga triunfando la ambición y el dinero y aguardar la próxima movilización tomando un vaso de cerveza?

Extraordinaria fue la mirada que me dirigió Armanda, una mirada llena de complacencia, de burla y picardía y de camaradería comprensiva, y al mismo tiempo tan llena de gravedad, de ciencia y de seriedad insondable.

—Eso no lo harás —dijo maternalmente—. Tu vida no ha de ser superficial y tonta, porque sepas que tu lucha ha de ser estéril. Es mucho más superficial, Harry, que luches por algo bueno e ideal y creas que has de conseguirlo. ¿Es que los ideales están ahí para que los alcancemos? ¿Vivimos nosotros los hombres para suprimir la muerte? No; vivimos para temerla, y luego, para amarla, y precisamente por ella se enciende el poquito de vida alguna vez de modo tan bello durante una hora. Eres un niño, Harry. Sé dócil ahora y vente conmigo, tenemos hoy mucho que hacer. Hoy no he de volver a ocuparme de la guerra y de los periódicos. ¿Y tú?

¡Oh, no! También yo estaba dispuesto a no preocuparme de nada.

Fuimos juntos —era nuestro primer paseo común por la ciudad— a una tienda de música y vimos gramófonos, los abrimos y cerramos, hicimos que tocasen algunos, y cuando hubimos encontrado uno de ellos muy apropiado y bonito y barato, quise comprarlo, pero Armanda no había terminado tan pronto. Me contuvo y hube de buscar con ella todavía una segunda tienda y ver y oír allí también todos los sistemas y tamaños, desde el más barato al más caro, y sólo entonces estuvo ella conforme en volver a la primera tienda y comprar el aparato que nos había gustado.

—¿Ves? —dije—. Esto lo hubiésemos podido hacer de modo más sencillo.

—¿Dices? Y entonces acaso hubiésemos visto mañana el mismo aparato expuesto en otro escaparate veinte francos más barato. Y, además, que el comprar divierte, y lo que divierte, hay que saborearlo. Tú tienes que aprender todavía muchas cosas.

Con un criado llevamos nuestra compra a mi casa.

Armanda observó atentamente mi gabinete, elogió la estufa y el diván, probó las sillas, tomó libros en la mano, se quedó parada bastante rato ante la fotografía de mi querida. Pusimos el gramófono sobre la cómoda, entre montones de libros. Y luego empezó mi aprendizaje. Ella hizo tocar un fox-trot, dio sola, para que yo los viera, los primeros pasos, me tomó la mano y empezó a llevarme. Yo marchaba obediente, tropezaba con las sillas, oía sus órdenes, no las entendía, le pisaba los pies y me mostraba tan inhábil como aplicado. Después de la segunda pieza se tiró sobre el diván, riendo como un niño.

—¡Dios mío, pareces de palo! Anda sencillamente, de modo natural, como si fueras de paseo. No es necesario que te esfuerces. Hasta creo que te has acalorado. Vamos a descansar cinco minutos. Mira, bailar, cuando se sabe, es tan sencillo como pensar, y de aprender es mucho más fácil. Ahora comprenderás un poco mejor por qué los hombres no quieren acostumbrarse a pensar, sino que prefieran llamar al señor Haller un traidor a la patria y esperar tranquilamente la próxima guerra.

Al cabo de una hora se fue, asegurándome que la próxima vez habría de resultar mejor. Yo pensaba de otra manera y estaba muy desilusionado por mi inhabilidad y torpeza. A lo que me parecía, en esta clase no había aprendido absolutamente nada, y no creía que otra vez hubiera de ir mejor. No; para bailar había que tener condiciones que me faltaban por completo: alegría, inocencia, ligereza, impulso. Ya me lo había figurado yo hace mucho tiempo.

Pero en la próxima vez fue la cosa, en efecto, mejor, y hasta empezó a divertirme, y al final de la clase afirmó Armanda que el fox-trot lo sabía yo ya; pero cuando sacó de esto la consecuencia de que al día siguiente tenía que ir a bailar a un restaurante, me asustó terriblemente y me defendí con calor. Con toda tranquilidad me recordó mi voto de obediencia y me citó para el día siguiente al té en el hotel Balances.

Aquella noche estuve sentado en casa queriendo leer y no pude. Tenía miedo al día próximo; me era terrible la idea de que yo, viejo, tímido y sensible solitario, no sólo había de visitar uno de esos modernos y antipáticos salones de té y de baile con música de jazz, sino que tenía que mostrarme allí entre extraños como bailarín, sin saber todavía absolutamente nada. Y confieso que me reí de mí mismo y me avergoncé en mi interior, cuando solo, en mi callado cuarto de estudio, di cuerda al aparato y lo puse en marcha y despacio y en zapatos de casa repetí los pasos de mi fox.

En el hotel Balances al otro día tocaba una pequeña orquesta, se tomaba té y whisky. Intenté sobornar a Armanda, le presenté pastas, traté de invitarla a una botella de vino bueno, pero permaneció inexorable.

—Tú no estás aquí hoy por gusto. Es clase de baile.

Tuve que bailar con ella dos o tres veces, y en un intermedio me presentó al que tocaba el saxofón, un hombre moreno, joven y bello, de origen español o sudamericano, el cual, como ella dijo, sabía tocar todos los instrumentos y hablar todos los idiomas del mundo. Este "señor" parecía ser muy conocido y amigo de Armanda, tenía ante sí dos saxofones de diferente tamaño, que tocaba alternativamente, mientras que sus ojos negros y relucientes estudiaban atentos y alegres a los bailarines. Para mi propio asombro, sentí contra este bello músico inofensivo algo como celos, no celos de amor, pues de amor no existía absolutamente nada entre Armanda y yo, pero unos celos de amistad, más bien espirituales; no me parecía tan justamente digno del interés y de la distinción sorprendente, puede decirse veneración, que ella mostraba por él. Voy a tener que hacer aquí conocimientos raros, pensé descorazonado.

Luego fue Armanda solicitada una y otra vez para bailar; me quedé sentado solo ante el té; escuché la música, una especie de música que yo hasta entonces no había podido aguantar. ¡Santo Dios, pensé, ahora tengo, pues, que ser introducido aquí y sentirme en mi elemento, en este mundo de los juerguistas y los hombres dedicados a los placeres, que me es tan extraño y repulsivo, del que he huido hasta ahora con tanto cuidado, al que desprecio tan profundamente en este mundo rutinario y pulido de las mesitas de mármol, de la música de jazz, de las cocotas y de los viajantes de comercio! Entristecido, sorbí mi té y miré fijamente a la multitud pseudoelegante. Dos bellas muchachas atrajeron mis miradas, las dos buenas bailarinas, a las que con admiración y envidia había ido siguiendo con la vista, cómo bailaban elásticas, hermosas, alegres y seguras.

Entonces apareció Armanda de nuevo y se mostró descontenta conmigo. Yo no estaba aquí, me riñó, para poner esta cara y estar sentado junto a la mesa de té sin moverme, yo tenía ahora que darme un impulso y bailar. ¿Cómo, que no conocía a nadie? Eso no hacía falta tampoco. ¿No había muchachas allí que me gustaran?

Le mostré una de aquellas dos, la más hermosa, que estaba precisamente cerca de nosotros y daba una impresión encantadora con su bonito vestido de terciopelo, con la rubia melena corta y vigorosa y con los brazos plenos y femeninos. Armanda insistió en que yo fuera inmediatamente y la solicitara. Yo me defendía desesperado.

—¡Pero si no puedo! —decía yo en toda mi desgracia— ¡Si al menos fuera un buen mozo joven y guapo! Pero un pobre hombre endurecido y viejo, que ni siquiera sabe bailar, se reirá de mí...

Armanda me miró despreciativa.

—Y si yo me río de ti, ¿no te importa entonces? ¡Qué cobarde eres! El ridículo lo aventura todo el que se acerca a una muchacha. Esa es la entrada. Arriesga, Harry, y en el peor de los casos deja que se ría de ti, si no, se acabó mi fe en tu obediencia.

No cedía. Lleno de angustia, me levanté y me dirigí a la bella muchacha, en el preciso momento en que volvía a empezar la música.

—Realmente no estoy libre —dijo, y me miró llena de curiosidad con sus grandes ojos frescos—. Pero mi pareja parece quedarse allá arriba en el bar. Bueno, ¡venga usted!

La tomé por el talle y di los primeros pasos, admirado todavía de que no me hubiera despedido de su lado; notó pronto cómo andaba yo en esto del baile y se apoderó de la dirección. Bailaba maravillosamente, y yo me dejé llevar; por momentos olvidaba todos mis deberes y reglas de baile, iba nadando sencillamente, sentía las caderas apretadas, las rodillas raudas y flexibles de mi danzarina, le miraba la cara joven y radiante, le confesé que bailaba hoy por primera vez en mi vida. Ella sonreía y me animaba y contestaba a mis miradas de éxtasis y a mis frases lisonjeras de un modo maravillosamente insinuante, no con palabras, sino con callados movimientos expresivos, que nos aproximaban de un modo encantador. Yo apretaba la mano derecha por encima de su talle, seguía entusiasmado los movimientos de sus piernas, de sus brazos, de sus hombros: para mi admiración no le pisé los pies ni una vez siquiera, y cuando acabó la música, nos quedamos los dos parados y aplaudimos hasta que la pieza volvió a repetirse, y yo ejecuté otra vez el rito, lleno de afán, enamorado y con devoción.

Cuando hubo terminado el baile, demasiado pronto, se retiró la hermosa muchacha de terciopelo, y de repente hallé junto a mí a Armanda, que nos había estado mirando.

—¿Vas notando algo? —preguntó en son de alabanza—. ¿Has descubierto que las piernas de mujer no son patas de una mesa? ¡Bien, bravo! El fox ya lo sabes, gracias a Dios; mañana la emprenderemos con el boston, y dentro de tres semanas hay baile de máscaras en los salones del Globo.

Había un intermedio, nos habíamos sentado y entonces acudió también el lindo y joven señor Pablo, el del saxofón, nos saludó con la cabeza y se sentó junto a Armanda. Me pareció ser muy buen amigo suyo. Pero a mí, confieso, en aquel primer encuentro no acababa de gustarme en absoluto este señor. Hermoso era, no podía negarse, hermoso de estatura y de cara; pero otras prendas no pude descubrir en él. También aquello de los muchos idiomas le resultaba una futesa; en efecto, no hablaba absolutamente nada, sólo palabras como perdón, gracias, desde luego, ciertamente, aló, y otras por el estilo, que efectivamente sabía en varias lenguas. No; no hablaba nada el "señor" Pablo, y tampoco parecía pensar precisamente mucho este lindo "caballero". Su ocupación era tocar el saxofón en la orquesta del jazz, y a esta ocupación parecía entregado con cariño y apasionamiento, alguna vez salía aplaudiendo de pronto durante el número o se permitía otras expresiones de entusiasmo; soltaba algunas palabras cantadas en voz alta, como "¡hooo, ho, ho, halo!". Pero, por lo demás, no estaba evidentemente en el mundo más que para ser bello, gustar a las mujeres, llevar los cuellos y corbatas de última moda y también muchas sortijas en los dedos. Su conversación consistía en estar sentado con nosotros, sonreímos, mirar a su reloj de pulsera y liar cigarrillos, en lo que era muy diestro. Sus ojos de criollo, bellos y oscuros, sus negros bucles no ocultaban ningún romanticismo, ningunos problemas, ningunas ideas; visto desde cerca era el bello semidiós exótico un joven alegre y un tanto consentido, de maneras agradables y nada más. Hablé con él de su instrumento y de tonalidades en la música de jazz; él no pudo por menos de darse cuenta de que tenía que habérselas con un viejo catador y conocedor de cosas musicales. Pero él no abordaba en modo alguno estas cuestiones, y mientras que yo, por cortesía hacia él, o más verdaderamente hacia Armanda, emprendía algo así como una justificación teórico-musical del jazz, se sonreía inofensivo de mí y de mis esfuerzos, y probablemente le era enteramente desconocido que antes y además del jazz había habido alguna otra clase de música. Era lindo, lindo y gracioso, sonreía de modo encantador con sus grandes ojos vacíos; pero entre él y yo parecía no haber nada común; nada de lo que para él venía a resultar importante y sagrado, podía serlo también para mí, nosotros veníamos de partes del mundo opuestas, no teníamos una sola palabra común en nuestros idiomas. (Pero más tarde me contó Armanda cosas maravillosas. Refirió que Pablo, después de aquella conversación, le dijo acerca de mí que ella debía tener mucho cuidado con este hombre, que era el pobre tan desgraciado. Y al preguntarle ella de dónde lo deducía, dijo:

"Pobre, pobre hombre. Mira sus ojos. No sabe reír".

Cuando aquel día el de los ojos negros se hubo despedido y la música volvió a tocar, se levantó Armanda.

—Ahora podrías volver a bailar conmigo, Harry. ¿O no quieres bailar más?

También con ella bailé ahora más fácil, más libre y más alegremente, aun cuando no tan ingrávido y olvidado de mí mismo como con aquella otra. Armanda dejó que yo la llevara y se plegaba a mí delicada y suavemente, como la hoja de una flor, y también en ella encontré y sentí ahora todas aquellas delicias que unas veces venían a mi encuentro y otras se me alejaban; también ella olía a mujer y a amor, también su baile cantaba delicada e íntimamente la atrayente canción deliciosa del sexo; y, sin embargo, a todo esto no podía yo responder con plena libertad y alegría, no podía olvidarme y entregarme por completo. Armanda me estaba demasiado cerca, era mi camarada, mi hermana, era mi igual, se parecía a mí mismo y se parecía a mi amigo de la juventud, Armando, el soñador, el poeta, el compañero de mis ejercicios y correrías espirituales.

—Lo sé —dijo ella después, cuando hablamos de esto—; lo sé bien. Yo he de hacer desde luego todavía que te enamores de mí, pero no hay prisa. Primero, somos camaradas, somos personas que esperan llegar a ser amigos, porque nos hemos conocido mutuamente. Ahora queremos los dos aprender el uno del otro y jugar uno con otro. Yo te enseño mi pequeño teatro, te enseño a bailar y a ser un poquito alegre y tonto, y tú me enseñas tus ideas y algo de tu ciencia.

—Ah, Armanda, en eso no hay mucho que enseñar; tú sabes muchísimo más que yo. ¡Qué persona tan extraordinaria eres, muchacha! En todo me comprendes y te me adelantas. ¿Soy yo, acaso, algo para ti? ¿No te resulto aburrido?

Ella miraba al suelo con la vista nublada.

—Así no me gusta oírte. Piensa en la noche en que maltrecho y desesperado, saliendo de tu tormento y de tu soledad, te interpusiste en mi camino y te hiciste mi compañero. ¿Por qué crees tú, pues, que pude entonces conocerte y comprenderte?

—¿Por qué, Armanda? ¡Dímelo!

—Porque yo soy como tú. Porque estoy precisamente tan sola como tú y como tú no puedo amar ni tomar en serio a la vida ni a las personas ni a mí misma. Siempre hay alguna de esas personas que pide a la vida lo más elevado y a quien no puede satisfacer la insulsez y rudeza de ambiente.

—¡Tú, tú! —exclamé hondamente admirado—. Te comprendo, camarada; nadie te comprende como yo. Y, sin embargo, eres para mí un enigma. Tú te las arreglas con la vida jugando, tienes esa maravillosa consideración ante las cosas y los goces minúsculos, eres una artista de la vida. ¿Cómo puedes sufrir con el mundo? ¿Cómo puedes desesperar?

—No desespero, Harry. Pero sufrir por la vida, oh, sí; en eso tengo experiencia. Tú te asombras de que yo soy feliz porque sé bailar y me arreglo tan perfectamente en la superficie de la vida. Y yo, amigo mío, me admiro de que tú estés tan desengañado del mundo, hallándote en tu elemento precisamente en las cosas más bellas y profundas, en el espíritu, en el arte, en el pensamiento. Por eso nos hemos atraído mutuamente, por eso somos hermanos. Yo te enseñaré a bailar y a jugar y a sonreír y a no estar contento, sin embargo. Y aprenderé de ti a pensar y a saber y a no estar satisfecha, a pesar de todo. ¿Sabes que los dos somos hijos del diablo?

—Sí, lo somos. El diablo es el espíritu; nosotros sus desgraciados hijos. Nos hemos salido de la naturaleza y pendemos en el vacío. Pero ahora se me ocurre una cosa: en el tratado del Lobo Estepario, del que te he hablado, hay algo acerca de que es sólo una fantasía de Harry el creer que tiene una o dos almas, que consiste en una o dos personalidades. Todo hombre, dice, consta de diez, de cien, de mil almas.

—Eso me gusta mucho —exclamó Armanda—. En ti, por ejemplo, lo espiritual está altamente desarrollado, y a cambio de eso te has quedado muy atrás en toda clase de pequeñas artes de la vida. El pensador Harry tiene cien años, pero el bailarín Harry apenas tiene medio día. A este vamos a ver ahora si lo sacamos adelante, y a todos sus pequeños hermanitos, que son tan chiquitines, inexpertos e incautos como él.

Sonriente, me miró ella. Y preguntó bajito, con la voz alterada:

—Y dime, ¿te ha gustado María?

—¿María? ¿Quién es María?

—Esa con la que has bailado. Una muchacha hermosa, una muchacha muy hermosa. Estabas un tanto entusiasmado con ella, a lo que pude ver.

—¿Es que la conoces?

—Oh, ya lo creo, nos conocemos muy bien. ¿Te importa mucho?

—Me ha gustado, y estoy contento de que haya sido tan indulgente con mi baile.

—¡Bah! Y eso es todo... Debieras hacerle un poco la corte, Harry. Es muy bonita y baila tan bien, y un poco enamorado de ella sí que estás. Creo que tendrás un éxito.

—Ah, no es esa mi ambición.

—Ahora mientes un poquito. Yo ya sé que en alguna parte del mundo tienes una querida y que la ves cada medio año para pelearte con ella. Es muy bonito por tu parte que quieras guardar fidelidad a esta amiga maravillosa, pero permíteme, no tomes esto tan completamente en serio. Ya tengo de ti la sospecha de que tomas el amor terriblemente en serio. Puedes hacerlo, puedes amar a tu manera ideal cuanto quieras, eso es cosa tuya. Pero de lo que yo tengo que cuidar es de que aprendas las pequeñas y fáciles artes y juegos de la vida un poco mejor; en este terreno soy tu profesora y he de serte una profesora mejor que lo ha sido tu querida ideal; de eso, descuida. Tú tienes una gran necesidad de volver a dormir una noche con una muchacha bonita, Lobo Estepario.

—Armanda —exclamé martirizado—, mírame bien, soy un viejo.

—Un joven muy niño eres. Y lo mismo que eras muy comodón para aprender a bailar, hasta el punto de que casi ya era tarde, así eras también muy comodón para aprender a amar. Amar ideal y trágicamente, oh, amigo, eso lo sabes con seguridad de un modo magnífico, no lo dudo, todo mi respeto ante ello. Pero ahora has de aprender a amar también un poco a lo vulgar y humano. El primer paso ya está dado, ya se te puede dejar pronto ir a un baile. El boston tienes que aprenderlo antes todavía; mañana empezamos con él. Yo voy a las tres. Bueno, ¿y qué te ha parecido por lo demás esta música de aquí?

—Excelente.

—¿Ves? Esto es ya un progreso; te han servido las lecciones. Hasta ahora no podías sufrir toda esta música de baile y de jazz, te resultaba demasiado poco seria y poco profunda, y ahora has visto que no es preciso tomarla en serio, pero que puede ser muy linda y encantadora. Por lo demás, sin Pablo no sería nada toda la orquesta. Él la lleva, la caldea.

* * *

Como el gramófono echaba a perder en mi cuarto de estudio el aire de ascética espiritualidad, como los bailes americanos irrumpían extraños y perturbadores, hasta destructores, en mi cuidado mundo musical, así penetraba de todos lados algo nuevo, temido, disolvente en mi vida hasta entonces de trazos tan firmes y tan severamente delimitada. El tratado del Lobo Estepario y Armanda tenían razón con su teoría de las mil almas; diariamente se mostraban en mí, junto a todas las antiguas, algunas nuevas almas más; tenían aspiraciones, armaban ruido, y yo veía ahora claramente, como una imagen ante mi vista, la quimera de mi personalidad anterior. Había dejado valer exclusivamente el par de facultades y ejercicios en los que por casualidad estaba fuerte y me había pintado la imagen de un Harry y había vivido la vida de un Harry, que en realidad no era más que un especialista, formado muy a la ligera, de poesía, música y filosofía; todo lo demás de mi persona, todo el restante caos de facultades, afanes, anhelos, me resultaba molesto y le había puesto el nombre de "Lobo Estepario".

A pesar de todo, esta conversión de mi quimera, esta disolución de mi personalidad, no era en modo alguno sólo una aventura agradable y divertida; era, por el contrario, a veces amargamente dolorosa, con frecuencia casi insoportable. El gramófono sonaba a menudo de una manera verdaderamente endiablada en medio de este ambiente, donde todo estaba templado a otros tonos tan distintos. Y alguna vez, al bailar mis *one steps* en cualquier restaurante de moda entre todos los elegantes hombres de mundo y caballeros de industria, me resultaba yo a mí mismo un traidor de todo lo que durante la vida entera me había sido respetable y sagrado. Si Armanda me hubiera dejado solo, aunque no hubiera sido más que una semana, me hubiese vuelto a escapar muy pronto de estos penosos y ridículos ensayos de mundología. Pero Armanda estaba siempre ahí, aunque no la veía todos los días, siempre era yo observado, dirigido, custodiado, sancionado por ella; hasta mis furiosas ideas de rebeldía y de huida me las leía ella, sonriente, de mi cara.

Con la progresiva destrucción de aquello que yo había llamado antes mi personalidad, empecé también a comprender por qué, a pesar de toda la desesperación, había tenido que temer de modo tan terrible a la muerte, y empecé a notar que también este horrible y vergonzoso miedo a la muerte era un pedazo de mi antigua existencia burguesa y fementida. Este señor Haller de hasta entonces, el escritor de talento, el conocedor de Mozart y de Goethe, el autor de observaciones dignas de ser leídas sobre la metafísica del arte, sobre el genio y sobre lo trágico, el melancólico ermitaño en su celda abarrotada de libros, iba siendo entregado por momentos a la autocrítica y no resistía por ninguna parte. Es verdad que este inteligente e interesante señor Haller había predicado buen sentido y fraternidad humana, había protestado contra la barbarie de la guerra, pero durante la guerra no se había dejado poner junto a una tapia y fusilar, como hubiera sido la consecuencia apropiada de su ideología, sino que había encontrado alguna clase de acomodo, un acomodo naturalmente muy digno y muy noble, pero, de todas formas, un compromiso. Era, además, enemigo de todo poder y explotación, pero guardaba en el banco varios valores de empresas industriales, cuyos intereses iba consumiendo sin remordimientos de conciencia. Y así pasaba con todo. Ciertamente que Harry Haller se había disfrazado en forma maravillosa de idealista y despreciador del mundo, de anacoreta lastimero y de iracundo profeta, pero en el fondo era un burgués, encontraba reprobable una vida como la de Armanda, le molestaban las noches desperdiciadas en el restaurante y los duros malgastados allí mismo, y le remordía la conciencia y suspiraba no precisamente por su liberación y perfeccionamiento, sino por el contrario, suspiraba con afán por volver a los tiempos cómodos, cuando sus juguetos espirituales aún le divertían y le habían proporcionado renombre. Exactamente lo mismo los lectores de periódicos desdeñados y despreciados por él suspiraban por volver a la época ideal de antes de la guerra, porque ello era más cómodo que sacar consecuencias de lo sufrido. ¡Ah, demonio, daba asco este señor Haller! Y, sin embargo, yo me aferraba a él y a su larva que ya iba disolviéndose, a su coqueteo con lo espiritual, a su miedo burgués a lo desordenado y casual (entre lo que había que contar también la muerte) y comparaba con sarcasmo y lleno de envidia al nuevo Harry que se estaba formando, a este algo tímido y cómico diletante de los salones de baile, con aquella imagen de Harry antigua y pseudoideal, en la cual, entretanto, había descubierto todos los rasgos fatales que tanto le habían atormentado entonces cuando el grabado de Goethe en casa del profesor. El mismo, el viejo Harry había sido un Goethe así burguesmente idealizado, un héroe espiritual de esta clase con nobilísima mirada, radiante de sublimidad, de espíritu y de sentido humano, lo mismo que de brillantina, y emocionado casi de su propia nobleza de alma. Diablo, a este lindo retrato le habían hecho, sin duda, grandes agujeros, lastimosamente había sido desmontado el ideal señor Haller. Parecía un dignatario saqueado en la calle por bandidos, con los pantalones hechos jirones, que hubiese debido aprender ahora el papel de andrajoso, pero que llevaba sus andrajos como si aún colgaran órdenes de ellos y siguiera pretendiendo lastimeramente conservar la dignidad perdida.

Una y otra vez hube de coincidir con Pablo, el músico, y tuve que revisar mi juicio acerca de él, porque a Armanda le gustaba y buscaba con afán su compañía. Yo me había pintado a Pablo en mi imaginación como una bonita nulidad, como un pequeño Adonis un tanto vanidoso, como un niño alegre y sin preocupaciones, que toca con placer su trompeta de feria y es fácil de gobernar con unas palabras de elogio y con chocolate. Pero Pablo no preguntaba por mis juicios, le eran indiferentes, como mis teorías musicales. Cortés y amable, me escuchaba siempre sonriente, pero no daba nunca una verdadera respuesta. En cambio, parecía que, a pesar de todo, había yo excitado su interés. Se esforzaba ostensiblemente por agradarme y por demostrarme su amabilidad. Cuando una vez, en uno de estos diálogos sin resultado, me irrité y casi me puse grosero, me miró consternado y triste a la cara, me tomó la mano izquierda y me la acarició, y me ofreció de una pequeña caja dorada algo para aspirar, diciéndome que me sentaría bien. Pregunté con los ojos a Armanda, esta me dijo que sí con la cabeza y yo lo tomé y aspiré por la nariz. En efecto, pronto me refresqué y me puse más alegre, probablemente había algo de cocaína en polvo. Armanda me contó que Pablo poseía muchos de estos remedios, que recibía clandestinamente y que a veces los ofrecía a los amigos y en cuya mezcla y dosificación era maestro: remedios para aletargar los dolores, para dormir, para producir bellos sueños, para ponerse de buen humor, para enamorarse.

Un día lo encontré en la calle, en el malecón, y se me agregó enseguida. Esta vez logré por fin hacerlo hablar.

—Señor Pablo —le dije; iba jugando con un bastoncito delgado, negro y con adornos de plata—. Usted es amigo de Armanda; este es el motivo por el cual yo me intereso por usted. Pero he de decir que usted no me hace la conversación precisamente fácil. Muchas veces he intentado hablar con usted de música; me hubiera interesado oír su opinión, sus contradicciones, su juicio; pero usted ha desdeñado darme ni siquiera la más pequeña respuesta.

Me miró riendo cordialmente, y en esta ocasión no me dejó a deber la contestación, sino que dijo con toda tranquilidad:

—¿Ve usted? A mi juicio no sirve de nada hablar de música. Yo no hablo nunca de música. ¿Qué hubiese podido responderle yo a sus palabras tan inteligentes y apropiadas? Usted tenía tanta razón en todo lo que decía... Pero vea usted, yo soy músico y no erudito, y no creo que en música el tener razón tenga el menor valor. En música no se trata de que uno tenga razón, de que se tenga gusto y educación y todas esas cosas.

—Bien; pero, entonces, ¿de qué se trata?

—Se trata de hacer música, señor Haller, de hacer música tan bien, tanta y tan intensiva, como sea posible. Esto es, *monsieur*. Si yo tengo en la cabeza todas las obras de Bach y de Haydn y sé decir sobre ellas las cosas más juiciosas, con ello no se hace un servicio a nadie. Pero si yo tomo mi tubo y toco un *shimmy* de moda, lo mismo da que sea bueno o malo, ha de alegrar sin duda a la gente, se les entra en las piernas y en la sangre. De esto se trata nada más. Observe usted en un salón de baile las caras en el momento en que se desata la música después de un largo descanso; ¡cómo brillan entonces los ojos, se ponen a temblar las piernas, empiezan a reír los rostros! Para esto se toca la música.

—Muy bien, señor Pablo. Pero no hay sólo música sensual, la hay también espiritual. No hay sólo aquella que se toca precisamente para el momento, sino también música inmortal, que continúa viviendo, aun cuando no se toque. Cualquiera puede estar solo tendido en su cama y despertar en sus pensamientos una melodía de *La flauta encantada* o de la *Pasión de San Mateo;* entonces se produce música sin que nadie sople en una flauta ni rasque un violín.

—Ciertamente, señor Haller. También el *Yearning* y el *Valencia* son reproducidos calladamente todas las noches por personas solitarias y soñadoras; hasta la más pobre mecanógrafa en su oficina tiene en la cabeza el último *one step* y teclea en las letras llevando su compás. Usted tiene razón, todos estos seres solitarios, yo les concedo a todos la música muda, sea el *Yearning* o *La flauta encantada* o el *Valencia*. Pero ¿de dónde han sacado, sin embargo, estos hombres su música solitaria y silenciosa? La toman de nosotros, de los músicos, antes hay que tocarla y oírla y tiene que entrar en la sangre, para poder luego uno en su casa pensar en ella en su cámara y soñar con ella.

—Conformes —dije secamente—. Sin embargo, no es posible colocar en un mismo plano a Mozart y al último fox-trot. Y no es lo mismo que toque usted a la gente música divina y eterna, o barata música del día.

Cuando Pablo percibió la excitación en mi voz puso enseguida su rostro más delicioso, me pasó la mano por el brazo, acariciándome, y dio a su voz una dulzura increíble.

—Ah, caro señor; con los planos puede que tenga usted razón por completo. Yo no tengo ciertamente nada en contra de que usted coloque a Mozart y a Haydn y al *Valencia* en el plano que usted guste. A mí me es enteramente lo mismo; yo no soy quien ha de decidir en esto de los planos, a mí no han de preguntarme sobre el particular. A Mozart quizá lo toquen todavía dentro de cien años, y el *Valencia* acaso dentro de dos ya no se toque; creo que esto se lo podemos dejar tranquilamente al buen Dios, que es justo y tiene en su mano la duración de la vida de todos nosotros y la de todos los valses y todos los fox-trot y hará seguramente lo más adecuado. Pero nosotros, los músicos, tenemos que hacer lo nuestro, lo que constituye nuestro deber y nuestra obligación; hemos de tocar precisamente lo que la gente pide en cada momento, y lo hemos de tocar tan bien, tan bella y persuasivamente como sea posible.

Suspirando, hube de desistir. Con este hombre no se podían atar cabos.

* * *

En algunos instantes aparecía revuelto de una manera enteramente extraña lo antiguo y lo nuevo, el dolor y el placer, el temor y la alegría.

Tan pronto estaba yo en el cielo como en el infierno, la mayoría de las veces en los dos sitios a un tiempo. El viejo Harry y el nuevo vivían juntos ora en paz, ora en la lucha encarnizada. De cuando en cuando el viejo Harry parecía estar totalmente inerte, muerto y sepultado, y surgir luego de pronto dando órdenes tiránicas y sabiéndolo todo mejor, y el Harry nuevo, pequeño y joven, se avergonzaba, callaba y se dejaba apretar contra la pared. En otras horas tomaba el nuevo Harry al viejo por el cuello y le apretaba valientemente, había grandes alaridos, una lucha a muerte, mucho pensar en la navaja de afeitar.

Pero con frecuencia se agolpaban sobre mí en una misma oleada la dicha y el sufrimiento. Un momento así fue aquel en que, pocos días después de mi primer ensayo público de baile, al entrar una noche en mi alcoba, encontré, para mi inenarrable asombro y extrañeza, para mi temor y mi encanto, a la bella María acostada en mi cama.

De todas las sorpresas a las que me había expuesto Armanda hasta entonces, fue esta la más violenta. Porque no dudé ni un instante de que era "ella" la que me había enviado esta ave del paraíso. Por excepción aquella tarde no había estado con Armanda, sino que había ido a la catedral a oír una buena audición de música religiosa; había sido una bella excursión melancólica a mi vida de otro tiempo, a los campos de mi juventud, a las comarcas del Harry ideal. En el alto espacio gótico de la iglesia, cuyas hermosas bóvedas de redes oscilaban de un lado para otro como espectros vivos en el juego de las contadas luces, había oído piezas de Buxtehude, de Pachebel, de Bach y de Haydn, había marchado otra vez por los viejos senderos amados, había vuelto a oír la magnífica voz de una cantante de obras de Bach, que había sido amiga mía en otro tiempo y me había hecho vivir muchas audiciones extraordinarias. Los ecos de la vieja música, su infinita grandeza y santidad me habían despertado todas las sublimidades, delicias y entusiasmos de la juventud; triste y abismado estuve sentado en el elevado coro de la iglesia, huésped durante una hora de este mundo noble y bienaventurado que fue un día mi elemento. En un dúo de Haydn se me habían saltado de pronto las lágrimas, no esperé el fin del concierto, renuncié a volver a ver a la cantante (¡oh, cuántas noches radiantes había pasado yo en otro tiempo con los artistas después de conciertos así!), me escurrí de la catedral y anduve corriendo hasta cansarme por las oscuras callejas, en donde aquí y allá, tras las ventanas de los restaurantes tocaban orquestas de jazz las melodías de mi existencia presente. ¡Oh, en qué siniestro torbellino se había convertido mi vida!...

Mucho tiempo estuve reflexionando también durante aquel paseo nocturno acerca de mi extraña relación con la música, y reconocí una vez más que esta relación tan emotiva como fatal para con la música era el sino de toda la intelectualidad alemana. En el espíritu alemán domina el derecho materno, el sometimiento a la naturaleza en forma de una hegemonía de la música, como no lo ha conocido nunca ningún otro pueblo.

Nosotros, las personas espirituales, en lugar de defendernos virilmente contra ellos y de prestar obediencia y procurar que se preste oídos al espíritu, al logos, al verbo, soñamos todos con un lenguaje sin palabras, que diga lo inexpresable, que refleje lo irrepresentable. En lugar de tocar su instrumento lo más fiel y honradamente posible, el alemán espiritual ha vituperado siempre a la palabra y a la razón y ha mariposeado con la música. Y en la música, en las maravillosas y benditas obras musicales, en los maravillosos y elevados sentimientos y estados de ánimo, que no fueron impelidos nunca a una realización, se ha consumido voluptuosamente el espíritu alemán, y ha descuidado la mayor parte de sus verdaderas obligaciones. Nosotros, los hombres espirituales, todos no nos hallábamos en nuestro elemento dentro de la realidad, le éramos extraños y hostiles; por eso también era tan deplorable el papel del espíritu en nuestra realidad alemana, en nuestra historia, en nuestra política, en nuestra opinión pública. Con frecuencia en otras ocasiones había yo meditado sobre estas ideas, no sin sentir a veces un violento deseo de producir realidad también en alguna ocasión, de actuar alguna vez seriamente y con responsabilidad, en lugar de dedicarme siempre sólo a la estética y a oficios artísticos espirituales. Pero siempre acababa en la resignación, en la sumisión a la fatalidad. Los señores generales y los grandes industriales tenían razón por completo: no servíamos para nada los "espirituales", éramos una gente inútil, extraña a la realidad, sin responsabilidad alguna, de ingeniosos charlatanes. ¡Ah, diablo! ¡La navaja de afeitar!

Saturado así de pensamientos y del eco de la música, con el corazón agobiado por la tristeza y por el desesperado afán de vida, de realidad, de sentido y de las cosas irremisiblemente perdidas, había vuelto al fin a casa, había subido mis escaleras, había encendido la luz en mi gabinete e intentado en vano leer un poco, había pensado en la cita que me obligaba a ir al día siguiente por la noche al bar Cecil a tomar un whisky y a bailar, y había sentido rencor y amargura no sólo contra mí mismo, sino también contra Armanda. No hay duda de que su intención había sido buena y cordial, de que era una maravilla de criatura; pero hubiera sido preferible que aquel primer día me hubiese dejado sucumbir, en lugar de atraerme hacia el interior y hacia la profundidad de este mundo de la broma, confuso, raro y agitado, en el cual yo de todos modos habría de ser siempre un extraño y donde lo mejor de mi ser se derrumbaba y sufría horriblemente.

Y en este estado de ánimo apagué, lleno de tristeza, la luz de mi gabinete; lleno de tristeza, busqué la alcoba, empecé a desnudarme lleno de tristeza; entonces me llamó la atención un aroma desusado, olía ligeramente a perfume, y al volverme, vi acostada dentro de mi cama a la hermosa María, sonriendo algo asustada con sus grandes ojos azules.

—¡María! —dije.

Y mi primer pensamiento fue que mi casera me despediría cuando se enterara de esto.

—He venido —dijo ella en voz baja—. ¿Se ha enfadado usted conmigo?

—No, no. Ya sé que Armanda le ha dado a usted la llave. Bien está.

—Oh, usted se ha enfadado. Me voy otra vez...

—No, hermosa María, quédese usted. Sólo que yo precisamente esta noche estoy muy triste, hoy no puedo estar alegre; acaso mañana pueda volver a estarlo.

Me había inclinado un poco hacia ella, entonces tomó mi cabeza con sus dos manos grandes y firmes, la atrajo hacia sí y me dio un beso largo. Luego me senté en la cama a su lado, tomé su mano, le rogué que hablara bajo, pues no debían oírnos, y le miré a la cara hermosa y plena. ¡Qué extraña y maravillosa descansaba allí sobre mi almohada, como una flor grande! Lentamente llevó mi mano a su boca, la metió debajo de la sábana y la puso sobre su cálido pecho, que respiraba tranquilamente.

—No es preciso que estés alegre —dijo—; ya me ha dicho Armanda que tienes penas. Ya puede una hacerse cargo. Oye, ¿te gusto todavía? La otra noche, al bailar, estabas muy entusiasmado.

La besé en los ojos, en la boca, en el cuello y en los pechos. Precisamente hacía poco había estado pensando en Armanda con amargura y en son de queja. Y ahora tenía en mis manos su presente y estaba agradecido. Las caricias de María no hacían daño a la música maravillosa que había escuchado yo aquella tarde, eran dignas de ella y como su realización. Lentamente fui levantando la sábana de la bella mujer, hasta llegar a sus pies con mis besos. Cuando me acosté a su lado, me sonreía omnisciente y bondadosa su cara de flor.

Aquella noche, junto a María, no dormí mucho tiempo, pero dormí profundamente y bien, como un niño. Y entre los ratos de sueño sorbí su hermosa y alegre juventud y aprendí en la conversación a media voz una multitud de cosas dignas de saberse acerca de su vida y de la de Armanda. Sabía muy poco de esta clase de criaturas y de vidas; sólo en el teatro había encontrado antes alguna vez existencias semejantes, hombres y mujeres, semiartistas, semimundanos. Ahora por vez primera miraba yo un poco en estas vidas extrañas, inocentes de una manera rara y de un modo raro pervertidas. Estas muchachas, pobres la mayor parte por su casa, demasiado inteligentes y demasiado bellas para estar toda su vida entregadas a cualquier ocupación mal pagada y sin alegría, vivían todas ellas unas veces de trabajos ocasionales, otras de sus gracias y de su amabilidad. En ocasiones se pasaban un par de meses tras una máquina de escribir, alguna temporada eran las entretenidas de hombres de mundo con dinero, recibían propinas y regalos, a veces vivían con abrigos de pieles en hoteles lujosos y con autos, en otras épocas en buhardillas, y para el matrimonio podía alguna vez ganárselas por medio de algún gran ofrecimiento, pero en general no llevaban esa idea. Algunas de ellas no ponían en el amor grandes afanes y sólo daban sus favores de mala gana y regateando el elevado precio. Otras, y a ellas pertenecía María, estaban extraordinariamente dotadas para lo erótico y necesitadas de cariño, la mayoría experimentadas también en el trato con los dos sexos; vivían exclusivamente para el amor, y al lado del amigo oficial, que pagaba, sostenían florecientes aun otras relaciones amorosas. Afanosas y ocupadas, llenas de preocupaciones y al mismo tiempo ligeras, inteligentes y a la vez inconscientes, vivían estas mariposas su vida tan pueril como refinada, con independencia, no en venta para cualquiera, esperando lo suyo de la suerte y del buen tiempo, enamoradas de la vida, y, sin embargo, mucho menos apegadas a ella que los burgueses, dispuestas siempre a seguir a su castillo a un príncipe de hadas y ciertas siempre de manera semiconsciente de un fin triste y difícil.

María me enseñó —en aquella primera noche singular y en los días siguientes— muchas cosas, no sólo lindos jugueteos desconocidos para mí y arrobamientos de los sentidos, sino también nueva comprensión, nuevos horizontes, amor nuevo. El mundo de los locales de baile y de placer, de los cines, de los bares y de las rotondas de los hoteles, que para mí, solitario y estético, seguía teniendo siempre algo de inferior, prohibido y degradante, era para María, Armanda y sus compañeras, sencillamente el mundo, ni bueno ni malo, ni odiado ni apetecible; en este mundo florecía su vida breve y llena de deseos; en él estaban ellas en su elemento y tenían experiencia. Les gustaba un champaña o un plato especial en el *grill-room*, como a uno de nosotros puede gustarnos un compositor o un poeta, y en un nuevo baile de moda o en la canción sentimental y pegajosa de un cantante de jazz ponían y derrochaban ellas el mismo entusiasmo, la misma emoción y ternura que uno de nosotros en Nietzsche o en Hamsun. María me hablaba de aquel guapo tocador de saxofón, Pablo, y de su *song* americano, que él les había cantado alguna vez, y hablaba de esto con un arrobamiento, una admiración y un cariño, que me emocionaba y conmovía mucho más que los éxtasis de cualquier gran erudito sobre goces artísticos elegidos con exquisito gusto. Yo estaba dispuesto a entusiasmarme con ella, fuese como quisiera el *song*; las frases amorosas de María, su mirada voluptuosamente radiante, abrían amplias brechas en mi estética. Ciertamente que había algo bello, poco y escogido, que me parecía por encima de toda duda y discusión, a la cabeza de todo Mozart, pero ¿dónde estaba el límite? ¿No habíamos ensalzado de jóvenes todos nosotros, los conocedores y críticos, a obras de arte y artistas, que nos resultaban hoy muy dudosas y absurdas? ¿No nos había ocurrido esto con Liszt, con Wagner, a muchos hasta con Beethoven? ¿No era la floreciente emoción infantil de María por el *song* de América una impresión artística tan pura, tan hermosa, tan fuera de toda duda como la emoción de cualquier profesor por el Tristán o el éxtasis de un director de orquesta ante la Novena Sinfonía? ¿Y no se acomodaba todo esto a los puntos de vista del señor Pablo y le daba la razón?

A este Pablo, al hermoso Pablo, parecía también querer mucho María.

—Es guapo —decía yo—; también a mí me gusta mucho. Pero dime, María, ¿cómo puedes al propio tiempo quererme a mí también, que soy un tipo viejo y aburrido, que no soy bello y tengo ya canas y no sé tocar el saxofón ni cantar canciones inglesas de amor?

—No hables de esa manera tan fea —corregía ella—. Es completamente natural. También tú me gustas, también tienes tú algo bonito, amable y especial; no debes ser de otra manera más que como eres. No hace falta hablar de estas cosas ni pedir cuentas de todo esto. Mira, cuando me besas el cuello o las orejas, entonces me doy cuenta de que me quieres, de que te gusto; sabes besar de una manera..., un poco así como tímidamente, y esto me dice: te quiere, te está agradecido porque eres bonita. Esto me gusta mucho, muchísimo. Y otras veces, con otro hombre, me gusta precisamente lo contrario, que parece no importarle yo nada y me besa como si fuera una merced por su parte.

Nos volvimos a dormir. Me desperté de nuevo, sin haber dejado de tener abrazada a mi hermosa, hermosísima flor.

¡Y qué extraño! Siempre la hermosa flor seguía siendo el regalo que me había hecho Armanda. Constantemente estaba detrás, encerrada en ella como una máscara. Y de pronto, en un intermedio, pensé en Érica, mi lejana y malhumorada querida, mi pobre amiga. Apenas era menos bonita que María, aun cuando no tan floreciente y fresca y más pobre en pequeñas y geniales artes amatorias, y un rato tuve ante mí su imagen, clara y dolorosa, amada y entretejida tan hondamente con mi destino, y volvió a esfumarse en el sueño, en olvido, en lejanía medio deplorada.

Y de este mismo modo surgieron ante mí en esta noche hermosa y delicada muchas imágenes de mi vida, llevada tanto tiempo de una manera pobre y vacua y sin recuerdos. Ahora, alumbrado mágicamente por Eros, se destacó profundo y rico el manantial de las antiguas imágenes, y en algunos momentos se me paraba el corazón de arrobamiento y de tristeza, al pensar qué abundante había sido la galería de mi vida, cuán llena de altos astros y de constelaciones había estado el alma del pobre Lobo Estepario. Mi niñez y mi madre me miraban tiernas y radiantes como desde una alta montaña lejana y confundida con el azul infinito; metálico y claro resonaba el coro de mis amistades, al frente el legendario Armando, el hermano espiritual de Armanda; vaporosos y supraterrenos, como húmedas flores marinas que sobresalían de la superficie de las aguas, venían flotando los retratos de muchas mujeres, que yo había amado, deseado y cantado, de las cuales sólo a pocas hube conseguido e intentado hacerlas mías. También apareció mi mujer, con la que había vivido varios años y la cual me enseñara camaradería, conflicto y resignación y hacia quien, a pesar de toda su incomprensión personal, había quedado viva en mí una profunda confianza hasta el día en que, enloquecida y enferma, me abandonó en repentina huida y fiera rebelión, y conocí cuánto tenía que haberla amado y cuán profundamente había tenido que confiar en ella, para que su abuso de confianza me hubiera podido alcanzar de un modo tan grave y para toda la vida.

Estas imágenes —eran cientos, con y sin nombre— surgieron todas otra vez; subían jóvenes y nuevas del pozo de esta noche de amor, y volví a darme cuenta de lo que en mi miseria hacía tiempo había olvidado, que ellas constituían la propiedad y el valor de mi existencia, que seguían viviendo indestructibles, sucesos eternizados como estrellas que había olvidado y, sin embargo, no podía destruir, cuya serie era la leyenda de mi vida y cuyo brillo astral era el valor indestructible de mi ser. Mi vida había sido penosa, errabunda y desventurada; conducía a negación y a renunciamiento, había sido amarga por la sal del destino de todo lo humano, pero había sido rica, altiva y señorial, hasta en la miseria una vida regia. Y aunque el poquito de camino hasta el fin la desfigurase por entero de un modo tan lamentable, la levadura de esta vida era noble, tenía clase y dignidad, no era cuestión de ochavos, era cuestión de mundos siderales.

Ya hace de esto nuevamente una temporada, muchas cosas han ocurrido desde entonces y se han modificado, sólo puedo recordar algunas concretas de aquella noche, palabras sueltas cambiadas entre los dos, momentos y detalles eróticos de profunda ternura, fugaces claridades de estrellas al despertar del pesado sueño de la extenuación amorosa. Pero aquella noche fue cuando de nuevo por vez primera desde la época de mi derrota me miraba mi propia vida con los ojos inexorablemente radiantes, y volví a reconocer a la casualidad como destino y a las ruinas de mi vida como fragmento celestial. Mi alma respiraba de nuevo, mis ojos veían otra vez, y durante algunos instantes volví a presentir ardientemente que no tenía más que juntar el mundo disperso de imágenes, elevar a imagen el complejo de mi personalísima vida de Lobo Estepario, para penetrar a mi vez en el mundo de las figuras y ser inmortal. ¿No era este, acaso, el fin hacia el cual toda mi vida humana significaba un impulso y un ensayo?

Por la mañana, después de compartir conmigo mi desayuno María, tuve que sacarla de contrabando de la casa, y lo logré. Aun en el mismo día alquilé para ella y para mí en sitio próximo de la ciudad un cuartito, destinado sólo para nuestras citas.

Mi profesora de baile, Armanda, compareció fiel a su obligación, y hube de aprender el boston. Era severa e inexorable y no me perdonaba ni una lección, pues estaba convenido que yo había de ir con ella al próximo baile de máscaras. Me había pedido dinero para su disfraz, acerca del cual, sin embargo, me negaba toda noticia. Y aún seguía estándome prohibido visitarla o saber dónde vivía.

Esta temporada hasta el baile de máscaras, unas tres semanas, fue extraordinariamente hermosa. María me parecía que era la primera querida verdadera que yo hubiera tenido en mi vida. Siempre había exigido de las mujeres, a las que amara, espiritualidad e ilustración, sin darme cuenta por completo de que la mujer, hasta la más espiritual y la relativamente más ilustrada, no respondía jamás al logos dentro de mí, sino que en todo momento estaba en contradicción con él; yo les llevaba a las mujeres mis problemas y mis ideas, y me hubiese parecido de todo punto imposible amar más de una hora a una muchacha que no había leído un libro, que apenas sabía lo que era leer y no hubiese podido distinguir a un Tchaikovski de un Beethoven; María no tenía ninguna ilustración, no necesitaba estos rodeos y estos mundos de compensación; sus problemas surgían todos de un modo inmediato de los sentidos. Conseguir tanta ventura sensual y amorosa como fuera humanamente posible con las dotes que le habían sido dadas, con su figura singular, sus colores, su cabello, su voz, su piel y su temperamento, hallar y producir respuesta en el amante, comprensión y contrajuego animado y embriagador a todas sus facultades, a la flexibilidad de sus líneas, al delicadísimo modelado de su cuerpo, era lo que constituía su arte y su cometido. Ya en aquel primer tímido baile con ella había yo sentido esto, había aspirado este perfume de una sensualidad genial y encantadoramente refinada y había sido fascinado por ella. Ciertamente, que tampoco había sido por casualidad por lo que Armanda, la omnisciente, me había escogido a esta María. Su aroma y todo su sello era estival, era rosado.

No tuve la fortuna de ser el amante único o preferido de María, yo era uno de varios. A veces no tenía tiempo para mí; algunos días, una hora por la tarde; pocas veces, una noche entera. No quería tomar dinero de mí; detrás de esto se conocía a Armanda. Pero regalos, aceptaba con gusto. Y si le regalaba un nuevo portamonedas pequeño de piel roja acharolada, podía poner dentro también dos o tres monedas de oro. Por lo demás, a causa del bolsillito encarnado, se burló bien de mí. Era muy bonito, pero era una antigualla, pasado de moda. En estas cosas, de las cuales yo entendía y sabía hasta entonces menos que de cualquier lengua esquimal, aprendí mucho de María. Aprendí ante todo que estos pequeños juguetes, objetos de moda y de lujo, no sólo son bagatelas y una invención de ambiciosos fabricantes y comerciantes, sino justificados, bellos, variados, un pequeño, o mejor dicho, un gran mundo de cosas, que todas tienen la única finalidad de servir al amor, refinar los sentidos, animar el mundo muerto que nos rodea, y dotarlo de un modo mágico de nuevos órganos amatorios, desde los polvos y el perfume hasta el zapato de baile, desde la sortija a la pitillera; desde la hebilla del cinturón hasta el bolso de mano. Este bolso no era bolso, el portamonedas no era portamonedas, las flores no eran flores, el abanico no era abanico; todo era materia plástica del amor, de la magia, de la seducción; era mensajero, intermediario, arma y grito de combate.

Muchas veces pensé a quién querría María realmente. Más que a ninguno creo que quería al joven Pablo del saxofón, con sus negros ojos perdidos y las manos alargadas, pálidas, nobles y melancólicas. Yo hubiera tenido a este Pablo por un poco soporífero, caprichoso y pasivo en el amor, pero María me aseguró que, en efecto, sólo muy lentamente se conseguía ponerlo al rojo, pero que entonces era más pujante, más fuerte y varonil y más retador que cualquier as de boxeo o maestro de equitación. Y de esta manera aprendí y supe secretos de muchos individuos, del músico del jazz, del actor, de más de cuatro mujeres, de muchachas y de hombres de nuestro medio ambiente; supe toda suerte de secretos, vi bajo la superficie relaciones y enemistades, fui haciéndome poco a poco confidente e iniciado (yo, que en esta clase de mundo había sido un cuerpo extraño completamente sin conexión).

También aprendí muchas cosas referentes a Armanda. Pero ahora me reunía con frecuencia preferentemente con el señor Pablo, a quien María quería mucho. A menudo empleaba ella también sus remedios clandestinos, y a mí mismo me proporcionaba alguna vez estos goces, y siempre se mostraba Pablo especialmente servicial. Una vez me lo dijo sin circunloquios.

—Usted es tan desgraciado... Eso no está bien. No hay que ser así. Me da mucha pena.

Fúmese usted una pequeña pipa de opio...

Mi juicio sobre este hombre alegre, inteligente, aniñado y a la vez insondable, cambiaba continuamente; nos hicimos amigos. Con alguna frecuencia aceptaba yo alguno de sus remedios. Un tanto divertido, asistía él a mi enamoramiento de María. Una vez organizó una "fiesta" en su cuarto, la buhardilla de un hotel de las afueras. No había allí más que una silla; María y yo tuvimos que sentarnos en la cama. Nos dio a beber un licor misterioso, maravilloso, mezclado de tres botellitas. Y luego, cuando me hube puesto de muy buen humor, nos propuso con las pupilas brillantes celebrar una orgía erótica los tres juntos. Yo rehusé con brusquedad; a mí no me era posible una cosa así; mas, a pesar de todo miré un momento a María, para ver qué actitud adoptaba, y aunque inmediatamente asintió a mi negativa, vi, sin embargo, el fulgor de sus ojos y me di cuenta de su pena por mi renuncia. Pablo sufrió una decepción con mi negativa, pero no se molestó.

—Es una lástima —dijo—; Harry tiene muchos escrúpulos morales. No se puede con él. ¡Hubiera sido, sin embargo, tan hermoso, tan hermosísimo! Pero tengo un sustitutivo.

Tomamos cada uno una chupada de opio, y sentados inmóviles, con los ojos abiertos, vivimos los tres la escena por él sugerida; María, en ese tiempo, temblando de delicia. Cuando al cabo de un rato me sentí un poco mareado, me colocó Pablo en la cama, me dio unas gotas de una medicina, y al cerrar yo por algunos minutos los ojos, sentí sobre cada uno de los párpados como el aliento de un beso fugitivo. Lo admití como si creyera que me lo había dado María. Pero sabía perfectamente que era de él.

Y una tarde me sorprendió aún más. Apareció en mi casa, me contó que necesitaba veinte francos y me rogaba que le diera este dinero. Me ofrecía, en cambio, que aquella noche dispusiera de María en su lugar.

—Pablo —dije asustado—, usted no sabe lo que está diciendo. Ceder su querida a otro por dinero, eso es entre nosotros lo más indigno que cabe. No he oído su proposición, Pablo.

Me miró compasivo.

—¿No quiere usted, señor Harry? Bien. Usted no hace más que proporcionarse dificultades a sí mismo. Entonces no duerma usted esta noche con María, si así lo prefiere, y deme usted el dinero; ya se lo devolveré sin falta. Me es absolutamente preciso.

—¿Para qué lo quiere?

—Para Agostino, ¿sabe usted? Es el pequeño del segundo violín. Lleva ocho días enfermo, y nadie se ocupa de él, no tiene un céntimo, y mi dinero se ha acabado también ya.

Por curiosidad y un poco también por autocastigo, fui con él a casa de Agostino. Le llevó a la buhardilla leche y unas medicinas, una bien miserable buhardilla; le arregló la cama, le aireó la habitación y le puso en la cabeza calenturienta una artística compresa, todo rápida y delicadamente y bien hecho, como una buena hermana de la Caridad. Aquella misma noche lo vi tocar la música en el City-Bar hasta la madrugada.

Con Armanda hablaba yo a menudo larga y objetivamente acerca de María, de sus manos, de sus hombros, de sus caderas, de su manera de reír, de besar, de bailar.

—¿Te ha enseñado ya esto? —me preguntó Armanda una vez, y me describió un juego especial de la lengua al dar un beso. Yo le pedí que me lo enseñara ella misma, pero ella rehusó con seriedad—. Eso viene después —dijo—; aún no soy tu querida.

Le pregunté de qué conocía las artes del beso en María y algunas otras secretas particularidades de su cuerpo, sólo conocidas del hombre amante.

—¡Oh! —exclamó—. Somos amigas. ¿Crees acaso que nosotras tenemos secretos entre las dos? He dormido y he jugado bastantes veces con ella. Tienes suerte, has atrapado una hermosa muchacha, que sabe más que otras.

—Creo, sin embargo, Armanda, que aún tendrán algunos secretos entre ustedes. ¿O le has dicho también acerca de mí lo que sabes?

—No; esas son otras cosas que no entendería ella. María es maravillosa, puedes estar satisfecho; pero entre tú y yo hay cosas de las cuales ella no tiene ni noción. Le he dicho muchas cosas acerca de ti, naturalmente mucho más de lo que a ti te hubiera gustado entonces; me importaba seducirla para ti. Pero comprenderte, amigo, como yo te comprendo, no te comprenderá María nunca, ni ninguna otra. Por ella he adquirido también algunos conocimientos; estoy al corriente acerca de ti, en lo que María sabe. Ya te conozco casi tan perfectamente como si hubiéramos dormido juntos con frecuencia.

Cuando volví a reunirme con María, me resultaba extraño y misterioso saber que ella había tenido a Armanda junto a su corazón lo mismo que a mí, que había palpado, besado, gustado y probado sus miembros, sus cabellos, su piel exactamente igual que los míos. Ante mí surgían relaciones y nexos nuevos, indirectos, complicados, nuevas modalidades de amor y de vida, y pensé en las mil almas del tratado del Lobo Estepario.

***

En aquella corta temporada entre mi conocimiento con María y el gran baile de máscaras, era yo francamente feliz, pero no tenía por ello el presentimiento de que aquello fuera una redención, una lograda bienaventuranza, sino que me daba cuenta claramente de que todo era preludio y preparación, de que todo se afanaba con violencia hacia adelante y que lo verdadero venía ahora.

Del baile había aprendido ya tanto que me parecía posible concurrir a la fiesta, de la cual se hablaba más cada día. Armanda tenía un secreto, se empeñó en no revelarme con qué disfraz iba a presentarse. Pensaba que yo ya la reconocería, y si me equivocaba, entonces me ayudaría ella; pero que con anticipación, yo no debía saberlo. Así tampoco tenía ella curiosidad por mis planes de disfraz, y yo resolví no disfrazarme. María, cuando quise invitarla al baile, me declaró que para esta fiesta tenía ya un caballero, poseía ya en efecto una entrada, y yo me di cuenta un poco descorazonado de que iba a tener que ir solo a la fiesta. Era el baile de trajes más distinguido de la ciudad, que se organizaba todos los años por elementos artísticos en los salones del Globo.

En aquellos días veía poco a Armanda, pero la víspera del baile estuvo un rato en mi casa; vino para recoger su entrada, de la que yo me había encargado, y estuvo sentada conmigo pacíficamente en mi cuarto, y allí se llegó a un diálogo que me fue muy singular y me produjo una impresión profunda.

—Ahora estás realmente muy bien —dijo ella—; te prueba el baile. Quien no te haya visto desde hace un mes, apenas te reconocería.

— Sí —asentí—; desde hace años no me he encontrado tan perfectamente. Esto proviene todo de ti, Armanda.

—Oh, ¿no de tu hermosa María?

—No. Esa también es un regalo tuyo. Es maravilloso.

—Es la amiga que necesitabas, Lobo Estepario. Bonita, joven, alegre, muy inteligente en amor, y sin que puedas disponer de ella todos los días. Si no tuvieras que compartirla con otros, si no fuese para ti siempre un huésped fugitivo, no irían las cosas tan bien.

Sí; también esto tenía que concedérselo.

—Entonces, ¿tienes ahora, realmente, todo lo que necesitas?

—No, Armanda, no es así. Tengo algo muy bello y delicioso, una gran alegría, un amable consuelo. Soy verdaderamente feliz...

—Bien, entonces, ¿qué más quieres?

—Quiero más. No estoy contento con ser feliz, no he sido creado para ello, no es mi sino. Mi determinación es lo contrario.

—Entonces, ¿es ser desdichado? ¡Ah! Esto ya lo has sido con exceso antes, cuando a causa de la navaja de afeitar no podías ir a tu casa.

—No, Armanda; se trata de otra cosa. Entonces era yo muy desdichado, concedido. Pero era una desventura estúpida, estéril.

—¿Por qué?

—Porque de otro modo, no hubiese debido tener aquel miedo a la muerte que, sin embargo, me estaba deseando. La desventura que necesito y anhelo, es otra; es de tal clase que me hiciera sufrir con afán y morir con voluptuosidad. Esa es la desventura o la felicidad que espero.

—Te comprendo. En esto somos hermanos. Pero ¿qué tienes contra la dicha que has encontrado ahora con María? ¿Por qué no estás contento?

—No tengo nada contra esta dicha, ¡oh, no!; la quiero, le estoy agradecido. Es hermosa como un día de sol en medio de una primavera lluviosa. Pero me doy cuenta de que no puede durar. También esta dicha es estéril. Satisface, pero la satisfacción no es alimento para mí. Adormece al Lobo Estepario, lo sacia. Pero no es felicidad para morir por ella.

—Entonces, ¿hay que morir, Lobo Estepario?

—¡Creo que sí! Yo estoy muy satisfecho de mi ventura, aún puedo soportarla durante una temporada. Pero cuando la dicha me deja alguna vez una hora de tiempo para estar despierto, para sentir anhelos íntimos, entonces todo mi anhelo no se cifra en conservar por siempre esta ventura, sino en volver a sufrir, aunque más bella y menos miserablemente que antes.

Armanda me miró con ternura a los ojos, con la sombría mirada que tan repentinamente podía aparecer en ella. ¡Ojos magníficos, terribles! Lentamente, eligiendo una a una las palabras y colocándolas con cuidado, dijo... en voz tan baja, que tuve que esforzarme para oírlo:

—Voy a decirte hoy una cosa, algo que sé hace ya tiempo, y tú también lo sabes ya, pero quizá no te lo has dicho a ti mismo todavía. Ahora te digo lo que sé acerca de ti y de mí y de nuestra suerte. Tú, Harry, has sido un artista y un pensador, un hombre lleno de alegría y de fe, siempre tras la huella de lo grande y de lo eterno, nunca satisfecho con lo bonito y lo minúsculo. Pero cuanto más te ha despertado la vida y te ha conducido hacia ti mismo, más ha ido aumentando tu miseria y tanto más hondamente te has sumido hasta el cuello en pesares, temor y desesperanza, y todo lo que tú en otro tiempo has conocido, amado y venerado como hermoso y santo, toda tu antigua fe en los hombres y en nuestro alto destino, no ha podido ayudarte, ha perdido su valor y se ha hecho añicos. Tu fe ya no tenía aire para respirar. Y la asfixia es una muerte muy dura. ¿Es exacto Harry? ¿Es esta tu suerte?

Yo asentía y asentía.

—Tú llevabas dentro de ti una imagen de la vida, estabas dispuesto a hechos, a sufrimientos y sacrificios, y entonces fuiste notando poco a poco que el mundo no exigía de ti hechos ningunos, ni sacrificios, ni nada de eso, que la vida no es una epopeya con figuras de héroes y cosas por el estilo, sino una buena habitación burguesa, en donde uno está perfectamente satisfecho con la comida y la bebida, con el café y la calceta, con el juego de tarot y la música de la radio. Y el que ama y lleva dentro de sí lo otro, lo heroico y bello, la veneración de los grandes poetas o la veneración de los santos, ese es un necio y un quijote. Bueno. ¡Y a mí me ha ocurrido exactamente lo mismo, amigo mío! Yo era una muchacha de buenas disposiciones y destinada a vivir con arreglo a un elevado modelo, a tener para conmigo grandes exigencias, a cumplir dignos cometidos. Podía tomar sobre mí un gran papel, ser la mujer de un rey, la querida de un revolucionario, la hermana de un genio, la madre de un mártir. Y la vida no me ha permitido más que llegar a ser una cortesana de mediano buen gusto; ¡ya sólo esto se ha hecho bastante difícil! Así me ha sucedido. Estuve una temporada inconsolable, y durante mucho tiempo busqué en mí la culpa. La vida, pensé, ha de tener al fin razón siempre; y si la vida se burlaba de mis hermosos sueños, habrán sido necios mis sueños, decía yo, y no habrán tenido razón. Pero esta consideración no servía de nada absolutamente. Y como yo tenía buenos ojos, y buenos oídos y era además un tanto curiosa, me fijé con todo interés en la llamada vida, en mis vecinos y en mis amistades, medio centenar largo de personas y de destinos, y entonces vi, Harry, que mis sueños habían tenido razón, mil veces razón, lo mismo que los tuyos. Pero la vida, la realidad, no la tenía. Que una mujer de mi especie no tuviera otra opción que envejecer pobre y absurdamente junto a una máquina de escribir al servicio de un ganapán, o casarse con uno de estos ganapanes por su posición, o si no, convertirse en una especie de meretriz, eso era tan poco justo como que un hombre como tú tenga, solitario, receloso y desesperado, que echar mano de la navaja de afeitar. En mí era la miseria quizá más material y moral; en ti, más espiritual; la senda era la misma. ¿Crees que no soy capaz de comprender tu terror ante el fox-trot, tu repugnancia hacia los bares y los locales de baile, tu resistencia contra la música de jazz y todas estas cosas? Demasiado bien lo comprendo, y lo mismo tu aversión a la política, tu tristeza por la palabrería y el irresponsable hacer que hacemos de los partidos y de la Prensa, tu desesperación por la guerra, por la pasada y por la venidera, por la manera como hoy se piensa, se lee, se construye, se hace música, se celebran fiestas, se promueve la cultura. Tienes razón, Lobo Estepario, mil veces razón y, sin embargo, has de sucumbir. Para este mundo sencillo de hoy, cómodo y satisfecho con tan poco, eres tú demasiado exigente y hambriento; el mundo te rechaza, tienes para él una dimensión de más. El que hoy quiera vivir y alegrarse de su vida, no ha de ser un hombre como tú ni como yo. El que en lugar de chinchín exija música, en lugar de placer alegría, en lugar de dinero alma, en vez de loca actividad verdadero trabajo, en vez de jugueteo pura pasión, para ese no es hogar este bonito mundo que padecemos...

Ella miraba al suelo meditando.

—¡Armanda —exclamé conmovido—, hermana! ¡Qué ojos tan buenos tienes! Y, sin embargo, tú me enseñaste el fox-trot. ¿Cómo te explicas esto, que hombres como nosotros, hombres con una dimensión de más, no podamos vivir aquí? ¿En qué consiste? ¿No pasa esto más que en nuestra época actual? ¿O fue siempre lo mismo?

—No sé. Quiero admitir en honor del mundo, que sólo sea nuestra época, que sólo sea una enfermedad, una desdicha momentánea. Los jefes trabajan con ahínco y con resultado preparando la próxima guerra, los demás bailamos fox-trot entretanto, ganamos dinero y comemos pralinés; en una época así ha de presentar el mundo un aspecto bien modesto. Esperamos que otros tiempos hayan sido y vuelvan a ser mejores, más ricos, más amplios, más profundos. Pero con eso no vamos ganando nada nosotros. Y acaso haya sido siempre igual...

—¿Siempre, así como hoy? ¿Siempre sólo un mundo para políticos, arribistas, camareros y vividores, y sin aire para las personas?

—No lo sé, nadie lo sabe. Además, da lo mismo. Pero yo pienso ahora en tu favorito, amigo mío, del cual me has referido a veces muchas cosas y hasta que has leído sus cartas: de Mozart. ¿Qué ocurriría con él? ¿Quién gobernó el mundo en su época, quién se llevó la espuma, quién daba el tono y representaba algo: Mozart o los negociantes, Mozart o los hombres adocenados y superficiales? ¿Y cómo murió y fue enterrado? Y así, pienso yo que ha sido acaso siempre y que siempre será lo mismo, y lo que en los colegios se llama "Historia Universal" y allí hay que aprendérselo de memoria para la cultura, con todos los héroes, genios, grandes acciones y sentimientos, eso es sencillamente una superchería, inventada por los maestros de escuela, para fines de ilustración y para que los niños durante los años prescritos tengan algo en qué ocuparse. Siempre ha sido así y siempre será igual, que el tiempo y el mundo, el dinero y el poder, pertenecen a los mediocres y superficiales, y a los otros, a los verdaderos hombres, no les pertenece nada. Nada más que la muerte.

—¿Fuera de eso, nada en absoluto?

—Si, la eternidad.

—¿Quieres decir el nombre, la fama para edades futuras?

—No, lobito; la fama, no. ¿Tiene esta, acaso, algún valor? ¿Y crees tú por ventura que todos los hombres realmente verdaderos y completos han alcanzado la celebridad y son conocidos de las generaciones posteriores?

—No; naturalmente que no.

—Por consiguiente, la fama no es. La fama sólo existe también para la ilustración, es un asunto de los maestros de escuela. La fama no lo es, ¡oh, no! Lo es lo que yo llamo la eternidad. Los místicos lo llaman el reino de Dios. Yo me imagino que nosotros los hombres todos, los de mayores exigencias, nosotros los de los anhelos, los de la dimensión de más, no podríamos vivir en absoluto si para respirar, además del aire de este mundo, no hubiese también otro aire, si además del tiempo no existiese también la eternidad, y esta es el reino de lo puro. A él pertenecen la música de Mozart y las poesías de los grandes poetas; a él pertenecen también los santos, que hicieron milagros y sufrieron el martirio y dieron un gran ejemplo a los hombres. Pero también pertenece del mismo modo a la eternidad la imagen de cualquier acción noble, la fuerza de todo sentimiento puro, aun cuando nadie sepa nada de ello, ni lo vea, ni lo escriba, ni lo conserve para la posteridad. En lo eterno no hay futuro, no hay más que presente.

—Tienes razón —dije.

—Los místicos —continuó ella con aire pensativo— son los que han sabido más de estas cosas. Por eso han establecido los santos y lo que ellos llaman la "comunión de los santos". Los santos son los hombres verdaderos, los hermanos menores del Salvador. Hacia ellos vamos de camino nosotros durante toda nuestra vida, con toda buena acción, con todo pensamiento audaz, con todo amor. La comunión de los santos, que en otro tiempo era representada por los pintores dentro de un cielo de oro, radiante, hermosa y apacible, no es otra cosa que lo que yo antes he llamado la "eternidad". Es el reino más allá del tiempo y de la apariencia. Allá pertenecemos nosotros, allí está nuestra patria, hacia ella tiende nuestro corazón, Lobo Estepario, y por eso anhelamos la muerte. Allí volverás a encontrar a tu Goethe y a tu Novalis y a Mozart, y yo a mis santos, a San Cristóbal, a Felipe Neri y a todos. Hay muchos santos que en un principio fueron graves pecadores; también el pecado puede ser un camino para la santidad, el pecado y el vicio, Te vas a reír, pero yo me imagino con frecuencia que acaso también mi amigo Pablo pudiera ser un santo. ¡Ah, Harry, nos vemos precisados a taconear por tanta basura y por tanta idiotez para poder llegar a nuestra casa! Y no tenemos a nadie que nos lleve; nuestro único guía es nuestro anhelo nostálgico.

Sus últimas palabras las pronunció otra vez en voz muy queda, y luego hubo un silencio apacible en la estancia; el sol estaba en el ocaso y hacía brillar las letras doradas en el lomo de los muchos libros de mi biblioteca. Tomé en mis manos la cabeza de Armanda, la besé en la frente y puse fraternal su mejilla junto a la mía; así nos quedamos un momento. Así hubiera deseado quedarme y no salir aquel día a la calle. Pero para esta noche, la última antes del gran baile, se me había prometido María.

Pero en el camino no iba pensando en María, sino en lo que Armanda había dicho. Me pareció que todos estos no eran tal vez sus propios pensamientos, sino los míos, que la clarividente había leído y aspirado y me devolvía, haciendo que ahora se concretaran y surgieran nuevos ante mí. Por haber expresado la idea de la eternidad le estaba especial y profundamente agradecido. La necesitaba; sin esa idea no podía vivir, ni morir tampoco. El sagrado más allá, lo que está fuera del tiempo, el mundo del valor imperecedero, de la sustancia divina me había sido regalado hoy por mi amiga y profesora de baile. Hube de pensar en mi sueño de Goethe, en la imagen del viejo sabio, que se había reído de un modo tan sobrehumano y me había hecho objeto de su broma inmortal. Ahora es cuando comprendí la risa de Goethe, la risa de los inmortales. No tenía objetivo esta risa, no era más que luz y claridad; era lo que queda cuando un hombre verdadero ha atravesado 105 sufrimientos, los vicios, los errores, las pasiones y las equivocaciones del género humano y penetra en lo eterno, en el espacio universal. Y la "eternidad" no era otra cosa que la liberación del tiempo era, en cierto modo, su vuelta a la inocencia, su retransformación en espacio.

Busqué a María en el sitio en donde solíamos comer en nuestras noches, pero aún no había llegado. En el callado cafetín del suburbio estuve sentado esperando ante la mesa preparada, con mis ideas todavía en nuestro diálogo. Todas estas ideas que habían surgido allí entre Armanda y yo, me parecieron tan profundamente familiares, tan conocidas de siempre, tan sacadas de mi más íntima mitología y mundo de imágenes. Los inmortales, en la forma en que viven en el espacio sin tiempo, desplazados, hechos imágenes, y la eternidad cristalina como el éter en torno de ellos, y la alegría serena, radiante y sidérea de este mundo extraterrenal, ¿de dónde me era todo esto tan familiar? Medité y se me ocurrieron trozos de las *Casaciones*, de Mozart; del piano bien afinado, de Bach, y por doquiera en esta música me parecía brillar esta serena claridad de estrellas, flotar este etéreo resplandor. Sí; eso era; esta música era algo así como tiempo congelado y convertido en espacio, y por encima, flotando, infinita, una alegría sobrehumana, una eterna risa divina. ¡Oh, y a esto se acomodaba tan perfectamente el viejo Goethe de mi sueño! Y de pronto oí en torno mío esta insondable risa, oí reír a los inmortales. Encantado, estuve sentado allí; encantado, saqué mi lápiz del bolsillo del chaleco, busqué papel, hallé la carta de los vinos ante mí, le di media vuelta y escribí al dorso, escribí versos, que al día siguiente me los encontré en el bolsillo. Decían:

LOS INMORTALES

Hasta nosotros sube de los confines
del mundo el anhelo febril de la vida:
con el lujo la miseria confundida,
vaho sangriento de mil fúnebres festines,
espasmos de deleite, afanes, espantos,
manos de criminales, de usureros, de santos;
la humanidad con sus ansias y temores,
a la vez que sus cálidos y pútridos olores,
transpira santidades y pasiones groseras,
se devora ella misma y devuelve después lo tragado,
incuba nobles artes y bélicas quimeras,
y adorna de ilusión la casa en llamas del pecado;
se retuerce y consume y degrada
en los goces de feria de su mundo infantil,
a todos les resurge radiante y renovada,
y al final se les trueca en polvo vil.
Nosotros, en cambio, vivimos las frías
mansiones del éter cuajado de mil claridades,

sin horas ni días,
sin sexos ni edades.
Y sus pecados y sus pasiones
y hasta sus crímenes nos son distracciones,
igual que el desfile de tantas estrellas por el firmamento
infinito y único es para nosotros el menor momento.
Viendo silenciosos sus pobres vidas inquietas,
mirando en silencio girar los planetas,
gozamos del gélido invierno espacial.
Al dragón celeste nos une amistad perdurable;
es nuestra existencia serena, inmutable,
nuestra eterna risa, serena y astral.

Luego llegó María, y después de una comida alegre me fui con ella a nuestro cuartito. Estuvo en esa noche más hermosa, más ardiente y más íntima que nunca, y me dio a gustar delicadezas y juegos que consideré como el límite del placer humano.

—María —dije—, eres pródiga hoy como una diosa. No nos mates por completo a los dos, que mañana es el baile de máscaras. ¿Qué clase de pareja va a ser la tuya en la fiesta? Temo, mi querida florecilla, que sea un príncipe de hadas y te rapte y no vuelvas ya nunca a mi lado. Hoy me quieres casi como se quieren los buenos amantes en el momento de la despedida, en la vez postrera. Ella oprimió los labios fuertemente a mi oído y susurró:

—¡Calla, Harry! Cada vez puede ser la última. Cuando Armanda te haga suyo, no volverás más a mi lado. Quizá sea mañana ya.

Nunca percibí el sentimiento característico de aquellos días, aquel doble estado de ánimo deliciosamente agridulce, de un modo más violento que en aquella noche víspera del baile. Lo que sentía era felicidad: la belleza y el abandono de María, el gozar, el palpar, el respirar cien delicadas y amables sensualidades, que yo había conocido tan tarde, como hombre ya de cierta edad, el chapoteo en una suave y ondulante ola de placer. Y, sin embargo, esto no era más que la cáscara; por dentro estaba todo lleno de significación, de tensión y de fatalidad, y en tanto yo estaba ocupado amable y delicadamente con las dulces y emotivas pequeñeces del amor, nadando al parecer en tibia ventura, me daba cuenta dentro del corazón de cómo mi destino se afanaba atropelladamente hacia adelante, corriendo impetuoso como un corcel bravío, cara al abismo, cara al precipicio, lleno de angustia, lleno de anhelos, entregado con complacencia a la muerte. Así como todavía hace poco me defendía con temor y espanto de la alegre frivolidad del amor exclusivamente sensual, y lo mismo que había sentido pánico ante la belleza rigente y dispuesta a entregarse de María, así sentía yo ahora también miedo a la muerte, pero un miedo consciente de que ya pronto habría de convertirse en total entrega y redención.

Mientras nosotros estábamos abismados calladamente en los juegos afanosos de nuestro amor, perteneciendo el uno al otro más íntimamente que nunca, se despedía mi alma de María y de todo lo que ella me había significado. Por ella aprendí a entregarme infantilmente una vez más en el último instante al jugueteo de la superficie, a buscar las alegrías más fugaces, a ser niño y bestia en la inocencia del sexo, un estado que en mi vida anterior sólo había conocido como excepción rara, pues la vida sensual y el sexo habían tenido para mí casi siempre el amargo sabor de culpa, el gusto dulce, pero timorato, de la fruta prohibida, ante la cual debe ponerse en guardia un hombre espiritual. Ahora, Armanda y María me habían enseñado este jardín en toda su inocencia; agradecido, había sido yo su huésped; pero pronto se hacía tiempo ya para mí de seguir andando, resultaba demasiado bonito y demasiado confortante este jardín. Seguir aspirando a la corona de la vida, seguir purgando la culpa infinita de la vida, era lo que me estaba reservado. Una vida fácil, un fácil amor, una muerte fácil no eran cosas para mí.

Por alusiones de la muchacha deduje que para el baile del día siguiente o a continuación de él, estaban planeados voluptuosidades y goces especialísimos. Quizá esto fuera el fin, quizá tuviese razón María con su presentimiento, y nosotros estábamos acostados aquella noche juntos por última vez. ¿Acaso empezaba mañana la nueva senda del destino? Yo estaba lleno de anhelos ardientes, lleno de angustia sofocante, y me agarré fuertemente y con fiereza a María, recorrí una vez más, ávido y ebrio, todos los senderos y malezas de su jardín, me cebé una vez más en la dulce fruta del árbol del paraíso.

***

Recuperé al día siguiente el sueño perdido aquella noche. Por la mañana tomé un coche y fui a darme un baño; luego a casa, muerto de cansancio; puse a oscuras mi alcoba; al desnudarme encontré en el bolsillo mi poesía, la olvidé otra vez, me acosté inmediatamente, olvidé a María, a Armanda y al baile de máscaras, y dormí durante todo el día. Cuando a la tarde me levanté, hasta que no estaba afeitándome no me volví a acordar de que una hora después empezaba ya la fiesta y yo tenía que sacar una camisa para el frac. De buen humor acabé de arreglarme y salí, para ir primeramente a comer en cualquier lado.

Era el primer baile de máscaras al que yo concurría. Es verdad que en otros tiempos había visitado acá y allá estas fiestas, a veces hasta encontrándolas bonitas, pero no había bailado nunca y había sido tan sólo espectador, y siempre me había resultado cómico el entusiasmo con que oía hablar a otros de estas fiestas y hallar en ellas una diversión. Pero en el día de hoy era el baile también para mí un acontecimiento, del que me alegraba con impaciencia y no sin miedo. Como no tenía que llevar a ninguna señora, decidí no ir hasta tarde; esto me lo había recomendado también Armanda.

Al Casco de Acero, mi refugio de otros tiempos, donde los hombres desengañados perdían sentados las noches, libaban su vino y jugaban a los solteros, iba yo ya rara vez en la última época; ya no se adecuaba al estilo de mi vida presente. Pero esta noche me sentí de nuevo atraído hacia allí como cosa enteramente natural. En el estado de ánimo, a un tiempo alegre y temeroso, de fatalidad y despedida, que me dominaba en aquella época, adquirían todos los pasos y lugares de mis recuerdos una vez más el brillo dolorosamente hermoso del pasado, y así también el pequeño cafetín lleno de humo, donde no ha mucho aún contaba yo entre los parroquianos y donde todavía hace poco bastaba el narcótico primitivo de una botella de vino de la tierra para poder irme por una noche más a mi cama solitaria y para poder aguantar la vida por otro día más. Desde entonces había gustado otros remedios, excitantes más fuertes, había ingerido venenos más dulces. Sonriente, pisé el viejo local y fui recibido por el saludo de la hostelera y una inclinación de cabeza de los silenciosos parroquianos. Me recomendaron y me sirvieron un pequeño pollo asado, el vino nuevo de la Alsacia corrió claro en el vaso rústico y de un dedo de grueso; amablemente me miraban las limpias y blancas mesas de madera, la vieja vajilla gualda. Y en tanto yo comía y bebía, iba aumentando dentro de mí este sentimiento de marchitez y de fiesta de despedida, este sentimiento dulce e íntimamente doloroso de mezcla con todos los escenarios y cosas de mi vida anterior, que no había sido resuelta nunca por completo, pero cuya solución estaba ahora a punto de madurar. El hombre "moderno" llama a esto sentimentalismo; no ama ya las cosas, ni siquiera lo que le es más sagrado, el automóvil, que espera poder cambiar lo antes posible por otra marca mejor. Este hombre moderno es decidido, sano, activo, sereno y austero, un tipo admirable; se portará a las mil maravillas en la próxima guerra. No me importaba nada; yo no era un hombre moderno ni tampoco enteramente pasado de moda; me había salido de la época y seguía adelante acercándome a la muerte, dispuesto a morir. No tenía aversión a sentimentalismos, estaba contento y agradecido de notar en mi abrasado corazón todavía algo así como sentimientos. De esta manera me entregué a los recuerdos del viejo cafetín, a mi apego a las viejas y toscas sillas; me entregué al vaho de humo y de vino, al sentido esfumado del hábito, de calor y de semejanza de hogar que tenía para mí todo aquello. El despedirse es hermoso, entona dulcemente. Me gustaba el asiento duro y mi vaso rústico, me gustaba el sabor fresco y las frutas del alsaciano, me gustaba la familiaridad con todo y con todos en este lugar; las caras de los bebedores acurrucados y soñadores, de los desengañados, cuyo hermano había sido yo mucho tiempo. Eran sentimentalidades burguesas las que yo sentía aquí, ligeramente salpicadas con un perfume de romanticismo pasado de moda, procedente de la época de muchacho, cuando el café, el vino y el cigarro eran aún cosas prohibidas, extrañas y magníficas. Pero no se alzó ningún Lobo Estepario para rechinar los dientes y hacer jirones mis sentimentalismos. Apaciblemente estuve sentado, inflamado por el pretérito, por la débil radiación de un astro que acababa de ponerse.

Llegó un vendedor ambulante con castañas asadas y le compré un puñado. Llegó una vieja con flores, le compré un par de claveles y se los regalé a la hostelera. Sólo cuando fui a pagar y busqué en vano el bolsillo acostumbrado, me di cuenta nuevamente de que iba de frac. ¡Baile de máscaras! ¡Armanda!

Pero aún era excesivamente temprano, no podía decidirme a ir a los salones del Globo. También me daba cuenta, como me había ocurrido en los últimos tiempos con todas estas diversiones, de algunos obstáculos y resistencias, una aversión a entrar en locales grandes, repletos de gente y bulliciosos, una timidez escolar ante la atmósfera extraña, ante el mundo de los elegantes, ante el baile.

Correteando, vine a pasar por un cine, vi brillar haces de rayos y gigantescos anuncios de colores; pasé de largo unos metros, volví otra vez y entré. Allí podía yo estar sentado bonitamente en la oscuridad hasta eso de las once. Conducido por el botones con la linterna, tropecé con las cortinas y di en el salón en tinieblas, encontré un sitio y de pronto estuve en medio del Antiguo Testamento. El largometraje era uno de esos que se dicen producidos con gran lujo y refinamiento no para ganar dinero, sino con fines nobles y santos, y al cual, por las tardes, hasta escolares eran llevados por sus profesores de religión. Allí se representaba la historia de Moisés y de los israelitas en Egipto con un enorme aparato de hombres, caballos, camellos, palacios, pompa faraónica y fatigas de los judíos en la arena abrasadora del desierto. Vi a Moisés, peinado un poco según el modelo de Walt Whitman, un magnífico Moisés de guardarropía, caminando por el desierto, delante de los judíos, fogoso y sombrío, con su largo báculo y con pasos como Wotan. Lo vi junto al mar Rojo implorando a Dios y vi separarse al mar Rojo dejando libre una calle, un desfiladero entre altas montañas de agua (los catecúmenos llevados por el párroco a este film religioso podían discutir largamente sobre la manera cómo los directores de la película habían operado esta escena); vi atravesar por el desfiladero al profeta y al pueblo temeroso; aparecer detrás de ellos a los carros del Faraón; vi vacilar y con miedo a los egipcios a la orilla del mar y luego aventurarse dentro valerosamente, y vi cerrarse los montes de agua sobre el magnífico Faraón con su armadura de oro y sobre todos sus carros y guerreros, no sin acordarme de un dúo para dos bajos de Händel, en donde se canta magistralmente este acontecimiento. Vi después con transparencia a Moisés subir al Sinaí, un héroe sombrío en un sombrío páramo de piedras, y presencié cómo allí Jehová le transmitía los diez mandamientos por medio de tempestad, relámpagos y truenos, en tanto que su pueblo indigno al pie de la montaña erigía el ternero de oro y se entregaba a placeres bastante impetuosos. Me resultaba tan extraño e increíble presenciar todo esto, ver cómo, ante un público agradecido que calladamente devoraba sus panecillos, se representaba, por sólo el dinero del billete, las historias sagradas, sus héroes y milagros, que derramaron sobre nuestra infancia el primer presentimiento de otro mundo, de algo sobrehumano; un lindo ejemplo minúsculo del gigantesco saldo y liquidación de cultura de esta época. Dios mío, para evitar esta repugnancia hubiese sido preferible que sucumbieran también entonces, además de los egipcios, los judíos y todo el género humano, logrando una muerte violenta y digna, en lugar de esta afrentosa muerte aparente y mediocre que hoy sufrimos nosotros. ¡Mil veces preferible!

Mis secretos obstáculos, mi miedo inconfesado al baile de máscaras, no se habían aminorado con el cine y sus estímulos, sino que habían crecido de un modo desagradable, y yo, pensando en Armanda, hube de hacer un esfuerzo para que, por último, me llevara un coche a los salones del Globo y entrar. Se había hecho tarde y el baile estaba en marcha hacía tiempo. Tímido y perplejo, me vi envuelto al punto, antes de quitarme el abrigo, en un violento torbellino de máscaras, fui empujado sin miramientos; muchachas me invitaban a visitar los cuartos del champaña, *clowns* me daban golpes en la espalda y me llamaban de tú. No les hacía caso, a empujones me abrí camino trabajosamente por los locales sobrellenos hasta llegar al guardarropa, y cuando me dieron el número lo guardé con gran cuidado en el bolsillo, pensando que acaso ya pronto lo necesitase otra vez, cuando estuviera harto del bullicio.

En todas las estancias del gran edificio había fiebre de fiesta, en todos los salones se bailaba, hasta en el sótano, todos los pasillos y escaleras estaban abarrotados de máscaras, de baile, de música, de carcajadas y barullo. Apretujado me fui deslizando por entre la multitud, desde la orquesta de negros hasta la murga de aldea, desde el radiante gran salón principal, por los pasillos y escaleras, por los bares, hasta los *buffets* y los cuartos del champaña. En la mayor parte de las paredes pendían las fieras y alegres pinturas de los artistas modernísimos.

Todo el mundo estaba allí, artistas, periodistas, profesores, hombres de negocios, además, naturalmente, toda la gente de viso de la ciudad. Formando en una de las orquestas estaba sentado míster Pablo, soplando con entusiasmo en su tubo arqueado; cuando me conoció, me lanzó con estrépito su saludo musical. Empujado por el gentío, fui pasando por diversos aposentos, subí y bajé escaleras; un pasillo en el sótano había sido dispuesto por los artistas como infierno, y una murga de demonios armaba allí una frenética algarabía. Luego empecé a buscar con la vista a Armanda y a María, traté de encontrarlas, me esforcé varias veces por penetrar en el salón principal, pero me perdía siempre o me hallaba de cara con la corriente de la multitud. Hacia media noche aún no había encontrado a nadie; aun cuando todavía no me había decidido a bailar, ya tenía calor y me sentía mareado, me tiré en la silla más cercana, entre gente extraña toda, me hice servir vino y encontré que el asistir a estas fiestas bulliciosas no era cosa para un hombre viejo como yo. Resignado, bebí mi vaso de vino, miré absorto los brazos y las espaldas desnudas de las mujeres, vi pasar flotando innúmeras máscaras grotescas, me dejé dar empellones y sin decir una palabra hice seguir su camino a un par de muchachas que querían sentarse sobre mis rodillas o bailar conmigo. "Viejo oso gruñón", gritó una, y tenía razón. Decidí infundirme algo de valor y de humor bebiendo, pero tampoco el vino me hacía bien, apenas pude apurar el segundo vaso. Y poco a poco fui sintiendo cómo el Lobo Estepario estaba detrás de mí y me sacaba la lengua. No se podía hacer nada conmigo, yo estaba allí en falso lugar. Había ido con la mejor intención, pero no podía animarme, y la alegría bulliciosa y zumbante, las risotadas y todo el frenesí en torno mío se me antojaba necio y forzado.

Así sucedió que, a eso de la una, desengañado y de mal talante, me escabullí hacia atrás al guardarropa, para ponerme el gabán y marcharme. Era una derrota, un retroceso al Lobo Estepario, y no sé si Armanda me lo perdonaría. Pero yo no podía hacer otra cosa.

En el penoso camino a través de las apreturas hasta el guardarropa, había vuelto a mirar con cuidado a todas partes, por si veía a alguna de las amigas. En vano. Por fin estuve de pie ante el mostrador, el hombre cortés del otro lado alargaba ya la mano esperando mi número, yo busqué en el bolsillo del chaleco, ¡el número ya no estaba allí! Diablo, no faltaba más que esto. Varias veces, durante mis tristes correrías por los salones, cuando estuve sentado ante el vino insulso, había metido la mano en el bolsillo, luchando con la resolución de volver a marcharme, y siempre había notado en su sitio la contraseña plana y redonda. Y ahora había desaparecido. Todo se me ponía mal.

—¿Has perdido la contraseña? —me preguntó con voz chillona un pequeño diablo rojo y amarillo, a mi lado—. Ahí puedes quedarte con la mía, compañero —y me la alargó efectivamente—. Mientras yo la tomaba de un modo mecánico y le daba vueltas en los dedos, había desaparecido el ágil diablejo.

Pero cuando hube levantado hasta los ojos la redonda moneda de cartón, para ver el número, allí no había número alguno, sino unos garabatos de letra pequeña. Rogué al hombre del guardarropa que esperara, fui bajo la lámpara más próxima y leí. Allí decía, en minúsculas letras vacilantes, difíciles de leer, algo borrosas:

Esta noche, a partir de las cuatro, Teatro Mágico
[sólo para locos]
La entrada cuesta la razón.
No para cualquiera. Armanda está en el infierno.

Como un polichinela cuyo alambre se le hubiera escapado de las manos por un momento al artista, vuelve a revivir tras una muerte corta y un estúpido letargo, toma parte de nuevo en el juego, bailotea y funciona otra vez; así yo también, llevado por el mágico alambre, volví a correr elástico, joven y afanoso al tumulto, del cual acababa de escaparme cansado, sin gana y viejo. Jamás ha tenido más prisa un pecador por llegar al infierno. Hace un instante me habían apretado los zapatos de charol, me había repugnado el aire perfumado y denso, me había aplanado el calor; ahora corría de prisa sobre mis pies alados, en el compás de *one step*, por todos los salones, camino del infierno; sentía el aire lleno de encanto, fui mecido y llevado por el calor, por toda la música zumbona, por el vértigo de colores, por el perfume de los hombros de las mujeres, por la embriaguez de cientos de personas, por la risa, por el compás del baile, por el brillo de todos los ojos inflamados. Una bailarina española voló a mis brazos:

—Baila conmigo.

—No puede ser —dije—, voy al infierno. Pero un beso tuyo me lo llevo con gusto. La boca roja bajo el antifaz vino a mi encuentro, y sólo entonces, en el beso, reconocí a María. La apreté en mis brazos, como una fragante rosa de verano florecía su boca plena. Y luego bailamos, claro está, con los labios todavía juntos, y pasamos bailando cerca de Pablo, este pendía enamorado de su tubo acústico que aullaba tiernamente; radiante y semiausente nos acogió su hermosa mirada inteligente. Pero antes de que hubiésemos dado veinte pasos de baile, se interrumpió la música, con disgusto solté a María de mis manos.

—Me hubiese gustado bailar contigo otra vez —dije, embriagado por su calor—; sigue conmigo unos pasos, María; estoy enamorado de tu hermoso brazo; ¡déjamelo todavía un momento! Pero, mira, Armanda me ha llamado. Está en el infierno.

—Me lo figuré. Adiós, Harry; yo sigo queriéndote.

Se despidió. Despedida era, otoño era, sino era, lo que me había dejado el perfume de la rosa de verano tan plena y tan fragante. Seguí corriendo a través de los largos pasillos llenos de tiernas apreturas y por las escaleras abajo hacia el infierno. Allí ardían en los muros, negros como la pez, lámparas chillonas y malignas, y la orquesta de diablos tocaba febril. En una alta silla del bar había sentado un joven bello sin careta, de frac, el cual me pasó revista brevemente con una mirada burlona. Fui oprimido contra la pared por el torbellino del baile; unas veinte parejas bailaban en el pequeñísimo espacio. Ávido y temeroso observé a todas las mujeres; la mayoría aún llevaban antifaz; algunas me miraban riendo; pero ninguna era Armanda. Burlón miraba el bello jovenzuelo hacia abajo desde su alta silla de bar. Pensé que en el próximo intermedio del baile llegaría ella y me llamaría. El baile acabó, pero no vino nadie.

Pasé al otro lado, al bar, que estaba embutido en un rincón de la pequeña estancia baja de techo. Fui a ponerme junto a la silla del jovencito y me hice servir whisky. Mientras bebía, vi el perfil del joven; parecía tan conocido y encantador como un retrato de tiempo muy remoto, valioso por el silente velo polvoriento del pasado. ¡Oh, en aquel momento sufrí una sacudida! ¡Sí, era Armando, mi amigo de la infancia!

—¡Armando! —dije a media voz.

Él sonrió.

—Harry, ¿me has encontrado?

Era Armanda, sólo un poco alterado el peinado y ligeramente pintada. Su rostro inteligente me miró de un modo singular con toda su palidez, asomándose a su cuello tieso de moda; llamativamente pequeñas, surgían sus manos de las amplias mangas negras del frac y de los puños blancos, y llamativamente lindos surgían sus pies en botines de seda blanca y negra de los negros pantalones largos.

—¿Es este el traje, Armanda, con el que quieres hacer que me enamore de ti?

—Hasta ahora —asintió ella— sólo he enamorado a algunas señoras. Pero ahora te toca a ti el turno. Bebamos antes una copa de champaña.

Así lo hicimos, agachados sobre nuestras altas sillas del bar, en tanto que a nuestro lado continuaba el baile y se hinchaba la cálida y violenta música. Y sin que Armanda pareciera esforzarse en absoluto por lograrlo, me enamoré muy pronto de ella. Como iba vestida de hombre, no podíamos bailar, no podía permitirme ninguna caricia, ningún ataque; y mientras aparecía alejada y neutral en su disfraz masculino, me iba envolviendo en miradas, en palabras y gestos, con todos los encantos de su feminidad. Sin haber llegado a tocarla siquiera, sucumbí a su encanto, y esta misma magia seguía en su papel, era un poco hermafrodita. Pues ella estuvo conversando conmigo acerca de Armando y de la niñez, la mía y la suya propia, aquellos años anteriores a la madurez sexual, en los cuales la capacidad de amar abarca no sólo a los sexos, sino a todo y a todas las cosas, lo material y lo espiritual, y todo dotado de la magia del amor y de la fabulosa capacidad de transformación, que únicamente a los elegidos y a los poetas les retorna a veces en las últimas épocas de la vida. Ella representaba perfectamente su papel de mozalbete, fumaba cigarrillos y charlaba ingeniosa y con soltura, a menudo un poco burlona; pero todo estaba impregnado por Eros, todo se transmutaba en linda seducción al pasar a mis sentidos.

¡Qué bien y qué exactamente había creído yo conocer a Armanda y cuán nueva del todo se me revelaba en esta noche! ¡De qué manera tan dulce e imperceptible me tendía la anhelada red, de qué forma tan divertida y embrujada me daba a beber el dulce veneno!

Estuvimos sentados charlando y bebiendo champaña. Dimos, curiosos, una vuelta por los salones, como descubridores aventureros; estuvimos observando diversas parejas y acechamos sus juegos de amor. Ella me mostraba mujeres con las que me incitaba a bailar, y me daba consejos acerca de las artes de seducción que había que emplear con esta y con aquella. Nos presentamos como rivales, hicimos la corte los dos un rato a la misma mujer, bailamos alternativamente con ella, tratando los dos de conquistarla. Y, sin embargo, todo esto no era más que juego de máscaras, era sólo una diversión entre nosotros dos que nos enlazaba a ambos más estrechamente, nos inflamaba más al uno para el otro. Todo era cuento de hadas, todo estaba enriquecido con una dimensión de más, con una nueva significación; todo era juego y símbolo. Vimos a una mujer joven, muy hermosa, que parecía algo apenada y descontenta. Armando bailó con ella, la puso hecha un ascua, se la llevó a un quiosco de champaña, y me contó después que había conquistado a aquella mujer no como hombre, sino como mujer, con la magia de Lesbos. Pero a mí, poco a poco, todo este palacio bullicioso lleno de salones en los que zumbaba el baile, esta ebria multitud de máscaras, se me convertía en un desenfrenado paraíso de ensueño; una y otra flor me seducían con su perfume, con una fruta y con otra estuve jugueteando, examinándolas con los dedos; serpientes me miraban seductoras desde verdes sombras de follaje; la flor del loto se alzaba espiritual sobre el negro cieno; pájaros encantados incitaban desde la enramada, y, sin embargo, todo no hacía más que llevarme al fin anhelado, todo me invitaba cada vez más con afán ardiente hacia la única. Un momento bailé con una muchacha desconocida, entusiasmado, conquistador; la arrastré al vértigo y a la embriaguez, y, mientras flotábamos en lo irreal, dijo ella, riendo, de pronto:

—Estás desconocido. A primera hora te encontrabas tan tonto y tan insípido...

Y reconocí a la que horas antes me había llamado "viejo oso gruñón". Ahora creyó haberme conseguido; pero al baile siguiente era ya otra la que me enardecía. Bailé dos horas o aún más, sin parar, todos los bailes, muchos que no había aprendido nunca. Una y otra vez aparecía a mi lado Armando, el joven sonriente, me saludaba con la cabeza, desaparecía de nuevo en el tumulto.

En esta noche de baile se me logró un acontecimiento que me había sido desconocido durante cincuenta años, aun cuando lo ha experimentado cualquier tobillera y cualquier estudiante: el suceso de una fiesta, la embriaguez de la comunidad en una fiesta, el secreto de la pérdida de la personalidad entre la multitud, de la unión mística de la alegría. Con frecuencia había oído hablar de ello, era conocido de toda criada de servir, y con frecuencia había visto brillar los ojos del narrador y siempre me había sonreído un poco con aire de superioridad, un poco con envidia. Aquel brillo en los ojos ebrios de un desplazado, de un redimido de sí mismo; aquella sonrisa y aquel decaimiento medio extraviado del que se deshace en el torbellino de la comunidad, lo había visto cien veces en la vida, en ejemplos nobles y plebeyos, en reclutas y en marineros borrachos, lo mismo que en grandes artistas en el entusiasmo de representaciones solemnes, y no menos en soldados jóvenes al ir a la guerra, y aun en época recentísima había admirado, amado, ridiculizado y envidiado este fulgor y esta sonrisa del que se encuentra felizmente fuera de lugar, en mi amigo Pablo, cuando él, dichoso en el estruendo de la música, estaba pendiente de su saxofón en la orquesta, o miraba arrobado y en éxtasis al director, al tambor o al hombre con el banjo.

A veces había pensado que esta sonrisa, este fulgor infantil, no sería posible más que a personas muy jóvenes y a aquellos pueblos que no podían permitirse una fuerte individuación y diferenciación de los hombres en particular. Pero hoy, en esta bendita noche, irradiaba yo mismo, el Lobo Estepario Harry, esta sonrisa, nadaba yo mismo en esta felicidad honda, infantil, de fábula; respiraba yo mismo este dulce sueño y esta embriaguez de comunidad, de música y de ritmo, de vino y de placer sexual, cuyo elogio en la referencia de un baile dada por cualquier estudiante había escuchado yo tantas veces con un poco de soma y con aire de pobre suficiencia. Yo ya no era yo; mi personalidad se había disuelto en el torrente de la fiesta como la sal en el agua. Bailé con muchas mujeres; también que nadaban conmigo en el mismo salón, en el mismo baile, en la misma música, y cuyas caras radiantes flotaban delante de mi vista como grandes flores fantásticas; todas me pertenecían, a todas pertenecía yo, todos participábamos unos de otros. Y hasta los hombres había que contarlos también; también en ellos estaba yo; tampoco ellos me eran extraños a mí; su sonrisa era la mía, sus aspiraciones mis aspiraciones, mis deseos los suyos.

Un baile nuevo, un fox-trot, titulado *Yearning*, se apoderaba del mundo aquel invierno. Una y otra vez tocaron este *Yearning*, y no dejaban de pedirlo nuevamente; todos estábamos impregnados de él y embriagados; todos íbamos tarareando su melodía. Bailé sin interrupción con todas las que encontraba en mi camino, con jovencitas, con señoras jóvenes florecientes, con otras en plena madurez estival y con las que empezaban a marchitarse melancólicamente: por todas ellas encantado, sonriente, feliz, radiante. Y cuando Pablo me vio entusiasmado de este modo, a mí, a quien había tenido siempre por un pobre diablo muy digno de lástima, entonces me miró venturoso con sus ojos de fuego, se levantó entusiasmado de su asiento en la orquesta, sopló con violencia en su cuerna, se subió de pie encima de la silla, y desde allí arriba soplaba hinchando los carrillos y balanceándose con el instrumento fiera y dichosamente al compás del *Yearning*, y yo y mi pareja le tirábamos besos con la mano y acompañábamos la música cantando a grandes voces. "¡Ah —pensaba yo entretanto—, ya puede sucederme lo que quiera; ya he sido yo también feliz por una vez, radiante, desligado de mí mismo: un hermano de Pablo, un niño!"

Había perdido la noción del tiempo; no sé cuántas horas o cuántos instantes duró esta dicha embriagadora. Tampoco me daba cuenta de que la fiesta, cuanto más al rojo se iba poniendo, se comprimía en un espacio tanto más reducido. La mayor parte de la gente se había ido ya; en los pasillos se había hecho el silencio, y estaban apagadas muchas de las luces; la escalera estaba desierta; en los salones de arriba, una orquesta tras la otra había enmudecido y se había marchado; únicamente en el salón principal y en el infierno, allá abajo, se agitaba todavía el abigarrado frenesí de la fiesta, que aumentaba en ardor constantemente. Como no podía bailar con Armanda, el jovenzuelo, sólo habíamos podido volver a encontrarnos y a saludarnos rápidamente en los intermedios del baile, y últimamente se me había eclipsado en absoluto, no sólo a la vista, sino también al pensamiento. Ya no había pensamientos. Yo flotaba disuelto en el embriagado torbellino del baile, alcanzado por notas, suspiros, perfumes, saludado por ojos extraños, inflamado, rodeado de rostros, mejillas, labios, rodillas, pechos y brazos desconocidos, arrojado de un lado para otro por la música como en un oleaje acompasado.

Entonces vi de pronto, en un momento de media lucidez, entre los últimos huéspedes que aún quedaban llenando ahora uno de los salones pequeños, el último en el que aún resonaba la música; entonces vi de pronto una negra Pierrette con la cara pintada de blanco, una hermosa y fresca muchacha, la única cubierta con un antifaz, una figura encantadora que yo no había visto aún en toda la noche. Mientras que a todas las demás se les conocía lo tarde que era en los rostros encendidos, los trajes en desorden, los cuellos y las chorreras arrugados, estaba la negra Pierrette rozagante y pulcra con su rostro blanco tras la careta, en un vestido impecable, con la gola intacta, los puños de pico brillantes y con un peinado recién hecho. Me sentí atraído hacia ella, la tomé por el talle y nos pusimos a bailar. Plena de aroma, su gola me hacía cosquillas en la barba, me rozó la cara su cabello; con más delicadeza y con mayor intimidad que cualquiera otra bailarina de esta noche, respondía su cuerpo mórbido y juvenil a mis movimientos, los evitaba, y jugueteando obligaba, seductora, cada vez a nuevos contactos. Y de pronto, al inclinarme durante el baile buscando su boca con la mía, sonrió aquella boca con un aire superior y de antigua familiaridad; reconocí la firme barbilla, reconocí feliz los hombros, los codos, las manos. Era Armanda, ya no era Armando, cambiada de traje, perfumada ligeramente y con muy pocos polvos en la cara. Ardientes se juntaron nuestros labios, un instante se plegó a mí todo su cuerpo hasta abajo a las rodillas, llena de deseo y de abandono; luego me retiró su boca y bailó muy discreta y huyendo.

Cuando acabó la música nos quedamos de pie, abrazados; todas las parejas, enardecidas a nuestro alrededor, aplaudían, daban golpes en el suelo con los pies, gritaban, hostigaban a la agotada orquesta para que repitiera el *Yearning*. Y en aquel momento percibimos todos la mañana, vimos la pálida luz tras las cortinas, nos dimos cuenta del cercano fin del placer, presentimos próximo el cansancio y nos precipitamos ciegos, con grandes risotadas y desesperados otra vez en el baile, en la música, en la marea de luz, tomamos frenéticos el compás, apretadas unas parejas junto a otras, sentimos una vez más, dichosos, que nos tragaba el inmenso oleaje. En este baile abandonó Armanda su superioridad, su burla, su frialdad: sabía que ya no necesitaba hacer nada para enamorarme. Yo era suyo. Y ella se entregó en el baile, en las miradas, en los besos, en la sonrisa. Todas las mujeres de esta noche febril, todas aquellas con quienes yo había bailado, todas las que yo había inflamado y las que me habían inflamado a mí, aquellas a las que yo había solicitado y a las que me había plegado lleno de ilusión, todas a las que había mirado con ansias de amor, se habían fundido y estaban convertidas en una sola y única que florecía en mis brazos.

Mucho tiempo duró este baile de boda. Dos y tres veces enmudeció la orquesta, dejaron caer los músicos sus instrumentos, se separó el pianista del teclado, movió la cabeza negativamente el primer violín; pero siempre fueron enardecidos de nuevo tocaban más de prisa, tocaban de una manera más salvaje. Luego —nosotros aún estábamos abrazados y respirando penosamente por el último baile afanoso— se cerró de un golpe seco la tapa del piano, cayeron cansados nuestros brazos como los de los trompeteros y violinistas, y el tocador de flauta guiñó los ojos y guardó el instrumento en su funda, se abrieron las puertas y entró a torrentes el aire frío, aparecieron unos camareros con manteles y el encargado del bar apagó la luz. Todo el mundo se dispersó con horror y como espectros; los bailarines, que hasta entonces estaban enardecidos con calor, se embutieron escalofriantes en sus abrigos y se subieron los cuellos. Armanda estaba allí de pie, pálida, pero sonriente. Poco a poco levantó los brazos y se echó para atrás el cabello, brilló a la luz su axila, una tenue sombra infinitamente delicada corría desde allí hacia el pecho oculto, y la pequeña línea ligera de sombras me pareció abarcar, como una sonrisa, todos sus encantos, todos los jugueteos y posibilidades de su hermoso cuerpo.

Allí estábamos los dos, mirándonos, los últimos en el salón, los últimos en el edificio. En alguna parte, abajo, oí cerrar una puerta, romperse una copa, perderse unas risas ahogadas, mezcladas con el estruendo maligno y raudo de los automóviles que arrancaban. En alguna parte, a una distancia y a una altura imprecisas, oí resonar una carcajada, una carcajada extraordinariamente clara y alegre y, sin embargo, horrible y extraña, una risa como de hielo y de cristal, luminosa y radiante, pero inexorable y fría. ¿De dónde me sonaba a conocida esta risa extraña? No podía darme cuenta.

Allí estábamos los dos mirándonos. Por un momento me desperté y volví a tener plena conciencia de las cosas, sentí que por la espalda me invadía un enorme cansancio, sentí en mi cuerpo desagradablemente húmedas y tibias las ropas resudadas, vi sobresalir de los puños arrugados y reblandecidos por el sudor mis manos encarnadas y con las venas gruesas. Pero inmediatamente pasó esto otra vez, lo borró una mirada de Armanda. Ante su mirada, por la cual parecía estar mirándome mi propia alma, se derrumbó toda la realidad, hasta la realidad de mi deseo sensual hacia ella. Encantados nos miramos el uno al otro, me miré a mí mi pobre alma pequeña.

—¿Estás dispuesto? —preguntó Armanda, y se disipó su sonrisa, lo mismo que se había disipado la sombra sobre su pecho. Lejana y elevada resonó aquella extraña risa en espacios desconocidos.

Asentí. ¡Oh, ya lo creo, estaba dispuesto!

Ahora apareció en la puerta Pablo, el músico, y nos deslumbró con sus ojos alegres, que realmente eran ojos irracionales; pero los ojos de los animales están siempre serios, y los suyos reían sin cesar, y su risa los convertía en ojos humanos. Con toda su cordial amabilidad nos hizo una seña. Tenía puesto un batín de seda de colores sobre cuyas vueltas encarnadas aparecían notablemente marchitos y descoloridos el cuello reblandecido de su camisa y su rostro fatigado y pálido; pero los negros ojos radiantes borraban esto. También borraban la realidad, también me encantaban.

Seguimos su seña, y en la puerta me dijo a mí en voz baja:

—Hermano Harry, invito a usted a una pequeña diversión. Entrada sólo para locos, cuesta la razón. ¿Está usted dispuesto?

De nuevo asentí.

¡Amable sujeto! Delicada y cuidadosamente nos tomó del brazo, a Armanda a la derecha, a mí a la izquierda, y nos llevó por una escalera a una pequeña habitación redonda, alumbrada de azul desde arriba y casi completamente vacía; no había dentro más que una pequeña mesa redonda y tres butacas, en las que nos sentamos.

¿Dónde estábamos? ¿Estaba yo durmiendo? ¿Me encontraba en mi casa? ¿Iba sentado en un auto caminando? No, estaba sentado en la habitación redonda iluminada de azul, en una atmósfera enrarecida, en una capa de realidad que se había hecho muy tenue. ¿Por qué estaba Armanda tan pálida? ¿Por qué hablaba Pablo tanto? ¿No era acaso yo mismo quien le hacía hablar, quien hablaba por él? ¿No era acaso también sólo mi propia alma, el ave temerosa y perdida, la que me miraba por sus ojos negros, lo mismo que por los ojos grises de Armanda?

Con toda su bondad amable y un poco ceremoniosa nos miraba Pablo y hablaba, hablaba mucho y largamente. Él, a quien yo no había oído hablar seguido, a quien no interesaban las disputas ni los formalismos, a quien yo apenas concedía una idea, estaba hablando ahora, charlaba corrientemente y sin faltas, con su voz buena y cálida:

—Amigos, los he invitado a una diversión, que Harry está deseando hace ya mucho tiempo, con la que ha soñado muchas veces. Un poco tarde es, y probablemente estamos todos algo cansados. Por eso vamos a descansar aquí antes y a fortalecernos.

De un nicho que había en la pared tomó tres vasitos y una pequeña botella singular. Sacó una cauta exótica de madera de colores, llenó de la botella los tres vasitos, tomó de la caja tres cigarrillos delgados, largos y amarillos, sacó de su batín de seda un encendedor y nos ofreció fuego. Cada uno de nosotros, recostado en su butaca, se puso entonces a fumar lentamente su cigarrillo, cuyo humo era espeso como el incienso, y a pequeños y lentos sorbos bebimos el líquido agridulce, que sabía a algo extrañamente desconocido y exótico, y que, en efecto, actuaba animando extraordinariamente y haciendo feliz, como si lo llenasen a uno de gas y perdiera su gravedad. Así estuvimos sentados fumando a pequeñas chupadas, descansando y saboreando los vasos, sentimos que nos aligerábamos y que nos poníamos alegres. Además, hablaba Pablo amortiguadamente con su cálida voz:

—Es para mí una alegría, querido Harry, poder hacerle a usted hoy un poco los honores. Muchas veces ha estado usted muy cansado de la vida; usted se afanaba por salir de aquí, ¿no es verdad? Anhelaba abandonar este tiempo, este mundo, esta realidad, y entrar en otra realidad más adecuada a usted, en un mundo sin tiempo.

Hágalo usted, querido amigo, yo le invito a ello. Usted sabe muy bien dónde se oculta ese otro mundo, y que lo que usted busca es el mundo de su propia alma. Únicamente dentro de su mismo interior vive aquella otra realidad por la que usted suspira. Yo no puedo darle nada que no exista ya dentro de usted. Yo no puedo presentarle ninguna otra galería de cuadros que la de su alma. No puedo dar a usted nada: sólo la ocasión, el impulso, la clave. Yo he de ayudar a hacer visible su propio mundo; esto es todo. Metió otra vez la mano en el bolsillo de su batín policromo y sacó un espejo redondo de mano.

—Vea usted: así se ha visto usted hasta ahora.

Me tuvo el espejito delante de los ojos (se me ocurrió un verso infantil: "Espejito, espejito en mi mano") y vi, algo esfumado y nebuloso, un retrato siniestro que se agitaba, trabajaba y fermentaba dentro de sí mismo: vi a mi propia imagen, a Harry Haller, y dentro de este Harry, al Lobo Estepario, un lobo hermoso y farruco, pero con una mirada descarriada y temerosa, con los ojos brillantes, a ratos fiero y a ratos triste, y esta figura de lobo fluía en incesante movimiento por el interior de Harry, lo mismo que en un río un afluente de otro color enturbia y remueve, en lucha penosa, infiltrándose el uno en el otro, llenos de afán incumplido de concreción. Triste, triste me miraba el lobo deshecho, a medio conformar, con sus tímidos ojos hermosos.

—Así se ha visto usted siempre —repitió Pablo dulcemente, y volvió a guardar el espejo en el bolsillo.

Agradecido, cerré los ojos y tomé un sorbito del elixir.

—Ya hemos descansado —dijo Pablo—, nos hemos fortalecido y hemos charlado un poco. Si ya no están cansados, entonces voy a llevaros ahora a mis vistas y a enseñaros mi pequeño teatro. ¿Están conformes?

Nos levantamos. Pablo iba delante, sonriente; abrió una puerta, descorrió una cortina y nos encontramos en el pasillo redondo, en forma de herradura, de un teatro exactamente en el centro, y a ambos lados el corredor, en forma de arco, ofrecía un número grandísimo, un número increíble de estrechas puertas de palcos.

—Este es mi teatro —explicó Pablo—, un teatro divertido; es de esperar que encuentren toda clase de cosas para reír.

Y al decir esto, reía él con estrépito, sólo un par de notas, pero ellas me atravesaron violentamente; era otra vez la risa clara y extraña que ya antes había oído resonar desde arriba.

—Mi teatrito tiene tantas puertas de palcos como quieran: diez, o cien, o mil, y detrás de cada puerta los espera lo que estén buscando precisamente. Es una bonita galería de vistas, caro amigo; pero no le serviría de nada recorrerlo así como está usted. Se encontraría atado y deslumbrado por lo que viene usted llamando su personalidad. Sin duda ha adivinado usted hace mucho que el dominio del tiempo, la redención de la realidad y cualesquiera que sean los nombres que haya dado a sus anhelos, no representan otra cosa que el deseo de desprenderse de su llamada personalidad. Esta es la cárcel que lo aprisiona. Y si usted, tal como está, entrase en el teatro, lo vería todo con los ojos de Harry, todo a través de las viejas gafas del Lobo Estepario. Por eso se le invita a que se desprenda de sus gafas y a que tenga la bondad de dejar esa muy honorable personalidad aquí en el guardarropa, donde volverá a tenerla a su disposición en el momento en que lo desee. La preciosa noche de baile que tiene usted tras sí, el *Tractat* del Lobo Estepario y, finalmente, el pequeño excitante que acabamos de tomarnos, lo habrán preparado sin duda suficientemente. Usted, Harry, después de quitarse su respetable personalidad, tendrá a su disposición el lado izquierdo del teatro; Armanda, el derecho; en el interior pueden ustedes volver a encontrarse cuantas veces quieran. Haz el favor, Armanda, de irte por ahora detrás de la cortina; voy a iniciar primeramente a Harry.

Armanda desapareció hacia la derecha, pasando por delante de un gran espejo que cubría la pared desde el suelo hasta el techo.

—Así, Harry, venga usted y esté muy contento. Ponerlo de buen humor, enseñarle a reír, es la finalidad de todos estos preparativos; yo espero que usted se abrevie el camino. Usted se encuentra perfectamente, ¿no es eso? ¿Sí? ¿No tendrá usted miedo? Está bien, muy bien. Ahora, sin temor y con cordial alegría, va usted a entrar en nuestro mundo fantástico, empezando, como es costumbre, por un pequeño suicidio aparente.

Volvió a sacar otra vez el pequeño espejo del bolsillo y me lo puso delante de la cara. De nuevo me miró el Harry desconcertado y nebuloso e infiltrado de la figura del lobo que se debatía dentro, un cuadro que me era bien conocido y que en verdad no me resultaba simpático, cuya destrucción no me daba cuidado alguno.

—Esta imagen, de la que ya se puede prescindir, tiene usted ahora que extinguirla, caro amigo; otra cosa no hace falta. Basta con que usted, cuando su humor lo permita, observe esta imagen con una risa sincera. Usted está aquí en una escuela de humorismo, tiene que aprender a reír. Pues todo humorismo superior empieza porque ya no se toma en serio a la propia persona.

Miré con fijeza en el espejito, espejito en la mano, en el cual el lobo Harry ejecutaba sus sacudidas. Por un instante sentí yo también unos sacudimientos dentro de mí, muy hondos, calladamente, pero dolorosos, como recuerdo, como nostalgia, como arrepentimiento. Luego cedió la ligera opresión a un sentimiento nuevo, parecido a aquel que se nota cuando se extrae un diente enfermo de la mandíbula anestesiada con cocaína, una sensación de aligeramiento, de ensancharse el pecho y al mismo tiempo de admiración porque no haya dolido. Y a este sentimiento se agregaba una rozagante satisfacción y una gana de reír irresistible, hasta el punto de que hube de soltar una carcajada liberadora.

La borrosa imagencita del espejo hizo unas contracciones y se esfumó; la pequeña superficie redonda del cristal estaba como si de pronto se hubiera quemado; se había vuelto gris y hasta y opaca. Riendo arrojó Pablo aquel tiesto, que se perdió rodando por el suelo del pasillo sin fin.

—Bien reído —gritó Pablo—; aún aprenderás a reír como los inmortales. Ya, por fin, has matado al Lobo Estepario. Con navajas de afeitar no se consigue esto. ¡Cuídate de que permanezca muerto! Enseguida podrás abandonar la necia realidad. En la próxima ocasión beberemos fraternidad, querido; nunca me has gustado tanto como hoy. Y si luego le das aún algo de valor, podemos también filosofar juntos y disputar y hablar acerca de música y acerca de Mozart y de Gluck y de Platón todo cuanto quieras. Ahora comprenderás por qué antes no era posible. Es de esperar que consigas por hoy deshacerte del Lobo Estepario. Porque, naturalmente, tu suicidio no es definitivo; nosotros estamos aquí en un teatro de magia; aquí no hay más que fantasías, no hay realidad. Elige cuadros bellos y alegres y demuestra que realmente no estás enamorado ya de tu dudosa personalidad. Mas si, a pesar de todo, la volvieras a desear, no necesitas más que mirarte de nuevo en el espejo que ahora voy a enseñarte. Tú conoces, desde luego, la antigua y sabia sentencia: "Un espejito en la mano, es mejor que dos en la pared". ¡Ja, ja! (De nuevo volvió a reír de un modo tan hermoso y tan terrible). Así, y ahora no falta por ejecutar más que una muy pequeña ceremonia y muy divertida. Has tirado ya las gafas de tu personalidad; ahora ven y mira en un espejo verdadero. Te hará pasar un buen rato. Entre risas y pequeñas caricias extravagantes me hizo dar media vuelta, de modo que quedé frente al espejo gigante de la pared. En él me vi.

Vi, durante un pequeñísimo momento, al Harry que yo conocía, pero con una cara placentera, contra mi costumbre, radiante y risueña. Pero apenas lo hube reconocido, se desplomó, segregándose de él una segunda figura, una tercera, una décima, una vigésima, y todo el enorme espejo se llenó por todas partes de Harrys y de trozos de Harry, de numerosos Harrys, a cada uno de los cuales sólo vi y reconocí un momento brevísimo. Algunos estos Harrys eran tan viejos como yo; algunos, más viejos; otros, completamente jóvenes, mozalbetes, muchachos, colegiales, arrapiezos, niños. Harrys de cincuenta y de veinte años corrían y saltaban atropellándose; de treinta años y de cinco, serios y joviales, respetables y ridículos, bien vestidos y harapientos y hasta enteramente desnudos, calvos y con grandes melenas, y todos eran yo, y cada uno fue visto y reconocido por mí con la rapidez del relámpago, y desapareció; se dispersaron en todas direcciones, hacia la izquierda, hacia la derecha, hacia dentro en el fondo de espejo, hacia fuera, saliéndose de él. Uno, un tipo joven y elegante, saltó riendo al pecho de Pablo, lo abrazó y echó a correr con él. Y otro, que me gustaba a mí singularmente, un jovenzuelo de dieciséis o diecisiete años, echó a correr como un rayo por el pasillo, se puso a leer, ávido, las inscripciones de todas las puertas. Yo corrí tras él; se quedó parado ante una; leí el letrero:

Todas las muchachas son tuyas.
Échese un marco.

El simpático joven se incorporó de un salto, de cabeza se arrojó por la ranura y desapareció detrás de la puerta.

También Pablo había desaparecido, también el espejo parecía que se había disipado y con él todas las numerosas imágenes de Harry. Me di cuenta de que ahora me encontraba abandonado a mí mismo y al teatro, y fui pasando curioso de puerta en puerta, y en cada una leía una inscripción, una seducción, una promesa.

✳ ✳ ✳

La inscripción me atrajo, abrí la puerta estrechita y entré.

¡A cazar alegremente!
Montería de automóviles

Me encontré arrebatado, en un mundo agitado y bullicioso. Por las calles corrían los automóviles a toda velocidad y se dedicaban a la caza de los peatones, los atropellaban haciéndolos papilla, los aplastaban horrorosamente contra las paredes de las casas. Comprendí al punto: era la lucha entre los hombres y las máquinas, preparada, esperada y temida desde hace mucho tiempo, la que por fin había estallado. Por todas partes yacían muertos y mutilados, por todas partes también automóviles apedreados, retorcidos, medio quemados; sobre la espantosa confusión volaban aeroplanos, y también a estos se les tiraba desde muchos tejados y ventanas con fusiles y con ametralladoras. En todas las paredes anuncios fieros y magníficamente llamativos invitaban a toda la nación, en letras gigantescas que ardían como antorchas, a ponerse al fin al lado de los hombres contra las máquinas, a asesinar por fin a los ricos opulentos, bien vestidos y perfumados, que con ayuda de las máquinas sacaban el jugo a los demás y hacer polvo a la vez sus grandes automóviles, que no cesaban de toser, de gruñir con mala intención y de hacer un ruido infernal, a incendiar por último las fábricas y barrer y despoblar un poco la tierra profanada, para que pudiera volver a salir la hierba y surgir otra vez del polvoriento mundo de cemento algo así como bosques, praderas, pastos, arroyos y marismas. Otros anuncios, en cambio, en colores más finos y menos infantiles, redactados en una forma muy inteligente y espiritual, prevenían con afán a todos los propietarios y a todos los circunspectos contra el caos amenazador de la anarquía, cantaban con verdadera emoción la bendición del orden, del trabajo, de la propiedad, de la cultura, del derecho, y ensalzaban las máquinas como la más alta y última conquista del hombre, con cuya ayuda habríamos de convertirnos en dioses. Pensativo y admirado leí los anuncios, los rojos y los verdes; de un modo extraño me impresionó su inflamada oratoria, su lógica aplastante; tenían razón, y, hondamente convencido, me quedé parado ya ante uno, ya ante el otro y, sin embargo, un tanto inquieto por el tiroteo bastante vivo. El caso es que lo principal estaba claro: había guerra, una guerra violenta, racial y altamente simpática, en donde no se trataba de emperadores, repúblicas, fronteras, ni de banderas y colores y otras cosas por el estilo, más bien decorativas y teatrales, de fruslerías en el fondo, sino en donde todo aquel a quien le faltaba aire para respirar y a quien ya no le sabía bien la vida, daba persuasiva expresión a su malestar y trataba de preparar la destrucción general del mundo civilizado de hojalata. Vi cómo a todos les salía risueño a los ojos, claro y sincero, el afán de destrucción y de exterminio, y dentro de mí mismo florecían estas salvajes flores rojas, grandes y lozanas, y no reían menos. Con alegría me incorporé a la lucha.

Pero lo más hermoso de todo fue que junto a mi surgió de pronto mi compañero de colegio, Gustavo, del cual no había vuelto a saber nada en tantos decenios, y que en otro tiempo había sido el más fiero, el más fuerte y el más sediento de vida entre los amigos de mi primera niñez. Se me alegró el corazón cuando vi que sus ojos azules claros me miraban de nuevo moviendo los párpados. Me hizo una seña y le seguí inmediatamente con alegría.

—Hola, Gustavo —grité feliz—, ¡cuánto me place volver a verte! ¿Qué ha sido de ti?

Furioso, empezó a reír, enteramente como en la infancia.

—¡Bárbaro! ¿No hay que hacer más que empezar a preguntar ya y a perder el tiempo en palabrería? Me hice teólogo, ya lo sabes; pero ahora, afortunadamente, ya no hay más teología, muchacho, sino guerra. Anda, ven.

De un pequeño automóvil, que en aquel momento venía hacia nosotros resoplando, echó abajo de un tiro al conductor, saltó listo como un mono al volante, lo hizo parar y me mandó subir; luego corrimos rápidos como el diablo, entre balas de fusil y coches volcados, fuera de la ciudad y del suburbio.

—¿Tú estás al lado de los fabricantes? —pregunté a mi amigo.

—¿Qué dices? Eso es cuestión de gusto; ya lo pensaremos luego. Pero no, espera; es preferible que escojamos el otro partido, aun cuando en el fondo es perfectamente igual.

Yo soy teólogo, y mi antecesor, Lutero, ayudó en su tiempo a los príncipes y poderosos contra los campesinos, vamos a ver si corregimos aquello ahora un poquitín. Maldito coche, es de esperar que aún aguante todavía un par de kilómetros.

Rápidos como el viento, en el cielo engendrado, salimos de allí crepitantes hasta llegar a un paisaje verde y tranquilo, distante cuatro millas, a través de una gran llanura, y subiendo luego lentamente por una enorme montaña. Aquí hicimos alto en una carretera lisa y reluciente, que conducía hacia arriba en curvas atrevidas, entre una escarpada roca y un pequeño muro de protección, y que dominaba desde lo alto un brillante lago azul. —Hermosa comarca —dije.

—Muy bonita. La llamaremos la carretera de los ejes; aquí han de saltar, hechos pedazos, más de cuatro ejes. Harrycito, pon atención.

Junto a la carretera había un pino grande, y arriba, en la copa, vimos construida de tablas como una especie de cabaña, una atalaya y mirador. Gustavo me miró riendo claramente, guiñando astuto sus ojos azules, y presurosos nos bajamos de nuestro coche y gateamos por el tronco, ocultándonos en la atalaya que nos gustó mucho, y allí pudimos respirar a nuestras anchas. Allí encontramos fusiles, pistolas, cajas con cartuchos. Apenas nos hubimos refrescado un poco y acomodado en aquel puesto de caza, cuando ya resonó por la curva más próxima, ronco y dominador, el ruido de un gran coche de lujo, que venía caminando crepitante a gran velocidad por la reluciente carretera de la montaña. Ya teníamos las escopetas en la mano. Fue un momento de tensión maravillosa.

—Apunta al chofer —ordenó rápidamente Gustavo, al tiempo que el pesado coche cruzaba corriendo por debajo de nosotros. Y ya apuntaba yo y disparé a la gorra azul del conductor.

El hombre se desplomó, el coche siguió zumbando, chocó contra la roca, rebotó hacia atrás, chocó gravemente y con furia como un abejorro gordo y grande contra el muro de contención, dio la vuelta y cayó por encima con ruido seco en el abismo.

—A otra cosa —dijo Gustavo riendo—. El próximo me toca a mí.

Ya llegaba corriendo otro coche pequeño; en los asientos venían dos o tres personas; de la cabeza de una mujer ondeaba un trozo de velo rígido y horizontal, hacia atrás, un velo azul claro; realmente me daba lástima de él; quién sabe si la más linda cara de mujer reía bajo aquel velo. Santo Dios, si estuviésemos jugando a los bandidos, quizá hubiese sido más justo y más bonito, siguiendo el ejemplo de grandes predecesores, no extender a las bellas damas nuestro bravo afán de matar. Pero Gustavo ya había disparado. El chofer hizo unas contracciones, se desplomó, dio el coche un salto contra la roca vertical, volcó hacia atrás, cayendo sobre la carretera con las ruedas hacia arriba.

Esperamos un momento, nada se movía; en silencio yacían allí, presos como en una ratonera, los ocupantes bajo su coche. Este zumbaba y se movía aún y hacía dar vueltas a las ruedas en el aire de un modo cómico; pero de repente dejó escapar un terrible estampido y se halló envuelto en llamas luminosas.

—Un Ford —dijo Gustavo—. Tenemos que bajarnos y dejar otra vez la carretera libre.

Descendimos y estuvimos contemplando aquella hoguera. Se quemó por completo, rápidamente; entretanto preparamos unos troncos de madera y lo empujamos hacia un lado, echándolo por encima del borde de la carretera al abismo; aún estuvo crujiendo un rato al chocar con los matorrales. Al dar la vuelta al coche se habían caído dos de los muertos, y allí estaban tendidos, con las ropas quemadas en parte. Uno tenía el traje todavía bastante bien conservado; registré sus bolsillos por si encontrábamos quién hubiera sido: una cartera de piel apareció; dentro, había tarjetas de visita. Tomé una y leí en ella las palabras *Tat twam asi*.

—Tiene gracia —dijo Gustavo—. Pero, en realidad, es indiferente cómo se llamen las personas que asesinamos aquí. Son pobres diablos como nosotros, los nombres no hacen al caso. Este mundo tiene que ser destruido, y nosotros con él. Diez minutos debajo del agua sería la solución menos dolorosa. ¡Ea, a trabajar!

Arrojamos a los muertos en pos del coche. Ya se acercaba resonando un nuevo auto.

Le hicimos fuego enseguida desde la misma carretera. Siguió un rato, vacilante como un borracho, se estrelló luego y quedó tendido jadeante; uno que iba dentro permaneció sentado en el interior, pero una bonita muchacha se apeó ilesa, aunque pálida y temblando violentamente. La saludamos amables y le ofrecimos nuestros servicios.

Estaba demasiado asustada, no podía hablar y un rato nos miró con los ojos desencajados, como loca.

—Ea, vamos a cuidarnos primeramente de aquel pobre señor anciano —dijo Gustavo.

Y se dirigió al viajero, que aún continuaba pegado a su sitio detrás del chofer muerto.

Era un señor con el cabello gris, tenía abiertos los inteligentes ojos grises claros; pero parecía estar gravemente herido, por lo menos le salía sangre de la boca y el cuello lo tenía horrorosamente torcido y rígido.

—Permita usted, anciano; mi nombre es Gustavo. Nos hemos tomado la libertad de pegar un tiro a su chofer. ¿Podemos preguntar con quién tenemos el honor...?

El viejo miraba fría y tristemente con sus pequeños ojos grises.

—Soy el fiscal Loering —dijo lentamente—. Ustedes no han asesinado sólo a mi chofer, sino a mí también; siento que esto se acaba. ¿Se puede saber por qué han disparado contra nosotros?

—Por exceso de velocidad.

—Nosotros veníamos con velocidad normal.

—Lo que ayer era normal, ya no lo es hoy, señor fiscal. Hoy somos de opinión que cualquier velocidad a la que pueda marchar un auto es excesiva. Nosotros destrozamos ahora los autos todos, y las demás máquinas también.

¿También sus escopetas?

—También a ellas ha de llegarles su turno, si aún nos queda tiempo. Probablemente mañana o pasado estaremos liquidados todos. Usted no ignora que nuestro continente estaba horrorosamente sobrepoblado. Ahora ya va a sobrar aire.

—¿Y tiran ustedes a todo el mundo, sin distinción?

—Claro. Por algunos puede sin duda que sea una lástima. Por ejemplo, por la dama joven y bella lo hubiera sentido mucho. ¿Es seguramente su hija?

—No, es mi mecanógrafa.

—Tanto mejor. Y ahora haga usted el favor de apearse, o permita usted que lo saquemos del coche, pues el coche ha de ser destruido.

—Prefiero que me destruyan ustedes con él.

—Como guste. Permita todavía una pregunta: usted es fiscal. Nunca he llegado a comprender cómo un hombre puede ser fiscal. Usted vive de acusar y de condenar a otras personas, por lo general, pobres diablos. ¿No es así?

—Así es. Yo cumplía con mi deber. Era mi profesión. Lo mismo que la profesión de verdugo es matar a los condenados por mí. Usted mismo se ha encargado, a lo que se ve, de idéntico oficio.

Usted mata también.

—Exacto. Sólo que nosotros no matamos por obligación, sino por gusto, o mejor dicho, por disgusto, por desesperación del mundo. Por eso, matar nos proporciona cierta diversión. ¿No le ha divertido a usted nunca matar?

—Me está usted fastidiando. Tenga la bondad de terminar su cometido. Si la noción del deber le es a usted desconocida... Calló y contrajo los labios, como si quisiera escupir.

Pero no salió más que un poco de sangre que se quedó pegada a su barbilla.

—Espere usted —dijo cortésmente Gustavo—. La noción del deber ciertamente que no la conozco; no la conozco ya. En otro tiempo me dio mucho que hacer por razón de mi oficio; yo era profesor de Teología. Además fui soldado y estuve en la guerra. Lo que me parecía que era el deber y lo que me fue ordenado en toda ocasión por las autoridades y los superiores, todo ello no era bueno de verdad; hubiera preferido hacer siempre lo contrario. Pero aun cuando no conozca ya el concepto del deber, conozco, sin embargo, el de la culpa; acaso son los dos la misma cosa. Por haberme traído al mundo una madre, ya soy culpable, ya estoy condenado a vivir, estoy obligado a pertenecer a un Estado, a ser soldado, a pagar impuestos para armamentos. Y ahora, en este momento, la culpa de vivir me ha llevado otra vez, como antaño en la guerra, a tener que matar. Y en esta ocasión no mato con repugnancia, me he rendido a la culpa, no tengo nada en contra de que este mundo sobrecargado y necio salte en pedazos; yo ayudo con gusto, y con gusto sucumbo yo mismo a la vez.

El fiscal hizo un gran esfuerzo para sonreír un poco con sus labios llenos de sangre coagulada. No lo consiguió de un modo muy brillante; pero fue perceptible la buena intención.

—Está bien —dijo—; somos, pues, compañeros. Tenga la bondad de cumplir ahora con su deber, señor colega.

La linda muchacha se había sentado entretanto en el borde de la cuneta y estaba desmayada.

En este momento se oyó de nuevo el claxon de un coche que venía zumbando a toda marcha. Retiramos a la muchacha un poco a un lado, nos apretamos contra las rocas y dejamos al coche que llegaba a chocar contra los restos del otro. Frenó violentamente y se encalabrinó hacia lo alto, pero se quedó parado indemne. Rápidamente tomamos nuestras escopetas y apuntamos a los recién llegados.

—¡Abajo del coche! —ordenó Gustavo—. ¡Manos arriba!

Tres hombres bajaron del auto y, obedientes, levantaron las manos.

—¿Es médico alguno de ustedes? —preguntó Gustavo.

Dijeron que no.

—Entonces tengan ustedes la bondad de sacar con cuidado de su asiento a este señor, está gravemente herido. Y luego llévenlo en el coche que han traído ustedes hasta la ciudad más próxima. ¡Vamos, manos a la obra!

Prontamente fue acomodado el viejo señor en el otro coche; Gustavo dio la orden y todos partieron precipitadamente.

Entretanto había vuelto en sí nuestra mecanógrafa y había estado presenciando los acontecimientos. Me gustaba haber hecho este precioso botín.

—Señorita —dijo Gustavo—, ha perdido usted a su jefe. Es de suponer que por lo demás no tuviera mayores vínculos con usted. Queda usted contratada por mí. ¡Séanos un buen camarada! Ea, el tiempo apremia. Pronto se va a estar aquí poco confortablemente.

¿Sabe usted gatear, señorita? ¿Sí? Pues vamos allá. La tomaremos entre los dos y la ayudaremos.

Trepamos a nuestra cabaña del árbol los tres lo rápidamente posible. La señorita se puso mala arriba, pero tomó una copa de coñac y pronto estuvo tan repuesta que pudo apreciar la magnífica perspectiva sobre el lago y la montaña y hacernos saber que se llamaba Dora.

Al poco tiempo ya había llegado abajo un nuevo coche, el cual pasó con precaución junto al auto destrozado, sin pararse, y luego aceleró inmediatamente su velocidad.

—¡Pretencioso! —dijo riendo Gustavo, y echó abajo de un tiro al conductor. Bailó un poco el coche, dio un salto contra el muro, lo hundió en parte y se quedó pendiente, inclinado sobre el abismo.

—Dora —dije—, ¿sabe usted manejar escopetas?

No sabía, pero le enseñamos a cargar un fusil. Al principio estaba torpe y se hizo sangre en un dedo, lloró y pidió un tafetán. Pero Gustavo le explicó que estábamos en la guerra y que ella tenía que mostrar que era una muchacha valiente. Así se calmó.

—Pero ¿qué va a ser de nosotros? —preguntó ella luego.

—No lo sé —dijo Gustavo—. A mi amigo Harry le gustan las mujeres bonitas; él será su amigo.

—Pero van a venir con policía y soldados y nos matarán.

—Ya no hay policía ni cosas de esas. Nosotros podemos elegir, Dora. O nos quedamos aquí arriba tranquilamente y hacemos fuego contra todos los coches que quieran pasar, o tomamos a nuestra vez un coche, salimos corriendo y dejamos que otros nos tiroteen.

Da igual tomar un partido u otro. Yo estoy porque nos quede-
mos aquí.

Abajo había ya otro coche, resonando hacia arriba su bocina.

Pronto se dio cuenta de él, y quedó tumbado, con las ruedas en
alto.

—Es cómico —dije— que divierta tanto el pegar tiros. Y eso que
yo era antes enemigo de la guerra.

Gustavo sonreía. Sí, es que hay demasiadas personas en el mundo. Antes no se notaba tanto. Pero ahora, que cada uno no sólo quiere respirar el aire que le corresponde, sino hasta tener un auto, ahora
es cuando lo notamos precisamente. Claro que lo que hacemos no
es razonable, es una niñada, como también la guerra era una niñada
monstruosa. Andando el tiempo, la humanidad tendrá que aprender
alguna vez a contener su multiplicación por medios de razón. Por el
momento, reaccionamos contra el insufrible estado de cosas de una
manera bastante poco razonable, pero en el fondo hacemos lo justo:
reducimos el número.

—Sí —dije—; lo que hacemos es acaso una locura y, sin embargo, es probablemente bueno y necesario. No está bien que la humanidad esfuerce excesivamente la inteligencia y trate, con la ayuda de
la razón, de poner orden en las cosas, que aún están lejos de ser acce-
sibles a la razón misma. De aquí que surjan esos ideales como el del
americano o el del bolchevique, que los dos son extraordinariamente
razonables y que, sin embargo, violentan y despojan a la vida de un
modo tan terrible, porque la simplifican de una forma tan pueril. La
imagen del hombre, en otro tiempo un alto ideal, está a punto de
convertirse en un cliché. Nosotros los locos acaso la ennoblecemos
otra vez.

Riendo, respondió Gustavo:

—Muchacho, hablas de un modo extraordinariamente sensato;
es un placer y da gusto prestar atención a este pozo de ciencia. Y
quizá tengas hasta un poquito de razón. Pero haz el favor de cargar
de nuevo tu escopeta, me resultas algo soñador de más. A cada momento pueden aparecer corriendo otra vez un par de cervatillos; a
estos no podemos matarlos con filosofía, no hay más remedio que
tener balas en el cañón.

Vino un auto y cayó enseguida. La carretera estaba interceptada. Un superviviente, un hombre gordo y con la cabeza colorada, gesticulaba fiero junto a las máquinas destrozadas, buscó por todas partes con los ojos muy abiertos, descubrió nuestra guarida, vino corriendo y gritando y disparó contra nosotros muchas veces hacia lo alto con un revólver.

—Váyase usted ya o disparo —gritó Gustavo hacia abajo.

El hombre le apuntó y disparó aún otra vez. Entonces lo abatimos con dos tiros.

Aún llegaron dos coches, que tendimos por tierra. Luego se quedó silenciosa y vacía la carretera; la noticia de su peligro parecía haberse extendido. Tuvimos tiempo de observar el hermoso panorama. Al otro lado del lago había en el fondo una pequeña ciudad; allí empezó a elevarse una columna de humo, y pronto vimos cómo el fuego se propagaba de uno a otro tejado. También se oían disparos. Dora lloraba un poco; yo acaricié sus húmedas mejillas.

—¿Es que vamos a perecer todos? —preguntó.

Nadie le dio respuesta. Entretanto pasaba por abajo un caminante, vio en el suelo los automóviles destrozados, anduvo rebuscando en ellos, metió la cabeza dentro de uno, sacó una sombrilla de colores, un bolso de señora y una botella de vino, se sentó apaciblemente en el muro, bebió en la botella, comió algo liado en aluminio que había en el bolso, vació por completo la botella y continuó alegre su camino, con la sombrilla apretada debajo del brazo. Se marchó pacíficamente, y yo le dije a Gustavo:

—¿Te sería ahora posible disparar a este tipo simpático y hacerle un agujero en la cabeza? Dios sabe bien que yo no podría.

—Tampoco se nos exige —gruñó mi amigo.

Pero también a él le había entrado en el ánimo cierta desazón. Apenas nos hubimos echado a la cara a una persona que se conducía todavía cándida, pacífica e infantilmente, que aún vivía en el estado de inocencia, al punto nos pareció tonta y repulsiva toda nuestra conducta, tan laudable y necesaria. ¡Ah, diablo, tanta sangre! Nos avergonzamos. Pero es fama que en la guerra alguna vez los mismos generales han tenido una sensación así.

—No permanezcamos más tiempo aquí —gimió Dora—; vamos a bajarnos. Con seguridad encontraremos en los coches algo que comer. ¿Es que ustedes no tienen hambre, bolcheviques?

Allá abajo, al otro lado, en la ciudad ardiendo, empezaron a tocar las campanas a rebato y con angustia. Nos dispusimos al descenso. Cuando ayudé a Dora a trepar por encima del parapeto, le di un beso en la rodilla. Ella se echó a reír. En aquel momento cedieron las estacas y los dos nos precipitamos en el vacío...

De nuevo me encontré en el pasillo circular, excitado por la aventura cinegética. Y por doquiera, en las innumerables puertas, atraían las inscripciones:

MUTABOR

Transformación en los animales y plantas que se desee.
Kamasutram
Lecciones de arte amatorio indio.
Curso para principiantes. Cuarenta y dos
métodos diferentes de ejercicios amatorios.
¡Suicidio deleitoso! Te mueres de risa.
¿Quiere usted espiritualizarse?
Sabiduría oriental.
¡Quién tuviera mil lenguas!
Sólo para caballeros.
Decadencia de Occidente
Precios reducidos. Todavía insuperada.
Quintaesencia del arte
La transformación del tiempo en espacio por medio de la música.
La lágrima rigente
Gabinete de humorismo.
Juegos de anacoreta
Plena compensación para todo sentido
de sociabilidad.

La serie de inscripciones continuaba ilimitada. Una decía:

Instrucciones para la reconstrucción de la personalidad.

Esto se me antojó interesante y entré en aquella puerta. Me acogió una estancia a media luz y en silencio; allí estaba sentado en el suelo, sin silla, al uso oriental, un hombre que tenía ante sí una cosa parecida a un tablero grande de ajedrez. En el primer momento me pareció que era el amigo Pablo, por lo menos llevaba el hombre un batín de seda multicolor por el estilo y tenía los mismos ojos radiantes oscuros.

—¿Es usted Pablo? —pregunté.

—No soy nadie —declaró amablemente—. Aquí no tenemos nombres, aquí no somos personas. Yo soy un jugador de ajedrez. ¿Desea usted una lección acerca de la reconstrucción de la personalidad?

—Sí, se lo suplico.

—Entonces tenga la bondad de poner a mi disposición un par de docenas de sus figuras.

—¿De mis figuras...?

—Las figuras en las que ha visto usted descomponerse su llamada personalidad. Sin figuras no me es posible jugar.

Me puso un espejo delante de la cara, otra vez vi allí la unidad de mi persona descompuesta en muchos *yos*, su número parecía haber aumentado más. Pero las figuras eran ahora muy pequeñas, aproximadamente como figuras manejables de ajedrez, y el jugador, con sus dedos silenciosos y seguros, tomó unas docenas de ellas y las puso en el suelo junto al tablero. Luego habló como el hombre que repite un discurso o una lección dicha muchas veces:

—La idea equivocada y funesta de que el hombre sea una unidad permanente, le es a usted conocida. También sabe que el hombre consta de una multitud de almas, de muchísimos *yos*. Descomponer en estas numerosas figuras la aparente unidad de la persona se tiene por locura, la ciencia ha inventado para ello el nombre de esquizofrenia. La ciencia tiene en esto razón en cuanto es natural que ninguna multiplicidad puede dominarse sin dirección, sin un cierto orden y agrupamiento. En cambio, no tiene razón en creer que sólo es posible un orden único, férreo y para toda la vida, de los muchos *subyos*. Este error de la ciencia trae no pocas consecuencias desagradables;

su valor está exclusivamente en que los maestros y educadores puestos por el Estado ven su trabajo simplificado y se evitan el pensar y la experimentación. Como consecuencia de aquel error pasan muchos hombres por "normales", y hasta por representar un gran valor social, que están irremisiblemente locos, y a la inversa, tienen a muchos por locos, que son genios. Nosotros completamos por eso la psicología defectuosa de la ciencia con el concepto de lo que llamamos arte reconstructivo. Al que ha experimentado la descomposición de su yo, le enseñamos que los trozos pueden acoplarse siempre en el orden que se quiera, y que con ellos se logra una ilimitada diversidad del juego de la vida. Lo mismo que los poetas crean un drama con un puñado de figuras, así construimos nosotros con las figuras de nuestros *yos* separados constantemente grupos nuevos, con distintos juegos y perspectivas, con situaciones eternamente renovadas. ¡Vea usted!

Con los dedos silenciosos e inteligentes, tomó mis figuras, todos los ancianos, jóvenes, niños y mujeres, todas las piececillas alegres y las tristes, las vigorosas y las débiles, las ágiles y las pesadas; las ordenó con rapidez sobre el tablero formando una combinación, en la que aquellas se reunían al punto en grupos y familias, en juegos y en luchas, en amistades y en bandos enemigos, reflejando al mundo en miniatura. Ante mis ojos arrobados hizo moverse un rato al pequeño mundo lleno de agitación, y al mismo tiempo tan en orden; lo hizo jugar y luchar, concertar alianzas y librar batallas, comprometerse entre sí, casarse, multiplicarse; era en efecto un drama de muchos personajes, interesante y movido.

Luego pasó la mano con un gesto sereno por el tablero, tumbó suavemente todas las figuras, las juntó en un montón y fue construyendo, artista complicado, con las mismas figuras un juego completamente nuevo, con grupos, relaciones y nexos diferentes en absoluto. El segundo juego se parecía al primero; era el mismo mundo, estaba compuesto del mismo material, pero la tonalidad había variado, el compás era distinto, los motivos estaban subrayados de otra manera, las situaciones, colocadas de otro modo.

Y así construyendo el inteligente artífice con las figuras, cada una de las cuales era un pedazo de mí mismo, numerosos juegos, todos parecidos entre sí desde cierta distancia, todos como pertenecientes al mismo mundo, como comprometidos al mismo origen, cada uno, sin embargo, enteramente nuevo.

—Esto es arte de vivir —dijo doctoralmente—; usted mismo puede ya de aquí en adelante seguir conformando y animando, complicando y enriqueciendo a su capricho el juego de su vida; está en su mano. Así como la locura, en un grado superior, es el principio de toda ciencia, así es la esquizofrenia el principio de todo arte, de toda fantasía. Hay sabios que se han dado cuenta ya de esto a medias, como puede comprobarse, por ejemplo, en *El cuerno maravilloso del príncipe*, aquel libro encantador, en el cual el trabajo penoso y aplicado de un sabio es ennoblecido por la cooperación genial de una multitud de artistas locos y encerrados en manicomios. Tome, guarde usted para sí sus figuritas; el juego le proporcionará placer aún muchas veces. La figura que hoy, haciendo de coco insoportable, le eche a perder el juego, mañana podrá usted degradarla, convirtiéndola en un comparsa insignificante. Usted, al juego siguiente, puede hacer una princesa de la pobre y simpática figurilla que durante toda una combinación parecía condenada a irremediable desventura. Le deseo que se divierta mucho, caballero.

Me incliné profundamente y, agradecido ante este inteligente jugador de ajedrez, guardé las figuritas en mi bolsillo y me retiré por la puerta angosta.

En realidad, me había figurado que al momento me sentaría en el suelo en el corredor para jugar con las figuras horas enteras, toda una eternidad; pero apenas estuve otra vez en el pasillo luminoso y redondo del teatro, cuando nuevas corrientes, más fuertes que yo, me apartaron de esto. Un anuncio flameaba llamativo ante mis ojos:

Maravillosa doma del Lobo Estepario

Una pluralidad de sentimientos excitó dentro de mí esta inscripción; toda clase de angustias y de violencias de mi vida anterior, de la abandonada realidad, me oprimieron el corazón. Con mano temblorosa abrí la puerta y entré en una barraca de feria, allí vi una verja de hierro que me separaba del mísero escenario. Y en este estaba un domador, un hombre de aspecto algo charlatán y pretencioso, el cual, a pesar del bigote grande, los brazos de abultados músculos y del traje de circo, se me parecía a mí mismo de un modo muy ladino y antipático. Este hombre forzudo conducía —espectáculo deplorable— de una cadena como a un perro a un lobo grande, hermoso, pero terriblemente demacrado y con una mirada de esclava timidez. Y resultaba tan repulsivo como interesante, tan feo y a la vez tan íntimamente divertido, ver a este hombre brutal presentar a la fiera tan noble, y al propio tiempo tan ignominiosamente sumisa, en una serie de trucos y escenas sensacionales.

El hombre aquel, mi maldita caricatura, había amaestrado a su lobo ciertamente de una manera portentosa. El animal obedecía atentamente a toda orden, reaccionaba como un perro a todo grito y zumbido de látigo, caía de rodillas, se hacía el muerto, imitaba a las personas, llevaba en sus fauces, obediente y gracioso, un panecillo, un huevo, un pedazo de carne, una cestita; es más, tenía que cogerle del suelo al domador el látigo que aquel había dejado caer y llevárselo en la boca, moviendo el rabo a la par con una zalamería insoportable. Le pusieron delante un conejo y luego un cordero blanco, y aunque es verdad que enseñaba los dientes y se le caía la baba con ávido temblor, no osó, sin embargo, tocar a ninguno de los animales, sino que a la voz de mando saltaba con elegante destreza por encima de ellos, que temblorosos estaban agazapados en el suelo, y hasta se echó entre el conejo y el cordero, abrazó a ambos con las patas de delante, formando con ellos un tierno grupo de familia. Y, además, comía de la mano del hombre una tableta de chocolate. Era un tormento presenciar hasta qué grado tan fantástico había aprendido este lobo a renegar de su naturaleza, y con todo ello, a mí se me ponían los pelos de punta.

De este tormento fue, sin embargo, compensado el agitado espectador en la segunda parte de la representación. En efecto, después de desarrollar aquel refinado programa de doma, y una vez que el domador se hubo inclinado triunfante con dulce sonrisa sobre el grupo del cordero y el lobo, se tornaron los papeles. El domador, parecido a Harry, puso de pronto su látigo con una reverencia a los pies del lobo y empezó a temblar, a encogerse y a adquirir un aspecto miserable, igual que antes la bestia. Pero el lobo se relamía riendo, el espasmo y la hipocresía se esfumaron, su mirada brillaba, todo su cuerpo adquirió vigor y floreció en su recuperada fiereza.

Y ahora era el lobo el que mandaba, y el hombre tenía que obedecer. A una orden cayó el hombre de rodillas; hacia el lobo, dejaba caer la lengua colgando; con los dientes empastados se arrancaba los vestidos del cuerpo. Iba marchando con dos o con cuatro pies, según lo ordenaba el domador; imitaba al hombre, se hacía el muerto, dejaba al lobo que cabalgara encima de él, iba detrás llevándole el látigo. Servil, inteligente, acomodaba su fantasía a toda humillación y a toda perversidad.

Una bella muchacha vino a la escena, se acercó al hombre domesticado, acarició su barbilla, puso su cara junto a la de él, pero este continuaba a cuatro patas, seguía siendo bestia, movió la cabeza y empezó a enseñarle los dientes a la hermosa muchacha, al final tan amenazador y lobuno, que ella huyó. Le trajeron chocolate, que despectivamente olisqueó y tiró a un lado. Y, por último, volvieron a sacar al cordero blanco y al conejo gordo y con manchas albas, y el dócil hombre dio de sí todo lo que sabía y representó el papel de lobo que era un encanto. Con los dedos y con los dientes agarró a los animalitos que no cesaban de chillar, les sacó tiras de pellejo y de carne, masticó, haciendo muecas, su carne viva, y bebió con delectación, ebrio y cerrando los ojos de gusto, su sangre caliente.

Espantado, salí huyendo por la puerta. Vi que este teatro mágico no era un puro paraíso, todos los infiernos se ocultaban bajo su linda superficie. Oh, Dios, ¿es que aquí tampoco había redención?

Atemorizado, corrí de un lado para otro; notaba en la boca el gusto a sangre y el gusto a chocolate, lo uno tan repugnante como lo otro; deseaba ardientemente escapar de este turbulento oleaje; luché con fervor dentro de mí mismo por imágenes más agradables y más llevaderas. "¡Oh, amigos; no estos acordes!", resonaba dentro de mí, y con espanto me acordé de aquellas tremendas fotografías del frente, que se habían visto a veces durante la guerra, de aquellos montones de cadáveres apelotonados unos contra otros, cuyos rostros estaban transformados en sarcásticas muecas infernales por efecto de las caretas contra los gases. Cuán necio e infantil había sido yo entonces, yo, un enemigo de la guerra, con ideas filantrópicas, al indignarme por aquellos cuadros. Hoy sabía que ningún domador, ningún ministro, ningún general, ningún loco era capaz de incubar en su cerebro ideas e imágenes, que no vivieran tan espantosas, tan salvajes y perversas, tan bárbaras y tan insensatas dentro de mí mismo.

Al tomar aire para respirar me acordé de aquella inscripción, tras de la cual había visto antes, al empezar el teatro, correr tan impetuosamente al lindo mozalbete, de aquella inscripción que decía:

Todas las muchachas son tuyas

Y me pareció que en fin de cuentas no había realmente nada tan codiciable como esto. Contento por poder abandonar de nuevo al maldito mundo lobuno, entré.

Extraño —tan encantador y a la vez tan hondamente familiar, que me horrorizó— me salió al paso aquí el aroma de mi juventud, la atmósfera de mis años de niño y de adolescente, y por mi corazón volvió a correr la sangre de entonces. Lo que acababa de hacer y de pensar y de ser, se derrumbó detrás de mí, y volví a ser joven. Hacía una hora todavía, hacía unos momentos, había creído saber muy bien lo que era amor, lo que eran deseos y anhelos; pero todo ello habían sido amor y anhelos de un viejo. Ahora era joven otra vez, y lo que sentía dentro de mí, este ardiente fuego vivo, este afán atrayente y poderoso, esta pasión disolvente como el viento de deshielo en el mes de marzo, era joven, nuevo y puro. ¡Oh, cómo se inflamaban otra vez los fuegos olvidados, cómo resonaban hinchados y graves los tonos de antaño, cómo flameaba hirviente en la sangre, cómo gritaba y cantaba dentro de mi alma! Yo era un muchacho, de quince o dieciséis años; mi cabeza estaba llena de latín y griego y de hermosos versos; mis pensamientos, llenos de afán y de ambición; mis fantasías, llenas de ensueños artísticos; pero mucho más hondo, más fuerte y más terrible que todos estos fuegos abrasadores ardía y se agitaba dentro de mí el fuego del amor, el hambre sexual, el presentimiento devorador de la voluptuosidad.

Me encontré en pie sobre una roca dominando a mi pequeña ciudad natal; olía a viento de primavera y a las violetas tempranas; desde allí arriba se podía ver el reflejo del río al salir de la ciudad, y se veían también las ventanas de mi casa paterna, y todo ello miraba, resonaba y olía tan armoniosamente, tan nuevo y tan extasiado ante la creación, irradiaba con colores tan acusados y ondeaba al viento primaveral de modo tan sublime y transfigurado, como yo había visto al mundo en otro tiempo durante las horas más plenas y poéticas de mi primera juventud. En pie sobre la colina, sentía al viento acariciarme el largo cabello; con mano vacilante, perdido en amoroso anhelo soñador, arranqué del arbusto que empezaba a verdear un capullo nuevo medio abierto, lo estuve examinando, lo olí (y ya al olerlo se me volvió a aparecer ardiente todo lo de antes), después tomé jugando la pequeña florecilla verde entre mis labios, que aún no habían besado a ninguna muchacha, y empecé a mordisquearía. Y a este sabor fuerte y de amargo aroma me di cuenta de pronto con exactitud de lo que pasaba por mí: todo estaba allí otra vez. Volví a vivir una hora de mis últimos años de adolescente, un domingo por la tarde de la temprana primavera, aquel día en el cual en mi paseo solitario encontré a Rosa Kreisler y la saludé tan tímidamente y me enamoré de ella sin remedio...

En aquella ocasión había estado yo contemplando lleno de expectación temerosa a la hermosa muchacha que venía subiendo la montaña, sola y ensoñadora, y aún no me había visto; había mirado su cabello recogido en grandes trenzas y que, sin embargo, tenía a ambos lados de la cara bucles sueltos que jugueteaban y ondeaban al viento. Había visto, por vez primera en mi vida, qué hermosa era esta muchacha, qué hermoso y fantástico este jugueteo del viento en su cabello delicado, qué hermosa e incitante la caída de su fino vestido azul sobre los miembros juveniles, y lo mismo que me había saturado el dulce y tímido placer y la angustia de la primavera con el sabor a especies amargas del capullo masticado, así también a la vista de la muchacha se apoderó de mí toda la concepción mortal del amor, la intuición de lo femenino, el presentimiento arrollador y emotivo de posibilidades y promesas enormes, de indecibles delicias, de turbaciones, temores y sufrimientos imaginables, de la más íntima redención y del más hondo sentido de la culpa. ¡Oh, cómo me quemaba la lengua el acre sabor de la primavera! ¡Oh, cómo soplaba el viento juguetón por entre el cabello suelto junto a sus mejillas encarnadas! Luego llegó muy cerca de mí, levantó los ojos y me reconoció, enrojeció suavemente un instante y volvió la vista;

después la saludé yo con mi primer sombrero de hombre, y Rosa, repuesta enseguida, saludó un poco señoril y circunspecta, con la cara levantada, y pasó lentamente, serena y con aire de superioridad, envuelta en los miles deseos amorosos, anhelos y homenajes que yo le enviaba.

Así había sido en otro tiempo, un domingo, hace treinta y cinco años, y todo lo de entonces había vuelto en este instante: la colina y la ciudad, el viento primaveral y el aroma de capullo, Rosa y su cabello castaño, anhelos inflamados y dulces angustias de muerte. Todo era como antaño, y me parecía que jamás había vuelto a querer en mi vida como entonces quise a Rosa. Pero esta vez me había sido dado recibirla de otro modo que en aquella ocasión. Vi cómo se ponía encarnada al reconocerme, vi su esfuerzo para ocultar su turbación y comprendí al punto que le gustaba, que para ella este encuentro significaba lo mismo que para mí. Y en lugar de quitarme otra vez el sombrero y quedarme descubierto e inmóvil hasta que hubiera pasado, ahora, a pesar del temor y del azoramiento, hice lo que la sangre me mandaba hacer, y exclamé: "¡Rosa! Gracias a Dios que has llegado, hermosa, hermosísima muchacha. ¡Te quiero tanto!" Esto no era acaso lo más espiritual que en aquel momento pudiera decirse, pero aquí no hacía falta ninguna el espíritu, bastaba aquello perfectamente. Rosa se detuvo, me miró y se puso aún más encarnada que antes, y dijo: "Dios te guarde, Harry. ¿De veras me quieres?" Y al decir esto, brillaban de su cara vigorosa los ojos oscuros, y yo me di cuenta: toda mi vida y mis amores pasados habían sido falsos y difusos y llenos de necia desventura desde el momento en que aquel domingo había dejado marchar a Rosa. Pero ahora se corregía el error, y todo se hacía de otra manera, se haría todo bien.

Nos tomamos de las manos y así seguimos andando despacio, indefectiblemente felices, muy azorados; no sabíamos lo que decir ni lo que hacer; por azoramiento empezamos a correr más de prisa, nos pusimos a trotar hasta que nos quedamos sin aliento y hubimos de pararnos; pero sin soltarnos de la mano. Aún estábamos los dos en la niñez y no sabíamos bien lo que hacernos el uno con el otro; aquel domingo no llegamos siquiera a un primer beso, pero fuimos enormemente felices. Nos quedamos parados y respiramos, nos sentamos en la hierba y yo acaricié su mano, y ella me pasó tímidamente la otra suya por el cabello, y luego nos volvimos a levantar y medimos cuál de los dos era más alto, y, en realidad, era yo un dedo más alto, pero no quise reconocerlo, sino que hice constar que éramos exactamente iguales y que Dios nos había determinado al uno para el otro, y más tarde habríamos de casarnos. Luego dijo Rosa que olía a violetas, y nos pusimos de rodillas sobre la pequeña hierba primaveral y buscamos y encontramos un par de violetas con el tallo muy corto, y cada uno regaló al otro las suyas, y cuando refrescó y la luz caía ya oblicua sobre las rocas, dijo Rosa que tenía que regresar a su casa, y entonces nos pusimos los dos muy tristes, pues acompañarla no podía; pero ya teníamos ambos un secreto entre los dos, y esto era lo más delicioso que poseíamos. Yo me quedé arriba entre las rocas, aspiré el perfume de las violetas de Rosa, me tumbé en el suelo al borde de un precipicio, con la cara sobre el abismo y estuve mirando hacia abajo a la ciudad y atisbando hasta que su dulce y pequeña figura apareció allá muy abajo y pasó presurosa junto al pozo y por encima del puente. Y entonces ya sabía que había llegado a la casa de su padre, y que andaba allí por las estancias, y yo estaba tendido aquí arriba lejos de ella, pero de mí hasta ella corría un lazo, se extendía una corriente, flotaba un secreto.

Volvimos a vernos acá y allá, sobre las rocas, junto a las bardas del jardín, durante toda esta primavera, y, cuando las lilas empezaban a florecer, nos dimos el primer tímido beso. Pero era lo que nosotros, niños, podíamos darnos, y nuestro beso era todavía sin ardor ni plenitud, y sólo muy suavemente me atreví a acariciar los sueltos tirabuzones al lado de sus orejas, pero todo era nuestro, todo aquello de que éramos capaces en amor y alegría; y con todo tímido contacto, con toda frase de amor sin madurar, con toda temerosa espera, aprendíamos una nueva dicha, subíamos un pequeño peldaño en la escala del amor.

Así volví a vivir otra vez, bajo estrellas más venturosas, toda mi vida de amoríos, empezando por Rosa y las violetas. Rosa se esfumó y apareció Irmgard, y el sol se hacía más ardiente, las estrellas más embriagadoras, pero ni Rosa ni Irmgard llegaron a ser mías; peldaño a peldaño hube de ir ascendiendo, hube de vivir muchas cosas, aprender mucho, tuve que volver a perder a Irmgard también y también a Ana. Volví a querer a todas las muchachas a las que había querido antaño en mi juventud, pero a cada una de ellas podía inspirar amor, a todas podía darles algo, de todas y cada una podía recibir una dádiva. Deseos, sueños y posibilidades, que antes solamente en mi fantasía habían vivido, eran ahora realidad y tomaron vida. ¡Oh, ustedes todas las flores fragantes, Ida y Lore, ustedes, todas, a las que en otro tiempo amé todo un verano, un mes entero, un día!

Comprendí que yo ahora era el lindo y ardiente jovenzuelo, al que había visto correr poco antes hacia la puerta del amor, que yo ahora dejaba vivir y crecer a este trozo de mi persona, a este pedazo de mi naturaleza y de mi vida, que sólo llenaba una décima, una milésima parte de ella, libre de todas las otras figuras de mi yo, no turbado por el pensador, no martirizado por el Lobo Estepario, sin cohibir por el poeta, por el soñador, por el moralista. No; ahora no era yo sino amador, no respiraba ninguna otra ventura ni ninguna otra pena que la del amor. Ya Irmgard me había enseñado a bailar, Ida a besar, y la más hermosa, Emma, fue la primera que en una tarde de otoño, bajo el follaje de los olmos mecidos por el viento, me dio a besar sus pechos morenos y a beber el cáliz del placer.

Muchas cosas viví en el pequeño teatro de Pablo, y ni una milésima parte de ello puede expresarse con palabras. Todas las muchachas que en alguna ocasión había amado, fueron ahora mías; cada una me dio lo que sólo ella podía dar; a cada una le di yo lo que sólo ella podía tomar de mí. Mucho amor, mucha ventura, mucha voluptuosidad, mucho desasosiego también y desazón me fue dado a gustar; todo el amor desperdiciado de mi vida floreció de una manera encantadora en mi jardín durante esta hora de ensueño: castas flores delicadas, vivas flores ardientes, oscuras flores en trance de marchitez, llameante voluptuosidad, tiernos delirios, igníferas melancolías, angustiosos desfallecimientos, radiante renacer. Hallé mujeres, a las que sólo apresuradamente y en raudo torbellino se podía conquistar, y otras, a las que era delicioso pretender durante mucho tiempo y con ternura; volvió a surgir de nuevo todo rincón incierto de mi vida, en el que alguna vez, aunque sólo hubiera sido por un minuto, me llamara la voz del sexo, me inflamara una mirada femenina, me sedujera el resplandor de una piel nacarada de mujer, y ahora se ganaba todo el tiempo perdido. Todas fueron siendo mías, cada una a su manera. Allí estaba la señora con los ojos extraños, hondamente oscuros bajo el cabello claro como el lino, junto a la cual estuve un día durante un cuarto de hora al lado de la ventana en el pasillo de un tren expreso y que después muchas veces se me había aparecido en sueños; no hablaba una palabra, pero me enseñó artes eróticas insospechadas, tremendas, mortales. Y la china lisa y silenciosa del puerto de Marsella, con su sonrisa de cristal, el cabello negro como el azabache y laso y los ojos flotantes; también ella sabía cosas inauditas. Cada una tenía su secreto, exhalaba el aroma de su tierra natal, besaba y reía a su manera, tenía su modo especial de ser pudorosa y su modo especial de ser impúdica. Venían y se marchaban, la corriente me las traía, me arrastraba hacia ellas, me apartaba, era un flotar juguetón e infantil en el flujo del sexo, lleno de encanto, lleno de peligros, lleno de sorpresas. Y me asombré de cuán rica en amoríos, en propicios instantes, en redenciones había sido mi vida, mi vida de Lobo Estepario aparentemente tan pobre y sin cariño. Había desperdiciado y evitado casi todas las ocasiones, había pasado por encima de ellas, las había olvidado inmediatamente; pero aquí estaban todas guardadas, sin que faltara una, a centenares. Y ahora las vi, me entregué a ellas, les abrí mi pecho, me hundí en su abismo vagamente rosado. También volvió aquella tentación que Pablo un día me brindara, y otras, anteriores, que en su época yo ni siquiera comprendía del todo, jugueteos fantásticos entre tres y cuatro personas me arrastraron sonrientes en su cadencia. Muchas cosas sucedieron, muchos juegos se jugaron que no son para expresarlos con palabras.

Del torrente infinito de seducciones, de vicios, de complicaciones, volvía yo a surgir callado, tranquilo, animado, saturado de ciencia, sabio, con gran experiencia, maduro para Armanda. Como última figura en mi mitología de miles de seres, como último nombre en la serie inacabable, surgió ella, Armanda, y al punto recobré la conciencia y puse fin al cuento de amor, pues a ella no quería encontrarla yo aquí en el claroscuro de un espejo mágico, a ella no le pertenecía solamente aquella figura aislada de mi ajedrez, le pertenecía el Harry entero. ¡Oh!, yo reconstruiría ahora mi juego de figuras, con el fin de que todo se refiriera a ella y caminara hacia la realización.

El torrente me había arrojado a la playa, y de nuevo me encontré en el silencioso pasillo del teatro. ¿Qué hacer ahora? Fui a sacar las figurillas de mi bolsillo, pero al momento se desvaneció el impulso. Inagotable, me rodeaba este mundo de las puertas, de las inscripciones, de los espejos mágicos. Inconscientemente leí el letrero más cercano y me horroricé.

Cómo se mata por amor.

Decía allí. Con un rápido estremecimiento se alzó por un segundo dentro de mí la imagen de un recuerdo: Armanda junto a la mesa de un restaurante, abstraída un momento del vino y de los manjares y perdida en un diálogo sin fondo, con una terrible serenidad en la mirada, cuando me dijo que sólo iba a hacer que me enamorara de ella, para ser muerta por mi mano. Una pesada ola de angustia y de tinieblas pasó sobre mi corazón; de repente volví a sentir de nuevo en lo más íntimo de mi ser la tribulación y la fatalidad. Desesperado, metí la mano al bolsillo para sacar las figuras y hacer un poco de magia y permutar el orden de mi tablero. Ya no estaban las figuras. En vez de las figuras saqué del bolsillo un puñal. Con angustia de muerte me puse a correr por el pasillo, pasando por delante de las puertas; me paré de pronto frente al espejo gigantesco, y me miré en él. En el espejo estaba, como yo de alto, un hermoso lobo enorme, estaba quieto, relampagueaba recelosa su mirada intranquila. Flameante, me guiñaba los ojos, reía un poco, de modo que al entreabrir por un momento las fauces, se podía ver la lengua encarnada.

¿Dónde estaba Pablo? ¿Dónde estaba Armanda? ¿Dónde estaba el tipo inteligente que había charlado de modo tan delicioso de la reconstrucción de la personalidad?

De nuevo miré al espejo. Yo había estado tonto. Detrás del cristal no había lobo ninguno dando vueltas a la lengua en la boca. En el espejo estaba yo, Harry, con su rostro gris, abandonado de todos los juegos, fatigado de todos los vicios, pálido, pero, de todos modos, un hombre, de todos modos alguien, con quien poder hablar.

—Harry —dije—, ¿qué haces ahí?

—Nada —dijo el del espejo—. No hago más que esperar. Espero a la muerte.

—¿Y dónde está la muerte? —pregunté.

—Ya viene —dijo el otro.

Y a través de las estancias vacías del interior del teatro oí resonar una música hermosa y terrible, aquella música del Don Juan, que acompaña la salida del convidado de piedra. Horribles retumbaban los compases de hielo por la casa espectral, procedentes del otro mundo, de los inmortales.

—¡Mozart! —pensé, evocando con ello las imágenes más amadas y más sublimes de mi vida anterior.

Entonces se oyó detrás de mí una carcajada, una carcajada clara y glacial, surgida de un mundo de sufrimientos y de humorismo de dioses que los hombres desconocían. Di media vuelta, con la sangre helada y como transportado a otras esferas por aquella risa, y entonces llegó andando Mozart, cruzó sonriente a mi lado, se dirigió sereno y con paso menudo a una de las puertas de los palcos, la abrió y entró, y yo seguí ávido al dios de mi juventud, al perenne ideal de mi amor y veneración. La música seguía sonando. Mozart estaba junto a la barandilla del palco; del teatro no se veía nada, tinieblas llenaban el espacio sin límites.

—¿Ve usted? —dijo Mozart—. Nos podemos pasar sin saxofón. Aunque yo, ciertamente, no quisiera acercarme mucho a este famoso instrumento.

—¿Dónde estamos? —pregunté.

—Estamos en el último acto del Don Juan. Leporrello está ya de rodillas. Una escena magnífica, y hasta la música se puede oír, vaya. Aun cuando tiene todavía toda clase de matices humanos dentro de sí, se manifiesta ya el otro mundo, la risa, ¿no?

—Es la última música grande que se ha escrito —dije solemnemente, como un profesor—. Ciertamente que vino todavía Schubert, que vino después Hugo Wolf, y tampoco debo olvidar al pobre y magnífico Chopin. Arruga usted la frente, maestro. ¡Oh, desde luego! También está ahí Beethoven, también él es maravilloso. Pero todo esto, por muy hermoso que sea, tiene ya algo de fragmentario en sí mismo, de disolvente; una obra tan perfectamente acabada no se ha vuelto a hacer ya por los hombres desde el Don Juan.

—No se esfuerce usted —reía Mozart de una manera terriblemente burlona—. ¿Usted mismo es seguramente músico, por lo visto? Bueno, yo ya he dejado la profesión; ya estoy retirado. Sólo por broma me dedico todavía alguna vez al oficio.

Levantó las manos como si estuviera dirigiendo, y una luna, o un astro pálido por el estilo, salió en alguna parte; por encima de la barandilla extendí la vista sobre inmensos abismos espaciales, nubes y nieblas cruzaron por ellos, tenuemente se divisaban los montes y las playas; debajo de nosotros se extendía inmensa una llanura semejante al desierto. En esta llanura vimos a un anciano de aspecto venerable con luenga barba, el cual, con cara melancólica, iba conduciendo una enorme procesión de varias decenas de millares de hombres vestidos de negro. Parecía afligido y sin esperanza, y Mozart dijo:

—Vea usted: ese es Brahms. Va en pos de la redención, pero aún le queda un buen rato.

Supe que los millares de enlutados eran todos los artistas de las voces y notas puestas de más en sus partituras, según el juicio divino.

—Excesiva instrumentación, demasiado material desperdiciado —asintió Mozart.

E inmediatamente vimos caminar, a la cabeza de otro ejército tan grande, a Ricardo Wagner, y sentimos cómo los millares de taciturnos acompañantes lo abrumaban; cansino y con resignado andar, lo vimos arrastrarse a él también.

—En mi juventud —observé con tristeza—, pasaban estos dos músicos por lo más antitético imaginable.

Mozart se echó a reír.

—Eso pasa siempre. Vistos desde la distancia, suelen parecerse cada vez más estos contrastes. Claro, la excesiva instrumentación no fue defecto personal de Wagner ni de Brahms, fue de su tiempo.

—¿Cómo? ¿Y por qué han de hacer una penitencia tan tremenda? —exclamé en tono de acusación.

—Naturalmente. Son los trámites. Sólo cuando hayan lavado la culpa de su tiempo, se demostrará si queda algo personal todavía que valga la pena hacer el balance.

—Pero ninguno de los dos tiene la culpa.

—Naturalmente que no. Tampoco tiene usted la culpa de que Adán devorara la manzana y, sin embargo, ha de purgarlo también.

—Pero eso es terrible.

—Es verdad; la vida es siempre terrible. Nosotros no tenemos la culpa y somos responsables, sin embargo. Se nace y ya es uno culpable. Usted tiene que haber recibido una mediana enseñanza de religión, si no sabe esto.

Me había ido sumiendo en un estado de ánimo verdaderamente lastimoso. Me veía a mí mismo, un peregrino muerto de cansancio, caminar errante por los desiertos del más allá, cargado con los muchos libros inútiles que había escrito, con todos los ensayos, con todos los folletones, seguido del ejército de cajistas que habían tenido que trabajar en ellos, del ejército de lectores que habían tenido que tragarse toda mi obra. ¡Dios mío! Y Adán, y la manzana, y toda la restante culpa hereditaria estaban además allí. Es decir, que todo esto había que purgarlo, purgatorio infinito, y entonces surgiría la cuestión de si detrás de todo esto existía todavía algo personal, algo propio, o si todo mi trabajo y sus consecuencias no eran más que espuma vacía sobre la superficie del mar, juego sin sentido no más en el torrente de los sucesos.

Mozart empezó a reír con estrépito, cuando vio mi cara larga. De risa daba saltos en el aire y empezó a hacer cabriolas con las piernas. Luego me gritó a la cara:

—Ja, hijo mío, te estás haciendo un lío, y no dices ni pío. ¿Piensas en tus lectores, sufridos pecadores, los ávidos roedores? ¿Piensas en tus cajistas y linotipistas, herejes y anabaptistas, cizañeros y trapisondistas, y no más que medianos artistas? Me da mucha risa tu angustia imprecisa, tu torpe sonrisa; ¡es para morirse de risa y como para hacérselo en la camisa! Veo tu lucha incruenta, con la tinta de imprenta, con tu pena violenta, y por evitarte la afrenta, aunque sea una broma tremenda, voy a hacerte de un cirio la ofrenda. ¡Vaya un galimatías que te has armado; te sientes en ridículo, desgraciado, y estás en evidencia y condenado y ante tus propios ojos menospreciado! No sabes lo que hacer ni qué emprender. Con Dios logres quedarte, pero el diablo vendrá a llevarte, y a zurrarte y a apalearte, por tu literatura y arte, como que todo lo has apandado en cualquier parte.

Esto, en cambio, era ya demasiado fuerte para mí, la ira no me dejaba tiempo de seguir entregado a la melancolía. Tomé a Mozart por la trenza, salió volando, la trenza se fue estirando como la cola de un cometa, en cuyo extremo colgaba yo, y fui lanzado a dar vueltas por el mundo. ¡Diablo, hacía frío en este mundo! Estos inmortales aguantaban un aire helado horrorosamente tenue. Pero daba gusto este aire de hielo. Me di cuenta de ello en los breves segundos antes de perder el sentido. Me invadió una alegría amarga y punzante, reluciente como el acero y helada, una gana de reír tan clara y fieramente, y de modo tan supraterreno, como lo había hecho Mozart. Pero en el mismo instante me quedé sin hálito y sin conocimiento.

✳ ✳ ✳

Confuso y maltrecho volví en mí, la luz blanca del pasillo se reflejaba en el suelo brillante. No me encontraba entre los inmortales, todavía no. Seguía estando aún al lado de acá, con los enigmas, los sufrimientos, los lobos esteparios, las complicaciones atormentadoras. No era un buen lugar, no era una mansión agradable. A esto había que ponerle término.

En el gran espejo de la pared estaba Harry frente a mí. No tenía buen aspecto, no tenía un aspecto muy diferente del de aquella noche de la visita al profesor y del baile en el Águila Negra. Pero de esto hacía mucho tiempo, años, siglos. Harry se había hecho viejo, había aprendido a bailar, había visitado teatros mágicos, había oído reír a Mozart, ya no tenía miedo de bailes, de mujeres ni de navajas. Hasta una inteligencia mediana adquiere madurez si ha andado correteando un par de siglos. Mucho tiempo estuve mirando a Harry en el espejo; aún lo conocía bien, aún seguía pareciéndose un poquito al Harry de quince años, que un domingo de marzo se encontró entre las peñas a Rosa y se quitó ante ella su primer sombrero de hombre. Y, sin embargo, desde entonces había envejecido unos cuantos cientos de años, se había dedicado a la música y a la filosofía hasta hartarse, había bebido vino de Alsacia en el "Casco de Acero" y había discutido acerca de Krishna con honrados eruditos, había amado a Érica y a María, se había hecho amigo de Armanda, y disparado a los automóviles, y dormido con la escurrida chinita, había encontrado a Goethe y a Mozart, y hecho algunos desgarrones en la red, que aún lo apresaba, del tiempo y de la aparente realidad. Y si había vuelto a perder sus lindas figuras de ajedrez, tenía en cambio un buen puñal en el bolsillo. ¡Adelante, viejo Harry, viejo y cansado compañero!

¡Ah, diablo, qué amarga sabía la vida! Escupí a la cara al Harry del espejo, le di un golpe con el pie y lo hice añicos. Lentamente fui dando la vuelta por el pasillo, que resonaba a mis pisadas, observé con atención las puertas que tantas lindezas habían prometido; ya no había inscripción en ninguna. Despacio fui recorriendo todas las cien entradas del teatro mágico. ¿No había estado yo en un baile de máscaras? Cien años habían transcurrido desde entonces. Pronto ya no habrá años. Algo había que hacer aún. Armanda estaba esperando. Iba a ser una boda singular. En una ola sombría iba yo nadando, llevado por la tristeza, yo esclavo, yo Lobo Estepario. ¡Ah, demonio!

Ante la última puerta me quedé parado. Allí me había llevado una ola de melancolía. ¡Oh, Rosa; oh, juventud lejana; oh, Goethe y Mozart!

Abrí. Lo que encontré al otro lado de la puerta fue un cuadro sencillo y hermoso. Sobre tapices en el suelo hallé tendidas a dos personas desnudas, la bella Armanda y el bello Pablo, muy juntos, durmiendo profundamente, hondamente agotados por el juego de amor que parece tan insaciable y sin embargo, sacia tan pronto. Tipos hermosos, hermosísimos, imágenes magníficas, cuerpos de maravilla. Debajo del pecho izquierdo de Armanda había una señal redonda y reciente, como un cardenal, un mordisco amoroso de los dientes brillantes y bellos de Pablo. Allí donde estaba la huella introduje mi puñal, todo lo larga que era la hoja. Corrió la sangre sobre la delicada y nívea piel de Armanda. Con mis besos hubiera absorbido aquella sangre, si todo hubiese sido de otra manera, si se hubiese producido de otro modo. Y ahora no lo hice, sólo estuve mirando cómo corría la sangre y vi abrirse sus ojos un momento, plenos de dolor, profundamente admirados. ¿Por qué se admira?, pensé. Luego creí que debería cerrarle los ojos. Pero estos volvieron a cerrarse por sí mismos. Consumado estaba.

Hizo un ligerísimo movimiento sobre el costado. Desde la axila hasta el pecho vi juguetear una sombra delicada y tenue, que quería recordarme alguna cosa. ¡Todo olvidado! Luego quedó tendida inmóvil.

Mucho tiempo estuve mirándola. Por último sentí un estremecimiento, como si despertara de mi letargo, y quise marcharme. Entonces vi a Pablo revolverse, lo vi abrir los ojos, lo vi estirarse, inclinarse sobre la hermosa muerta y sonreír. Nunca ha de ponerse serio este tipo, pensé, todo le produce una sonrisa. Con cuidado dobló Pablo una esquina del tapiz y cubrió a Armanda hasta el pecho, de manera que ya no se veía la herida, y luego se salió del palco sin hacer el menor ruido. ¿A dónde iba? ¿Me dejaban solo todos? Solo me quedé con la muerta a medio tapar, con la muerta para mí tan querida y tan envidiada. Sobre su pálida frente pendía el mechón varonil, la boca se destacaba roja de toda la cara exangüe y estaba un poco entreabierta, su cabello exhalaba un delicado aroma y dejaba medio traslucir la minúscula oreja.

Ya estaba cumplido su deseo. Sin haber llegado a ser enteramente mía, había yo matado a mi amada. Había ejecutado lo inconcebible, y luego me arrodillé y estuve mirando con los ojos fijos, sin saber lo que aquel hecho significaba, sin saber siquiera si había sido bueno y justo, o lo contrario. ¿Qué diría de esto el inteligente jugador de ajedrez, qué diría Pablo? Yo no sabía nada, no estaba en condiciones de reflexionar. Cada vez más roja ardía la boca pintada en el rostro que iba apagándose. Así había sido toda mi vida, así había sido mi poquito de felicidad y de amor, como esta boca rígida: un poco de carmín sobre una cara de muerto.

Y esta cara muerta, estos hombros y estos brazos blancos muertos exhalaban, ascendiendo lentamente, un escalofrío, un espanto y una soledad invernales, un frío poco a poco en aumento que empezaba a congelarme los dedos y los labios. ¿Es que había yo apagado el sol? ¿Había matado acaso el venero de toda vida? ¿Irrumpía el frío de muerte del espacio universal?

Estremecido estuve mirando la frente petrificada, el mechón rígido, el pálido resplandor helado del pabellón de la oreja. El frío que irradiaba de ellos era mortal y, al mismo tiempo, era hermoso: vibraba y sonaba maravillosamente, ¡era música!

¿No había sentido yo ya una vez, en otra época pretérita, este estremecimiento, que era a la par como una felicidad? ¿No había escuchado yo ya otra vez esta música? Sí, con Mozart, con los inmortales.

Vinieron a mi mente unos versos que una vez, tiempo atrás, había encontrado en alguna parte:

> *Nosotros, en cambio, vivimos las frías*
> *mansiones del éter cuajado de mil claridades,*
> *sin horas ni días,*
> *sin sexos ni edades...*
> *Es nuestra existencia serena, inmutable;*
> *nuestra eterna risa, serena y astral.*

✳ ✳ ✳

En aquel momento se abrió la puerta del palco y entró, sin que yo lo conociera hasta la segunda mirada que le dirigí, Mozart, sin trenza, sin calzón corto, sin zapatos de hebilla, vestido a la moderna.

Se sentó muy cerca de mí, estuve por llamarle la atención y sujetarlo para que no se manchara con la sangre del pecho de Armanda que había corrido por el suelo. Se sentó y se entretuvo con unos pequeños aparatos e instrumentos que había por allí; le daba a aquello mucha importancia; anduvo dando vueltas a tornillos y clavijas, y yo estuve mirando con asombro sus dedos hábiles y ligeros que con tanto gusto hubiera visto alguna vez tocar el piano. Pensativo, lo miré, o mejor dicho, pensativo no, sino alucinado y como perdido en la contemplación de sus dedos hermosos e inteligentes, y reconfortado y a la vez un poco sobrecogido por la sensación de su proximidad. Y no puse el menor cuidado en lo que realmente hacía ni en lo que andaba atornillando y manipulando.

Era un aparato de radio lo que acababa de montar y poner en marcha, y luego conectó el altavoz y dijo:

—Se oye *Munich*, el *Concerto grosso en fa mayor*, de Händel.

Y en efecto, para mi indescriptible asombro e indignación, el endiablado embudo de latón empezó a vomitar al punto esa mezcla de mucosa bronquial y de goma masticada que los dueños de gramófonos y los abonados a la radio han convenido en llamar música, y detrás de la turbia viscosidad y del rasgueo, como se ve tras una gruesa costra de suciedad un precioso cuadro antiguo, podía reconocerse verdaderamente la noble estructura de aquella música divina, la armadura regia, el hálito amplio y sereno, la plena y majestuosa melodía.

—¡Dios mío! —grité indignado—. ¿Qué hace usted, Mozart? ¿Pero en serio nos hace usted esta porquería a usted mismo y a mí? ¿Nos dispara usted este horrible aparato, el triunfo de nuestro siglo, la última arma victoriosa en la lucha a muerte contra el arte? ¿Está bien esto, Mozart?

¡Cómo se reía entonces el hombre siniestro, cómo reía de un modo frío y espectral, sin ruido y, sin embargo, destrozando todo con su risa! Con placer íntimo observaba mis tormentos, daba vueltas a los malditos tornillos, manipulaba en el embudo de latón. Riendo, dejó que la música desfigurada, envenenada y sin espíritu, siguiera infiltrándose por el espacio. Riendo, me contestó:

—Por favor, no se ponga usted patético, vecino. ¿Ha oído usted por lo demás el *ritardando*? Un capricho, ¿eh? Si, pues deje usted, hombre impaciente, deje entrar en su alma el pensamiento de este *ritardando*... ¿Oye usted los bajos? Avanzan como dioses; y deje usted penetrar este capricho del viejo Händel en su inquieto corazón y tranquilizarlo. Escuche usted, hombrecito, por una vez siquiera sin aspavientos ni broma, cómo detrás del velo en efecto irremediablemente idiota de este ridículo aparato, pasa majestuosa la lejana figura de esta música divina. Ponga usted atención; algo se puede aprender en ello. Observe cómo esta absurda caja de resonancia hace en apariencia lo más necio, lo más inútil, lo más, execrable del mundo y arroja una música cualquiera, tocada en cualquier parte, la arroja necia y crudamente, y al propio tiempo, lastimosamente desfigurada, a sitios inadecuados, y cómo a pesar de todo no puede destruir el alma prístina de esta música, sino únicamente poner de manifiesto en ella la propia técnica torpe y la fiebre de actividad falta de todo espíritu. ¡Escuche usted bien, hombrecito; le hace falta! ¡Ea, atención! Así. Y ahora no sólo oye usted a un Händel oprimido por la radio, que, sin embargo, hasta en esta horrorosa forma de aparición sigue siendo divino; oye usted y ve, carísimo, al propio tiempo una valiosa parábola de la vida entera. Cuando está usted escuchando la radio, oye y ve la lucha eterna entre la idea y el fenómeno, entre la eternidad y el tiempo, entre lo divino y lo humano. Precisamente, amigo, igual que la radio va arrojando a ciegas la música más magnífica del mundo durante diez minutos por los lugares más absurdos, por salones burgueses y por sotabancos, entre abonados que están charlando, comiendo, bostezando o durmiendo, así como despoja a esta música de su belleza sensual, la estropea, la embadurna y la desgarra y, sin embargo, no puede matar por completo su espíritu; exactamente lo mismo actúa en la vida la llamada realidad, con el magnífico juego de imágenes ofrece a continuación de Händel una disertación acerca del modo de desfigurar los balances en las empresas industriales al uso, hace de encantadores acordes orquestales un bodrio poco apetecible de sonidos, introduce por todas partes su técnica, su actividad febril, su miserable incultura y su frivolidad entre el pensamiento y la realidad, entre la orquesta y el oído. Toda la vida es así, hijo, y así tenemos que dejar que sea, y si no somos asnos, nos reímos, además. A personas de su clase no les cuadra criticar la radio ni la vida. Es preferible que aprenda usted antes a escuchar. ¡Aprenda a tomar en serio lo que es digno de que se tome en serio, y ríase usted de lo demás! ¿O es que usted mismo lo ha hecho acaso mejor, más noblemente, más inteligentemente, con más gusto? No, *monsieur* Harry; no lo ha hecho usted. Usted ha hecho de su vida una horrorosa historia clínica, de su talento una desgracia. Y usted, a lo que veo, no ha sabido emplear a una muchacha tan linda, para otra cosa más que para introducirle un puñal en el cuerpo y destrozarla. ¿Considera usted justo esto?

—¿Justo? ¡Oh, no! —grité desesperado—. ¡Dios mío, si todo es tan falso, tan endiabladamente tonto y malo! Yo soy una bestia, Mozart, una bestia necia y malvada, enferma y echada a perder; en eso tiene usted mil veces razón. Pero, por lo que atañe a esta muchacha, ella misma lo ha querido así; yo sólo he cumplido su propio deseo.

Mozart reía en silencio, pero, en cambio, tuvo ahora la excelsa bondad de desenchufar la radio.

Mi defensa me sonó a mí mismo, de pronto, bien estúpida; a mí, que hacía un momento nada más había creído sinceramente en ella.

Cuando en una ocasión Armanda —así volví a acordarme de repente— me había hablado del tiempo y de la eternidad, entonces había estado yo dispuesto inmediatamente a considerar a sus pensamientos como reflejos de los míos propios. Pero que la idea de dejarse matar por mí era el capricho y el deseo más íntimo de Armanda y no estaba influido por mí en lo más mínimo, me había parecido indudable. ¿Por qué entonces no sólo había aceptado y creído esta idea tan terrible y tan extraña, sino que hasta la había adivinado de antemano? ¿Acaso porque era mi propio pensamiento? ¿Y por qué había asesinado a Armanda precisamente en el momento de encontrarla desnuda en los brazos de otro? Omnisciente y llena de sarcasmo, resonaba la risa callada de Mozart.

—Harry —dijo—, es usted un farsante. ¿No había de haber deseado de usted realmente esta pobre muchacha otra cosa que una puñalada? ¡Eso, cuénteselo usted a otro! Vaya, y, por lo menos, ha tenido usted buen tino; la pobre criatura está bien muerta. Acaso sería ya hora de que se diese usted cuenta de las consecuencias de su galantería hacia esta dama. ¿O querría usted esquivar las consecuencias?

—¡No! —grité—. ¿Es que no comprende usted nada? ¡Yo esquivar las consecuencias! No anhelo otra cosa más que expiar, expiar, expiar, poner la cabeza debajo de la guillotina y dejarme castigar y destruir.

Insoportablemente burlón, me miraba Mozart.

—¡Qué patético se pone usted siempre! Pero aún ha de aprender usted humorismo, Harry. El humorismo siempre es algo patibulario, y si es preciso, lo aprenderá usted en el patíbulo. ¿Está usted dispuesto a ello? ¿Sí? Bien, entonces acuda usted al juez y sufra con paciencia todo el aparato poco divertido de los agentes de la Justicia, hasta la fría decapitación una mañana temprano en el patio de la cárcel. ¿Está usted realmente dispuesto a ello? Una inscripción brilló, de repente, ante mí:

Ejecución de Harry

Y yo di con la cabeza mi asentimiento. Un patio desmantelado entre cuatro paredes, con ventanas pequeñas de rejas; una guillotina automática bien cuidada; una docena de caballeros en trajes talares y de levita, y en medio, yo, tiritando en un ambiente gris de madrugada, con el corazón oprimido por un miedo que daba compasión, pero dispuesto y conforme. A una voz de mando avancé; a una voz de mando me puse de rodillas. El juez se quitó el birrete y carraspeó; también los otros señores carraspearon. Aquel desenrolló un papel solemne y leyó:

—Señores, ante ustedes está Harry Haller, acusado y responsable del abuso temerario de nuestro teatro mágico. Haller no sólo ha ofendido el arte sublime, al confundir nuestra hermosa galería de imágenes con la llamada realidad, y apuñalar a una muchacha fantástica con un fantástico puñal; ha tenido, además, intención de servirse de nuestro teatro, sin la menor pizca de humorismo, como de una máquina de suicidio. Nosotros, por ello, condenamos a Haller al castigo de vida eterna y a la pérdida por doce horas del permiso de entrada en nuestro teatro. Tampoco puede remitírsele al acusado la pena de ser objeto por una vez de nuestra risa. Señores, atención: A la una, a las dos, ¡a las tres!

Y a las tres prorrumpieron todos los presentes con impecable precisión, en una carcajada sonora y a coro, una carcajada del otro mundo, terrible y apenas soportable para los hombres.

Cuando volví en mí, estaba Mozart sentado a mi lado como antes; me dio un golpe en el hombro y dijo:

—Ya ha escuchado usted su sentencia. No tendrá más remedio que acostumbrarse a seguir oyendo la música de radio de la vida. Le sentará bien. Tiene usted poquísimo talento, querido y estúpido amigo; pero así, poco a poco, habrá ido comprendiendo ya lo que se exige de usted. Ha de hacerse cargo del humorismo de la vida, del humor patibulario de esta vida. Claro que usted está dispuesto en este mundo a todo menos a lo que se le exige. Está dispuesto a asesinar muchachas, está dispuesto a dejarse ejecutar solemnemente. Estaría dispuesto también con seguridad a martirizarse y a flagelarse durante cien años. ¿O no?

—¡Oh, sí con toda mi alma! —exclamé en mi estado miserable.

—¡Naturalmente! Para todo espectáculo necio y falto de humor se puede contar con usted, señor de altos vuelos, para todo lo patético y sin gracia. Sí; pero a mí eso no me gusta; por toda su romántica penitencia no le doy a usted ni cinco céntimos. Usted quiere ser ajusticiado, quiere que le corten la cabeza, sanguinario. Por este ideal idiota sería usted capaz de cometer diez asesinatos. Usted quiere morir, cobarde; pero no vivir. Al diablo, si precisamente lo que tiene usted que hacer es vivir. Merecería usted ser condenado a la pena más grave de todas.

—¡Oh! ¿Y qué pena sería esa?

—Podríamos, por ejemplo, hacer revivir a la muchacha y casar a usted con ella.

—No; a eso no estaría dispuesto. Habría una desgracia.

—Como si no fuese ya bastante desgracia todo lo que ha hecho usted. Pero con lo patético y con los asesinatos hay que acabar ya. Sea usted razonable por una vez. Usted ha de acostumbrarse a la vida y ha de aprender a reír. Ha de escuchar la maldita música de la radio de este mundo y venerar el espíritu que lleva dentro y reírse de los demás murga. Listo, otra cosa no se le exige.

En voz baja, y como entre dientes, pregunté:

—¿Y si yo me opusiera? ¿Y si yo le negara a usted, señor Mozart, el derecho de disponer del Lobo Estepario y de intervenir en su destino?

—Entonces —dijo apaciblemente Mozart— te propondría que fumaras aún uno de mis preciosos cigarrillos.

Y al decir esto y sacar del bolsillo del chaleco por arte de magia un cigarrillo y ofrecérmelo, de pronto ya no era Mozart, sino que miraba expresivo, con sus oscuros ojos exóticos, y era mi amigo Pablo, y se parecía como un hermano gemelo al hombre que me había enseñado el juego de ajedrez con las figuritas.

—¡Pablo! —grité dando un salto—. Pablo, ¿dónde estamos?

—Estamos —sonrió— en mi teatro mágico, y si por caso quieres aprender el tango, o llegar a general, o tener una conversación con Alejandro Magno, todo esto está la vez próxima a tu disposición. Pero he de confesarte, Harry, que me has decepcionado un poco. Te has olvidado malamente, has quebrado el humor de mi pequeño teatro y has cometido una felonía; has andado pinchando con puñales y has ensuciado nuestro bonito mundo alegórico con manchas de realidad. Esto no ha estado bien en ti. Es de esperar que lo hayas hecho al menos por celos, cuando nos viste tendidos a Armanda y a mí. A esta figura, desgraciadamente, no has sabido manejarla; creí que habías aprendido mejor el juego. En fin, podrá corregirse. Tomó a Armanda, la cual, entre sus dedos, se achicó al punto hasta convertirse en una figurita del juego, y la guardó en aquel mismo bolsillo del chaleco del que había sacado antes el cigarrillo.

Aroma agradable exhalaba el humo dulce y denso; me sentí aligerado y dispuesto a dormir un año entero.

Oh, lo comprendí todo; comprendí a Pablo, comprendí a Mozart, oí en alguna parte detrás de mí su risa terrible; sabía que estaban en mi bolsillo todas las cien mil figuras del juego de la vida: aniquilado, barruntaba su significación; tenía el propósito de empezar otra vez el juego, de gustar sus tormentos otra vez, de estremecerme de nuevo y recorrer una y muchas veces más el infierno de mi interior.

Alguna vez llegaría a saber jugar mejor el juego de las figuras. Alguna vez aprendería a reír. Pablo me estaba esperando. Mozart me estaba esperando.

El Lobo Estepario (una versión cinematográ-
fica, dirigida por Fred Haines, fue estrenada
en 1988), de Hermann Hesse, fue impreso
en abril de 2020, en Impreimagen, José
María Morelos y Pavón, manzana 5, lote 1,
Colonia Nicolás Bravo, CP 55296, Ecatepec,
Estado de México.

Buque de letras

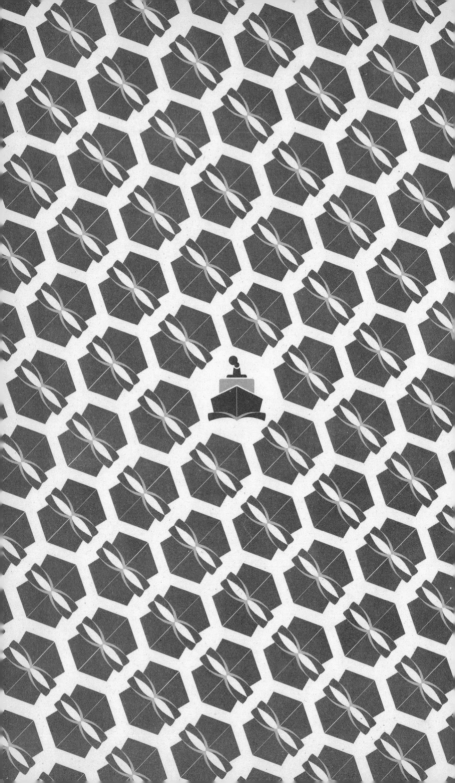